La CAMARERA

DUOMO BOLSILLO

Nita Prose

La Camarera

Traducción de Ángela Esteller

DUOMO EDICIONES
Barcelona, 2024

Título original: *The Maid*

La camarera es una obra de ficción. Los nombres, personajes, lugares y acontecimientos que aparecen en ella son fruto de la imaginación de su autora o se han utilizado con fines meramente ficticios. Cualquier parecido con sucesos, lugares o personas reales, en vida o fallecidas, es pura coincidencia.

Primera edición en esta colección: enero de 2024
Segunda edición en esta colección: marzo de 2024

Duomo ediciones es un sello de Antonio Vallardi Editore S.u.r.l.
Av. de la Riera de Cassoles, 20, 3.º B. Barcelona, 08012 (España)
www.duomoediciones.com

Gruppo Editoriale Mauri Spagnol S.p.A.
www.maurispagnol.it

ISBN: 978-84-19834-23-2
Código IBIC: FA
DL B 19.807-2023

Composición:
David Pablo

Impresión:
Grafica Veneta S.p.A. di Trebaseleghe (PD)

Impreso en Italia

A Jackie

PRÓLOGO

Soy tu camarera. Soy la que limpia tu habitación de hotel, la que entra como un fantasma mientras tú estás por ahí, deambulando todo el día, sin realmente preocuparte por el desorden que has dejado atrás o por lo que yo pueda encontrarme una vez que te has marchado.

Soy la que vacía tus papeleras, en las que has tirado los tiques que no quieres que nadie encuentre. Soy la que cambia tus sábanas, la que puede decir si has dormido en ellas o si la noche anterior tuviste compañía. Soy la que coloca tus zapatos al lado de la puerta, la que sacude las almohadas y encuentra algún que otro cabello. ¿Tuyos? No creo. Soy la que limpia después de que en plena borrachera salpiques el asiento del inodoro o algo peor.

Cuando termino mi trabajo, dejo tu habitación prístina. Tu cama está pulcramente hecha, con cuatro almohadas bien mullidas, como si nadie la hubiese utilizado nunca. El polvo y la suciedad que has dejado a tu paso han sido aspirados y convertidos en recuerdo. El reluciente espejo te devuelve el reflejo de un rostro inocente. Es como si nunca hubieses estado aquí. Como si toda tu basura, todas tus mentiras y engaños hubiesen sido borrados.

Soy tu camarera. Y sé muchas cosas de ti. Pero, en el fondo, lo que importa es: ¿qué sabes tú de mí?

RGH

Lunes

REGENCY GRAND HOTEL

CAPÍTULO 1

Soy muy consciente de que mi nombre es ridículo. No era ridículo antes de que aceptara este trabajo, hace cuatro años. Soy camarera de piso en el hotel Regency Grand y mi nombre es Molly. Molly Maid. Menuda broma.* Antes de que aceptara el trabajo, Molly era solo un nombre que me había dado mi distante madre, la cual me abandonó hace tanto tiempo que ni siquiera albergo recuerdos de ella; solo unas pocas fotos y las historias que Gran me ha contado. Ella me contó que mi madre pensaba que Molly era un nombre bonito, que le recordaba a mofletes y coletas. Da la casualidad de que no tengo nada de eso. Mi pelo es bastante común: una melenita corta bien marcada y de tono oscuro. Me lo peino con la raya en medio, exactamente en medio. Y lo llevo siempre liso. Me gustan las cosas sencillas y limpias.

Tengo los pómulos marcados y una piel pálida que hace que la gente se maraville, a saber por qué. Soy tan blanca como las sábanas que quito y pongo una y otra vez, durante todo el día, en las veintitantas habitaciones que preparo para los

* Molly Maid es el nombre de una empresa de limpieza a domicilio. *Maid*, en inglés, se traduce por «criada», «sirvienta», «camarera» o «doncella». (*N. de la T.*)

apreciados huéspedes del Regency Grand, un exclusivo hotel *boutique* de cinco estrellas que se enorgullece de ofrecer «sofisticada elegancia y la etiqueta apropiada para los tiempos que corren».

Nunca pensé que acabaría ejerciendo tan noble trabajo en un hotel de categoría. Sé que hay gente que piensa lo contrario, que ser camarera es ser una doña nadie. Sé que se supone que todos debemos aspirar a convertirnos en doctores, abogados o ricos magnates del negocio inmobiliario. Pero yo no. Estoy tan agradecida por mi trabajo que cada día tengo que pellizcarme. En serio. Y más ahora, sin Gran. Sin ella, la casa ya no es igual. Es como si todos los colores del apartamento que compartíamos se hubiesen desteñido. Sin embargo, en el preciso momento en que entro en el Regency Grand, el mundo vuelve a ser en tecnicolor.

En cuanto apoyo la mano en la lustrosa barandilla de latón y subo los peldaños escarlatas que conducen al majestuoso pórtico del hotel, soy Dorothy adentrándose en Oz. Empujo las relucientes puertas giratorias y me veo a mí misma, a mi verdadero yo, reflejada en el cristal; el pelo negro y la palidez son omnipresentes, pero un rubor regresa a mis mejillas al recuperar mi razón de ser.

Una vez que he dejado las puertas atrás, suelo detenerme para captar la majestuosidad del vestíbulo. Nunca se deslustra. Nunca luce un aspecto apagado o polvoriento. Nunca está decaído o abotargado. Por suerte, está siempre igual, día tras día. A la izquierda se encuentra Recepción y el conserje, con su mostrador de obsidiana y los elegantes recepcionistas vestidos de blanco y negro, como si fueran pingüinos. Y allí está el amplio vestíbulo, que se extiende en forma de cerradura, con suelos de mármol italiano blanco que brillan por su limpieza y que hacen que la mirada se dirija arriba, hacia la terraza del segundo piso, con sus decoraciones *art déco* y su magnífica escalera de opulentos y relucientes pasamanos, serpientes que suben zigzagueando hasta boliches dorados sujetos por unas mandíbulas de latón. Los huéspedes a menudo se detienen en las barandillas, con una mano apoyada en un reluciente poste, y contemplan la gloriosa escena a sus pies: botones que se cruzan arrastrando maletas, otros huéspedes que se reclinan en las suntuosas butacas o parejas que se ocultan en los confidentes esmeraldas para contarse secretos que su mullido terciopelo absorbe.

Sin embargo, mi parte favorita del vestíbulo quizá sea la sensación olfativa, ese primer soplo impregnado de fragancias que me llega cuando aspiro el aroma del hotel al inicio de cada turno: la combinación de los delicados perfumes de las damas, el penetrante almizcle de los sillones de cuero, la chispa ácida del producto con olor a limón que se utiliza dos veces al día para lustrar el reluciente suelo de mármol. Es la mismísima esencia del alma. Es la fragancia de la vida misma.

Cada día, cuando llego al Regency Grand para trabajar, noto que revivo, me siento parte del material con el que están hechas las cosas, parte de su esplendor, de sus colores. Soy parte del diseño, un cuadrado brillante y único, esencial en esa rica complejidad.

Gran solía decirme: «Si te gusta tu trabajo, no trabajarás ni un solo día de tu vida». Y tenía razón. Cada día laborable es una alegría para mí. Nací para hacer este trabajo. Me encanta limpiar. Me encanta mi carrito de camarera y me encanta mi uniforme.

A primera hora de la mañana no hay nada mejor que un carro de camarera equipado con todo. Es, en mi humilde opinión, una cornucopia de grandeza y belleza. Los paquetitos de jabones que huelen a azahar envueltos con delicadeza y por estrenar, los diminutos frascos de champú Crabtree & Evelyn, las achaparradas cajas de pañuelos, los rollos de papel envueltos en un higiénico plástico, las toallas de color blanco nuclear en tres diferentes tamaños –tocador, lavabo y baño– y las pilas de servilletitas para el servicio de té y café. Y por último, aunque no por ello menos importante, el kit de limpieza, que incluye un plumero, cera abrillantadora con aroma a limón, bolsas de basura antisépticas ligeramente perfumadas y una impresionante colección de espráis disolventes y desinfectantes, todos ellos dispuestos y listos para combatir cualquier mancha, ya sean anillos de café, vómito o incluso sangre. Un carrito de camarera bien equipado es un milagro portátil de la higiene; es una máquina de limpiar con ruedas. Y, como ya he dicho, es una auténtica belleza.

Y mi uniforme. Si me obligaran a elegir entre él y el carro, no sé si sería capaz. El uniforme representa mi libertad. Es la mejor capa de invisibilidad que existe. En el Regency Grand se ocupan de él a diario en la lavandería, situada bajo el vestíbulo, en las húmedas entrañas del hotel, a unos pasos de nuestro vestuario. Cada día, antes de que llegue al trabajo, alguien cuelga el uniforme de la puerta de mi taquilla. Viene envuelto y encerrado en un plástico, con una pequeña etiqueta en la que han garabateado mi nombre con un rotulador negro. Qué alegría da verlo cada mañana, mi segunda piel, limpia, desinfectada y recién planchada, que huele a una mezcolanza de papel nuevo, piscina interior y vacío. Un nuevo principio. Es como si el día de ayer y todos los anteriores se borraran de golpe y nunca hubieran existido.

Cuando me pongo el uniforme de camarera –no uno de estilo anticuado como los de *Downton Abbey* ni tampoco el típico cliché de conejita de *Playboy,* sino uno que consiste en una camisa de etiqueta almidonada de un blanco resplandeciente y en una ajustada falda lápiz de color negro (confeccionada con tejido elástico para facilitar los movimientos)– estoy completa. Una vez que me he vestido para mi jornada laboral, me siento más confiada, como si supiera lo que tengo que decir y hacer –al menos, la mayoría del tiempo–. Y cuando me lo quito al terminar el turno, me siento desnuda, desprotegida, inacabada.

Debo confesar que suelo tener problemas con las situaciones sociales; me siento como si todo el mundo tomara parte en un elaborado juego con complejas reglas que todos conocen y en el que yo siempre participo por primera vez. Cometo errores de etiqueta con una regularidad alarmante, ofendo al querer elogiar, malinterpreto el lenguaje corporal, digo siempre lo que no debo cuando no debo. Es solo gracias a Gran, mi abuela, que sé que una sonrisa no significa necesariamente que alguien esté feliz. A veces, la gente sonríe cuando se ríen de ti. O te dan las gracias cuando, en realidad, lo que quieren es abofetearte. Gran solía decir que estaba mejorando en mis lecturas de las situaciones –«Un poquito cada día, cariño»–, pero ahora, sin ella, me cuesta. Antes, en cuanto terminaba de trabajar, me apresuraba a llegar a casa, abría la puerta de nuestro piso y le hacía las preguntas que había ido acumulando durante el día: «¡Ya estoy en casa! Gran, ¿el kétchup funciona con el latón o es mejor que siga usando sal y vinagre? ¿Es verdad que hay gente que toma el té con nata? Gran, ¿por qué hoy me han llamado "Rumba" en el trabajo?».

Sin embargo, ahora, cuando la puerta de casa se abre, no hay ningún «Ay, Molly, cariño, ven aquí y te lo explicaré», ni ningún «Vamos a tomar una buena taza de té y aclararemos todo eso». Ahora, nuestro acogedor piso de dos dormitorios da la sensación de estar vacío, sin vida, hueco, como una cueva. O un ataúd. O una tumba.

Creo que el hecho de que no me resulte fácil leer las caras y las expresiones hace que siempre sea la última persona a la que alguien invitaría a una fiesta, y eso que me encantan. Al parecer, mis conversaciones se vuelven incómodas y, si se da credibilidad a los rumores, no tengo amigos de mi edad. Siendo honesta, esto es cierto al cien por cien. No tengo amigos de mi edad; de hecho, tengo pocos amigos de cualquier edad.

Pero en el trabajo, cuando llevo puesto el uniforme, me mimetizo. Me convierto en parte del decorado del hotel, como el papel pintado de rayas blancas y negras que adorna muchos pasillos y habitaciones. Con mi uniforme, mientras mantenga la boca cerrada, paso desapercibida. Podrías verme en una rueda de reconocimiento policial y no me señalarías aunque te hubieses cruzado conmigo diez veces ese mismo día.

Hace poco cumplí veinticinco años, «un cuarto de siglo», diría mi abuela en este momento si pudiera decirme algo. Pero no puede, porque está muerta.

Sí, muerta. ¿Por qué utilizar otras palabras cuando es lo que es? No se fue, como si fuera una suave brisa que le hacía cosquillas al brezo. No falleció. Murió. Hace más o menos nueve meses.

El día siguiente a su muerte se levantó agradable y cálido, y yo acudí al trabajo, como siempre. Al verme, el señor Alexander Snow, el director del hotel, se sorprendió. Me recuerda a un búho. Sus gafas de concha son demasiado grandes para su rostro achaparrado. Lleva el pelo, cada vez menos espeso, peinado hacia atrás y con un pico de viuda. En el hotel, excepto yo, nadie siente mucho aprecio por él. Gran solía decir: «No hay que preocuparse de lo que piensen los demás; lo que importa es lo que pienses tú». Y yo estoy de acuerdo con ella. Hay que vivir según el código moral propio y no seguir al rebaño con los ojos cerrados.

–Molly, ¿qué haces aquí? –me preguntó el señor Snow cuando me presenté a trabajar al día siguiente de la muerte de Gran–. Te acompaño en el sentimiento. El señor Preston me ha dicho que tu abuela falleció ayer. Ya había avisado para que te sustituyeran. Suponía que te tomarías el día libre.

–¿Y por qué supuso eso, señor Snow? –pregunté–. Como Gran solía decir, cuando se suponen cosas, lo único que se consigue es quedar como un imbécil.

El señor Snow parecía que iba a regurgitar un ratón.

–Te doy mi pésame. ¿Seguro que no quieres tomarte el día libre?

–Es Gran la que ha muerto, no yo –respondí–. Ya sabe, la función debe continuar.

Puso los ojos como platos. ¿Quizá implicaba estupefacción? Nunca entenderé por qué la gente encuentra la verdad más chocante que las mentiras.

Aun así, el señor Snow cedió.

–Como quieras, Molly.

Unos minutos más tarde, ya estaba en el piso inferior, en uno de los vestuarios, poniéndome el uniforme de camarera como hago cada día, como he hecho esta misma mañana y como haré mañana a pesar de que otra persona –aunque no mi abuela– ha muerto hoy. Y no en casa, sino en el hotel.

Sí. Así es. Hoy, en el trabajo, me he encontrado con un huésped bien muerto en su cama. El señor Black. El mismísimo señor Black. Aparte de eso, mi jornada ha transcurrido con total normalidad.

¿No resulta de lo más interesante cómo un evento de proporciones sísmicas puede cambiar tus recuerdos de lo ocurrido? Los días laborales por lo normal se solapan, las tareas se entremezclan. Las papeleras que he vaciado en el cuarto piso se fusionan con las del tercero. Juraría que estoy limpiando la *suite* 410, la habitación esquinera con vistas al lado oeste de la calle, aunque, en realidad, me encuentro al otro extremo del hotel, en la habitación 430, la de la esquina oriental, que es justo un reflejo inverso exacto de la *suite* 410. Pero entonces, sucede algo fuera de lo corriente –algo como encontrar al señor Black bien muerto sobre su cama– y, de repente, el día cristaliza y pasa de estado gaseoso a sólido en un instante. Cada momento se convierte en memorable, en único, muy diferente de todos los días laborables que ha habido en el pasado.

Ha sido hoy, sobre las tres de la tarde, casi a punto de finalizar mi turno, cuando ha ocurrido el evento de proporciones sísmicas. Ya había terminado de limpiar todas las habitaciones que tenía asignadas, incluyendo la *suite* del ático de los Black en el cuarto piso, pero he tenido que regresar para limpiar el baño.

Espero que nadie piense que soy descuidada o desorganizada en mi trabajo solo porque he tenido que limpiar el ático de los Black dos veces. Cuando hago una habitación, la ataco de principio a fin. Queda inmaculada y prístina –no hay superficie por la que no pase el trapo, no dejo ni una mota de polvo–. «La limpieza nos acerca a Dios», solía decir Gran, y creo que, de entre todos los dichos populares, es uno que hay que tomar en consideración. Yo no limpio por encima; yo saco brillo. No dejo huellas dactilares ni manchas.

Así que no ha sido que me haya entrado pereza y haya decidido no limpiar el baño cuando he hecho la *suite* de los Black esta mañana. *Au contraire*, el baño estaba ocupado durante mi primera visita. Giselle, la esposa actual del señor Black, entró poco después de que yo llegara. Y aunque me dio permiso (más o menos) para limpiar el resto del ático mientras se duchaba, se rezagó durante tanto rato que unas nubes de vapor empezaron a serpentear por debajo de la rendija de la puerta del baño.

El señor Charles Black y su segunda esposa, Giselle Black, son huéspedes habituales del Regency Grand. Todo el mundo en el hotel los conoce; todos en el país conocen sus vidas. El señor Black se hospeda –o, mejor dicho, se hospedaba– con nosotros durante al menos una semana al mes para supervisar sus negocios inmobiliarios en la ciudad. El señor Black es –era– un empresario notable, un magnate, uno de los grandes. Él y Giselle a menudo amenizaban las páginas de sociedad. Lo describían como «un zorro plateado de mediana edad» aunque, seamos claros, ni es plateado ni tampoco un zorro. A Giselle, por su parte, se la describía con frecuencia como «una *socialité* joven y esbelta, un trofeo».

Yo encontraba esta descripción elogiosa, pero cuando Gran la leyó, no estuvo de acuerdo. Al preguntarle por qué, dijo: «Es por lo que se dice entre líneas, no por lo que han escrito».

El señor y la señora Black llevan casados poco tiempo, unos dos años más o menos. Aquí, en el Regency Grand, hemos tenido la suerte de que esta célebre pareja nos honre a menudo con su presencia. Nos otorga prestigio. Lo que, a su vez, equivale a más huéspedes. Lo que, a su vez, equivale a que yo tenga trabajo.

En una ocasión, hace más o menos veintitrés meses, mientras caminábamos por el Distrito Financiero, Gran señaló todos los edificios propiedad del señor Black. No me había dado cuenta de que un cuarto de la ciudad le pertenecía, pero sí, así es. O así era. Al parecer, si eres un cadáver, no puedes ser propietario de nada.

«El Regency Grand no le pertenece», había declarado una vez el señor Snow acerca del señor Black cuando este todavía estaba bien vivo. El señor Snow puntualizó este comentario con un extraño resoplido. No tengo ni idea de qué quería decir aquel resoplido. Una de las razones por las que le he cogido cariño a la segunda esposa del señor Black es porque me habla abiertamente. Y con sus propias palabras.

Esta mañana, cuando he estado por primera vez en el ático de los Black, lo he limpiado de arriba abajo –menos el baño, que estaba ocupado por Giselle–. No parecía ella. Al llegar he advertido que sus ojos estaban rojos e hinchados. «¿Será alguna alergia? –me he preguntado–. ¿O tal vez tristeza?». Giselle no se ha explayado mucho. En lugar de eso, poco después de mi llegada, se ha metido corriendo en el baño y ha cerrado de un portazo.

No he permitido que su comportamiento interfiriera en la tarea que tenía entre manos. Más bien al contrario: me he puesto a trabajar de inmediato y he limpiado la *suite* con diligencia. Cuando todo estaba impoluto y en perfecto orden, me he quedado en pie ante la puerta cerrada del baño con una caja de pañuelos y me he dirigido a Giselle tal como me ha enseñado el señor Snow.

–¡Su habitación ha recobrado su estado ideal! ¡Regresaré más tarde para limpiar el baño!

–De acuerdo –ha contestado Giselle–. ¡Y no hace falta que grites, por Dios!

Al final ha salido del baño, y yo le he tendido un pañuelo por si sufría de verdad alguna alergia o estaba disgustada por algo. Esperaba que me diera un poco de conversación porque, por lo general, suele ser bastante parlanchina, pero me ha ignorado y se ha dirigido al dormitorio a vestirse.

A continuación, he salido de la *suite* y he limpiado las habitaciones de la cuarta planta, una tras otra. He mullido almohadas y he sacado brillo a los espejos dorados. He rociado con espray las manchas y rozaduras en el papel pintado y en las paredes. He hecho fardos con las sábanas sucias y las toallas húmedas. He desinfectado los inodoros y lavamanos de porcelana.

A mitad de mi cometido me he tomado un breve descanso que he aprovechado para empujar el carro hasta el sótano, donde he dejado dos enormes y pesadas bolsas de sábanas y toallas sucias en la lavandería. Pese a la falta de aire en esas dependencias, condiciones que se agravan por el resplandor de los fluorescentes y unos techos muy bajos, ha sido un alivio poder deshacerme de los fardos. Ya en los pasillos, me he sentido mucho más ligera, como si fuera rocío.

He decidido entrar en la cocina para hacerle una visita a Juan Manuel, un lavaplatos. He pasado zumbando por la maraña de pasillos, doblando las esquinas familiares –izquierda, derecha, izquierda, izquierda, derecha–, como si fuera un ratón listo y bien entrenado dentro de un laberinto. Cuando he llegado ante las grandes puertas de la cocina y las he empujado, Juan Manuel ha dejado sus quehaceres y enseguida me ha traído un vaso enorme de agua fría con hielo, lo cual he apreciado enormemente.

Tras una charla corta y agradable, me he marchado. A continuación, he repuesto toallas y sábanas limpias en las dependencias de Limpieza y Mantenimiento. Me he dirigido hacia el ambiente bastante más fresco de la segunda planta para empezar a limpiar una nueva serie de habitaciones, las cuales, sospechosamente, solo tenían propinas en calderilla, aunque hablaré de este asunto más adelante.

Para cuando he mirado el reloj, ya habían dado las tres de la tarde. Era el momento de regresar al cuarto piso y limpiar el baño del señor y la señora Black. Me he detenido ante la puerta de la *suite* y he aguzado el oído para comprobar si los huéspedes estaban dentro. He llamado, por protocolo. «¡Limpieza!», he anunciado en un tono alto y autoritario pero educado. No he recibido respuesta. He sacado mi tarjeta llavero maestra y he entrado en la habitación, seguida por el carrito.

–¿Señor y señora Black? ¿Puedo terminar de limpiar la *suite*? Me encantaría restituir su habitación a su estado ideal.

Nada. Resultaba evidente que marido y mujer habían salido, o eso he pensado. Mejor para mí. Podía aplicarme a fondo y sin interrupciones. He dejado que la pesada puerta se cerrara a mis espaldas. He examinado el salón. No conservaba el mismo estado de pulcritud y limpieza en que lo había dejado unas horas antes. Las cortinas estaban bajadas y cubrían las impresionantes ventanas de suelo a techo que dan a la calle, y había varias botellitas de *whisky* del minibar volcadas sobre la mesa de cristal, un vaso medio vacío junto a ellas, un puro sin fumar a su lado, una servilleta arrugada en el suelo y una depresión en el canapé, allá donde había descansado el trasero del bebedor. El bolso amarillo de Giselle ya no estaba donde lo había visto esa misma mañana, en el aparador de la entrada, lo que significaba que había salido por la ciudad.

«El trabajo de una camarera nunca termina», he pensado para mis adentros. He esponjado el cojín, lo he devuelto a su lugar y he alisado cualquier imperfección que quedaba en el canapé. Antes de limpiar la mesa, he decidido comprobar el estado del resto de las habitaciones. Daba toda la impresión de que tendría que limpiar de nuevo la *suite* desde cero.

Me he dirigido hacia el dormitorio, al fondo de la *suite*. La puerta estaba abierta, y uno de los lujosos albornoces blancos del hotel estaba tirado en el suelo, justo ante ella. Desde mi perspectiva privilegiada, veía el ropero del dormitorio, con una hoja apenas cerrada, exactamente como lo había dejado en mi primera visita esta misma mañana, puesto que, al tratar de cerrarla, la caja fuerte del interior del armario, que también estaba abierta, no me había permitido hacerlo. La mayor parte del contenido de la caja fuerte estaba intacto –he reparado en ello de inmediato–, pero los objetos que me habían causado cierto asombro aquella misma mañana habían desaparecido visiblemente. De alguna manera, ha supuesto un alivio. He dejado de prestarle atención al ropero, he pasado con cuidado por encima del albornoz y he entrado en el dormitorio.

Ha sido en ese instante cuando lo he visto. Al señor Black. Iba ataviado con el mismo traje con doble botonadura que llevaba unas horas antes, cuando casi me derriba al toparnos en el pasillo, solo que el papel que guardaba en el bolsillo del pecho de la americana había desaparecido. Estaba tumbado sobre la cama, boca abajo. La cama estaba deshecha y arrugada, como si hubiese dado muchas vueltas antes de colocarse en esa posición. Apoyaba la cabeza en una almohada, no sobre dos, y las otras dos almohadas estaban transversales junto a él. Tendría que buscar la cuarta almohada obligatoria; estaba segura de haberla colocado al hacer la cama aquella misma mañana, porque, como se suele decir, todo reside en los detalles.

El señor Black no llevaba puestos los zapatos, que se encontraban al otro extremo de la habitación. Lo recuerdo bien porque un zapato apuntaba hacia el sur y el otro hacia el este, y supe de inmediato que, antes de abandonar la habitación, era mi deber profesional colocarlos para que apuntaran en la misma dirección y deshacer la maraña de cordones.

Por supuesto, lo primero que he pensado ante esta escena no ha sido que el señor Black estuviera muerto. Más bien que estaba haciendo una siesta, que dormía profundamente después de haberse tomado una copa de más en el salón. Pero, tras una observación más minuciosa, he advertido ciertas rarezas en la habitación. En la mesita a la izquierda del señor Black había un pequeño frasco de pastillas volcado, un medicamento que recordé que era de Giselle. Varias de aquellas pequeñas píldoras azules habían caído en la mesita, mientras que otras habían acabado en el suelo. Un par de ellas estaban aplastadas, reducidas a un polvo fino que ahora estaba enterrado en la alfombra. Para que recobrara su estado ideal, requeriría de una buena pasada de aspirador a la máxima potencia, seguida de una pulverización de ambientador de alfombras.

No resulta habitual que me encuentre con un huésped dormido como un tronco al entrar en una *suite*. De hecho, para mi consternación, me topo más a menudo con huéspedes que presentan un comportamiento del todo diferente: *in flagranti*, como se dice en latín. La mayoría de los que desean dormir o dedicarse a actividades privadas son lo bastante atentos como para utilizar el aviso de NO MOLESTAR: ZZZZ, siempre disponible en el aparador de la entrada para este tipo de eventualidades. Y la mayoría de ellos gritan inmediatamente si, sin querer, los sorprendo en un momento inoportuno. Pero con el señor Black no ha ocurrido así: no me ha gritado ni me ha ordenado que me «largara», como solía despacharme si me presentaba en un mal momento. En lugar de eso, ha continuado durmiendo como un tronco.

Ha sido entonces cuando me he dado cuenta de que, durante los diez segundos o más que había permanecido en el umbral de la puerta de su dormitorio, no lo había oído respirar. Puedo decir que, gracias a mi abuela, soy algo conocedora de la gente que duerme profundamente, y no hay nadie que lo haga de tal manera que deje de respirar por completo.

He creído prudente asegurarme de que el señor Black estaba bien. Eso también figura entre los deberes profesionales de una camarera. Con un pequeño paso me he acercado a él para escrutar su rostro. Y es entonces cuando he advertido lo hinchado y gris que estaba, lo claramente indispuesto que parecía. Con cautela, me he aproximado un poco más, por el lado derecho de la cama, y me he inclinado sobre él. Tenía las arrugas muy marcadas y la boca en una mueca, aunque eso, en el caso del señor

Black, no podía considerarse insólito. Alrededor de sus ojos había unas pequeñas y extrañas marcas, como si fueran pinchazos de un color entre rojo y morado. Justo en ese momento han sonado todas las alarmas en mi mente. Ha sido en ese preciso instante cuando he comprendido la inquietante situación: había más cosas que no encajaban de lo que había pensado al principio.

He alargado la mano hasta el hombro del señor Black y le he dado unos golpecitos. Me ha parecido rígido y frío, como un mueble. He colocado la mano delante de su boca, ansiosa por sentir el aliento, pero ha sido en vano.

–No, no, no –he implorado mientras ponía dos dedos sobre su cuello, buscando un pulso inexistente. Lo he tomado por los hombros y lo he zarandeado–. ¡Señor! ¡Señor! ¡Despierte!

Ahora que lo pienso me parece una tontería, pero en aquel momento me parecía bastante imposible que el señor Black estuviera realmente muerto.

Cuando lo he soltado, se ha desplomado y se ha golpeado el cráneo ligeramente contra el cabezal. Ha sido en ese preciso instante cuando he empezado a retroceder, alejándome de la cama, con los brazos rígidos y pegados a los costados.

He ido corriendo hasta la otra mesita, en la que está el teléfono, y he llamado a Recepción.

–Recepción del Regency Grand. ¿En qué puedo ayudarle?

–Buenas tardes. No soy una huésped. No suelo llamar para pedir ayuda. Soy Molly, la camarera. Estoy en la *suite* del ático, la 401, y me he encontrado con una situación de lo más insólita. Un desbarajuste poco corriente, por decirlo de algún modo.

–¿Y por qué llamas a Recepción y no a Limpieza y Mantenimiento?

–Yo soy Limpieza y Mantenimiento –he señalado, elevando el tono–. Por favor, ¿podría avisar al señor Snow de que hay un huésped que está... permanentemente indispuesto?

–¿«Permanentemente indispuesto»?

Es por esta razón que lo mejor es ser siempre directa y clara, pero, en aquel momento, he de admitir que había perdido el control, de manera temporal.

–Está bien muerto –he dicho–. Muerto en su cama. Llame al señor Snow. Y por favor, llame también a Emergencias. ¡De inmediato!

A continuación, he colgado. Para ser honesta, lo que ha ocurrido después parece irreal, como si fuera un sueño. Recuerdo los fuertes latidos de mi corazón, la habitación inclinándose como si estuviera en una película de Hitchcock, mis manos sudorosas y el auricular que casi se me resbala al ponerlo de vuelta sobre el aparato.

Ha sido entonces cuando he alzado la mirada. En la pared frente a mí había un espejo con un marco dorado, que reflejaba no solo mi rostro aterrorizado, sino también todo aquello de lo que no me había percatado antes.

El vértigo ha empeorado y el suelo ha empezado a girar, como si estuviera en una casa encantada de un parque de atracciones. Me he llevado la mano al pecho, en un intento fútil por calmar mi corazón tembloroso.

Resulta más fácil de lo que se podría pensar: existir a la vista de todos mientras permaneces bastante invisible. Es lo que he aprendido siendo camarera. Puedes ser una pieza importante, crucial, de la estructura y, al mismo tiempo, que te ignoren por completo. Es una verdad que puede aplicarse a todas las camareras, y según creo, a otros también. Es una verdad que raya lo cruel.

Me he desmayado un instante después. La habitación se ha oscurecido y yo, sencillamente, me he desplomado, como me ocurre otras tantas veces cuando la consciencia resulta abrumadora.

En este momento, sentada en el lujoso despacho del señor Snow, me tiemblan las manos. Tengo los nervios a flor de piel. Lo que está bien, bien está. Lo que está hecho, hecho está. Pero, pese a ello, no puedo evitar temblar.

Recurro al truco mental de Gran para calmarme. Cada vez que mirábamos una película y la tensión se hacía insoportable, ella tomaba el mando a distancia y la adelantaba. «Ya, ya... –decía–. No hace falta ponernos de los nervios cuando el final es inevitable. Lo que tenga que ser será». Eso es cierto para las películas, pero no tanto en la vida real. En la vida real, tus actos pueden cambiar los resultados: de triste a feliz, de decepcionante a satisfactorio, de equivocado a correcto.

El truco de Gran me ayuda. Adelanto y paro mi reproducción mental justo en el momento adecuado. El temblor disminuye enseguida. Todavía me encuentro en la habitación, pero ya no en el dormitorio. Estoy en la puerta principal. He ido de nuevo hacia el dormitorio a toda prisa, he levantado el auricular del teléfono por segunda vez y he llamado a Recepción. Esta vez, he pedido hablar con el señor Snow directamente. Cuando he oído su voz al otro lado de la línea, me he asegurado de expresarme con total claridad.

–¿Sí? ¿Qué sucede?

–Soy Molly. El señor Black está muerto. Estoy en su habitación. Por favor, llame a Emergencias de inmediato.

Más o menos trece minutos después, el señor Snow se ha presentado en la habitación seguido de un pequeño ejército de profesionales médicos y agentes de policía. Me ha sacado de allí, tomándome del codo como si fuera una criatura.

Y ahora me encuentro en su despacho, justo delante del vestíbulo principal, sentada en una rígida silla de respaldo alto y piel marrón que chirría cada vez que me muevo. El señor Snow se ha ido hace un rato –¿quizá hace una hora, tal vez más?–. Me ha dicho que no me moviera hasta que él regresara. En una mano sostengo una agradable taza de té y una galleta de mantequilla en la otra. No puedo recordar quién me las ha traído. Me llevo la taza a los labios –está caliente, pero no quema, una temperatura ideal–. Mis manos todavía tiemblan ligeramente. ¿Quién me ha preparado está taza de té tan perfecta? ¿Ha sido el señor Snow? ¿O alguien de la cocina? ¿Quizá Juan Manuel? Puede que haya sido Rodney, el del bar. Esa sí que es una idea deliciosa: Rodney preparándome una taza de té.

De repente, al bajar los ojos hacia la taza –una propiamente dicha de porcelana, decorada con rosas de color rosa y espinas de color verde–, siento que echo de menos a mi abuela. Muchísimo.

Me llevo la galleta a la boca. La mastico. La textura es crujiente; el sabor, mantecoso y exquisito. En conjunto, es una galleta deliciosa. Sabe dulce, tan dulce.

CAPÍTULO 2

Sigo sola en el despacho del señor Snow. Debo decir que me preocupa rezagarme en mi cupo de habitaciones, por no mencionar las propinas. Por lo general, a estas horas, ya he limpiado al menos una planta entera. Pero hoy no. Estoy preocupada por lo que pensarán las otras camareras y si tendrán que hacerse cargo de mi ausencia. Ha transcurrido ya un buen rato y el señor Snow no ha regresado. Trato de calmar el miedo que burbujea en mi estómago.

Se me ocurre que una buena manera de aclararme las ideas es repasar el día, recordando lo mejor que pueda todo lo que me ha ocurrido hasta el momento en que he encontrado al señor Black muerto en su cama de la *suite* 401.

El día ha empezado como cualquier otro. He cruzado las imponentes puertas giratorias del hotel. Técnicamente, se supone que los empleados deben utilizar las puertas traseras, pero pocos lo hacen. Es una regla que me gusta transgredir.

Me encanta la sensación fría del lustroso pasamanos de latón que recorre las escaleras escarlatas de la entrada principal del hotel. Me encanta la sensación blanda de la lujosa alfombra bajo mis pies. Y me encanta saludar al señor Preston, el portero del Regency Grand. Fornido, ataviado con una gorra y una larga gabardina engalanada con el escudo dorado del hotel, donde el señor Preston lleva más de dos décadas.

–Buenos días, señor Preston.

–Ah, hola, Molly. Que tengas un feliz lunes, querida –dice, descubriéndose la cabeza.

–¿Ha visto a su hija últimamente?

–Pues sí. Justo cené con ella el domingo. Mañana presenta un caso en el juzgado. Todavía no me lo creo. Mi pequeña, allí, delante de un juez. Si Mary pudiera verla...

–Debe de estar muy orgulloso de ella.

–Mucho.

El señor Preston quedó viudo hace más de una década y no ha vuelto a casarse. Cuando la gente le pregunta la razón, siempre responde lo mismo: «Mi corazón pertenece a Mary».

Es un hombre honrado, un buen hombre. Nada de trampas ni mentiras. ¿He mencionado ya lo mucho que detesto a los embusteros? Lo único que se merecen es que los echen a unas arenas movedizas y que se los trague el fango. El señor Preston no pertenece a ese tipo de hombres. Es del tipo que te gustaría tener como padre, aunque apenas tengo experiencia en ese tema, visto que jamás he tenido uno. Mi padre desapareció al mismo tiempo que lo hizo mi madre, cuando yo solo era «un bollito», como solía decir mi abuela, lo cual he deducido que comprende un periodo entre los seis meses y el año, momento en que Gran se hizo cargo de mí y nos convertimos en una unidad: Gran y yo, yo y Gran. Hasta que la muerte nos separó.

El señor Preston me recuerda a Gran. También la conocía. Jamás me ha quedado muy claro cómo se conocieron, pero Gran lo trataba con afecto y se hizo muy amiga de su esposa, Mary, que en paz descanse.

Me gusta el señor Preston porque inspira a la gente a comportarse como es debido. Si eres el portero de un hotel grandioso y distinguido, ves muchas cosas. Como a empresarios que se traen a jóvenes y seductores juguetitos mientras sus esposas están a muchos kilómetros de distancia. Como a estrellas de *rock* en tal estado de embriaguez que confunden el podio de bienvenida del portero con un urinario. Como a la joven y hermosa señora Black –la segunda señora Black– abandonando el hotel a toda prisa y con el rímel corrido a causa de las lágrimas que resbalan por sus mejillas.

El señor Preston aplica su propio código de conducta para imponer su criterio. Tiempo atrás circuló el rumor de que se enfadó tanto con esa estrella de *rock* que dio el soplo a los *paparazzi*, quienes acosaron hasta tal punto al célebre músico que este nunca volvió a hospedarse en el Regency Grand.

–Señor Preston, ¿es verdad? –le pregunté cuando tuve ocasión–. ¿Fue usted el que llamó a los *paparazzi*?

–Molly, a un caballero no debes preguntarle lo que ha hecho o ha dejado de hacer. Si es un caballero de verdad, seguro que actuó así por una buena causa. Y si es un caballero de verdad, nunca lo dirá.

Así es el señor Preston.

Después de pasar ante él esta mañana, he cruzado el enorme vestíbulo principal y he bajado corriendo las escaleras que dan al laberinto de pasillos que conduce a la cocina, a la lavandería y a las dependencias de Limpieza y Mantenimiento, mis favoritas. Puede que no sean lujosas –no hay latón, ni mármol ni terciopelo–, pero allí me siento como en casa.

Como de costumbre, me he puesto el uniforme de camarera recién lavado y he cogido mi carrito de limpieza, no sin antes asegurarme de que estuviera perfectamente equipado y listo para la ronda. No lo estaba, lo que no es de extrañar, visto que mi supervisora, Cheryl Green, fue una de las que cubrió el turno de noche. La mayoría de los empleados del Regency Grand la llaman «Chernóbil» a sus espaldas. Pero que quede claro: no es de Chernóbil. De hecho, ni siquiera es de la Unión Soviética. Ha vivido toda su vida en esta ciudad, como yo. Y que quede claro que, pese a no tener muy buena opinión de Cheryl, me niego a insultarla, a ella o a cualquier otra persona. «Trata a los otros como te gustaría que te trataran a ti», solía decir Gran, y es un principio que aplico en mi vida. Durante mi cuarto de siglo me han llamado muchas cosas, y he aprendido que eso de que «a palabras necias, oídos sordos» no siempre funciona, y que muchas veces no puedes quedarte sorda así, sin más.

Puede que Cheryl esté jerárquicamente por encima de mí, pero no es superior a mí. Hay una diferencia. No se debe juzgar a una persona por el trabajo que hace o por su posición social; hay que juzgarla por sus acciones. Cheryl es descuidada y una holgazana. Hace trampas y limpia por encima. Camina arrastrando los pies. Incluso la he visto limpiar el lavamanos de un huésped con el mismo trapo que había utilizado para el inodoro. ¡Increíble!

–¿Qué estás haciendo? –le pregunté el día que la cogí in fraganti–. Eso no es un retrete.

Cheryl se encogió de hombros.

–Estos huéspedes apenas dejan propina. Así aprenderán.

Lo que me pareció ilógico. ¿Cómo van a saber los huéspedes que la jefa de camareras acaba de diseminar cuerpos fecales microscópicos por su lavamanos? ¿Y cómo van a saber que eso significa que deberían dejar mejores propinas?

«A la altura del betún», fue el comentario de Gran cuando le conté lo de Cheryl y el trapo del inodoro.

Esta mañana, cuando he llegado, mi carrito estaba todavía lleno de toallas húmedas y sucias y de jabones usados del día anterior. Voy a decir una cosa: si yo fuera la jefa, me recrearía en el aprovisionamiento de los carritos.

Me ha tomado un buen rato reponer las mercancías y, justo cuando terminaba, Cheryl ha llegado para empezar su turno, tarde como siempre, arrastrando sus pies de trapo. Me he preguntado si saldría corriendo hacia el último piso como hace por lo general, «para hacer su primera ronda», lo que en realidad significa colarse en las *suites* del ático que me toca limpiar a mí y robarme las propinas, dejando solo la calderilla. Aunque no puedo probarlo, sé que lo hace. Sencillamente, ella es así –una tramposa y embustera–, pero no del tipo Robin Hood. El tipo Robin Hood siempre mira por el bien común, haciendo justicia a aquellos que sufren agravios. Y aunque dicha clase de robo está justificada, hay otros que no. Pero no nos equivoquemos: Cheryl no es ninguna Robin Hood. Solo roba por una razón: para mejorar su situación a expensas de los otros. Y eso no la convierte en una heroína, sino en un parásito.

Le he dicho «Hola» a Cheryl con indiferencia y después he saludado a Sunshine y Sunitha, las otras dos camareras que hoy compartían turno conmigo. Sunshine es de Filipinas.

–¿Por qué te llamas Sunshine? –le pregunté cuando nos presentaron.

–Por mi sonrisa, radiante como el sol –respondió, colocando una mano en la cintura y haciendo una floritura con el plumero.

Entonces lo entendí. Entendí el parecido: descubrí en qué se asemejaban el sol y Sunshine. Sunshine es brillante y resplandeciente. Habla mucho y los huéspedes la adoran. Sunitha es de Sri Lanka y, a diferencia de Sunshine, apenas pronuncia palabra.

–Buenos días –le digo cuando compartimos turno–. ¿Qué tal?

Ella se limita a asentir y a contestar con una o dos palabras y poco más, lo que ya me parece bien. Resulta agradable trabajar a su lado, y no se demora ni es descuidada. No tengo objeción en compartir turno con otras camareras, siempre y cuando hagan bien su trabajo. Es más, voy a decir algo: tanto Sunitha como Sunshine saben dejar una habitación impoluta, algo que, de una camarera a otra, merece todo mi respeto.

Con el carrito lleno de suministros, he recorrido el pasillo hasta la cocina para hacerle una visita a Juan Manuel. Es un buen compañero, siempre agradable y predispuesto. Me he detenido ante las puertas de la cocina y, a continuación, me he asomado por la ventana. Allí estaba, ante el enorme lavavajillas, empujando escurridores llenos de platos, vasos y cubiertos hacia las fauces del aparato. Había otros trabajadores afanándose por la cocina, cargando bandejas de comida con cubreplatos plateados, con pasteles de tres pisos u otras delicias decadentes. No había ni rastro del supervisor de Juan Manuel, así que he considerado que era un buen momento para entrar. Caminando pegada al perímetro de la sala, he alcanzado el puesto de trabajo de Juan Manuel.

–¡Hola! –he dicho, probablemente en un tono demasiado elevado, pero quería que se me escuchara por encima de los zumbidos de la máquina.

Juan Manuel se ha sobresaltado y se ha dado la vuelta.

–¡*Híjole*, qué susto me has dado!

–¿Es un buen momento?

–Sí –ha contestado, secándose las manos en el delantal.

Ha ido corriendo hasta el gran fregadero de metal, ha cogido un vaso limpio, lo ha llenado con agua fría y me lo ha tendido.

–Oh, gracias –he dicho.

Si en el sótano hace calor, la cocina es el infierno. No entiendo cómo consigue trabajar Juan Manuel, horas y horas de pie con ese calor y humedad insoportables, rascando la comida de platos a medio terminar. Todo ese desperdicio, todos esos gérmenes. Vengo a verlo cada día, y cada día trato de no pensar en ello.

–Tengo tu tarjeta llavero. Habitación 308. Se marchan hoy, temprano. La limpiaré ahora para que puedas utilizarla cuando quieras, ¿vale?

Llevo pasándole tarjetas llavero durante al menos dos meses, desde que Rodney me contó la desafortunada situación por la que estaba pasando Juan Manuel.

–*Amiga mía,* muchísimas gracias –ha respondido.

–No tienes por qué preocuparte de nada hasta mañana a las nueve, cuando llegue Cheryl. Se supone que no tiene que limpiar esa planta, pero con ella nunca se sabe.

En ese momento, he reparado en unas feas marcas en su muñeca, redondas y rojas.

–¿Qué te ha pasado? –he preguntado–. ¿Te has quemado?

–¡Oh, esto...! Sí, me he quemado. En el lavavajillas, sí.

–Eso suena a infracción de seguridad –he señalado–. El señor Snow se toma muy en serio la seguridad. Deberías decírselo para que revisaran el aparato.

–No, no –ha objetado Juan Manuel–. Ha sido un error. He puesto el brazo donde no debía.

–De acuerdo. Pero ten más cuidado.

–Lo tendré –me ha asegurado.

Durante esta parte de la conversación no me ha mirado a los ojos, algo que me ha parecido muy impropio de él. He deducido que se sentía incómodo por el contratiempo y he cambiado de tema.

–¿Has tenido noticias de tu familia recientemente? –le he preguntado.

–Ayer mi madre me envió esto. –Ha sacado el teléfono del bolsillo del delantal y ha buscado una foto.

Su familia vive al norte de México. Su padre murió hace unos dos años, lo que dejó a la familia sin ingresos. Juan Manuel les envía dinero. Tiene cuatro hermanas, dos hermanos, seis tías, siete tíos y un sobrino. Es el mayor de los hermanos, y tiene más o menos mi edad. Era una foto de toda la familia sentada alrededor de una mesa de plástico, todos sonriendo a la cámara. Su madre, en pie, la presidía sosteniendo una bandeja de carne asada.

–Esta es la razón por la que estoy aquí, en esta cocina, en este país. Para que mi familia pueda comer carne los domingos. Molly, si mi madre te conociera, le caerías bien enseguida. Ella y yo somos iguales. Reconocemos a las buenas personas en cuanto las vemos. –Ha señalado hacia la imagen, hacia el rostro de su madre–. ¡Mira! Siempre está sonriendo, siempre. Oh, Molly...

Entonces sus ojos se han llenado de lágrimas. No he sabido qué hacer. Ya no he querido ver más fotos de su familia. De seguir haciéndolo, me habría provocado una sensación extraña en la boca del estómago, la misma que tuve una vez cuando se me cayó por accidente un pendiente por el negro agujero del desagüe.

–Tengo que irme –he dicho–. Veintiuna habitaciones por limpiar hoy.

–Sí, claro. Me gusta que pases a saludar. Hasta luego, señorita Molly.

He salido a toda prisa de la cocina hacia el tranquilo y luminoso pasillo y el orden perfecto de mi carrito. Enseguida me he sentido mucho mejor.

Había llegado el momento de ir al Social Bar & Grill, el bar-restaurante del hotel, donde Rodney debía estar a punto de empezar su turno. Rodney Stiles, jefe de camareros. Rodney, con su pelo espeso y ondulado, su camisa de etiqueta blanca con los botones superiores desabrochados con mucho gusto que dejan ver una pequeña parte de un torso perfecto y suave –bueno, casi perfecto y suave, excepto por una pequeña y redonda cicatriz en el esternón–. De cualquier modo, lo que quiero decir es que no tiene pelo. No entiendo cómo a algunas mujeres les pueden gustar los hombres con pelo. No es que tenga prejuicios. Solo estoy diciendo que si me sintiera atraída por un hombre con pelo, sacaría las bandas de cera y se las arrancaría hasta dejarlo sin vello.

Todavía no he podido hacerlo. Solo he tenido un novio, Wilbur. Y aunque no tenía pelo en el pecho, resultó ser un rompecorazones. Y un embustero y un traidor. Así que quizá el vello pectoral no sea lo peor del mundo.

Respiro hondo para barrer a Wilbur de mi mente. Poseo esta habilidad bendita: limpiar mi mente como si fuera una de las habitaciones. Si recuerdo situaciones molestas o me vienen a la cabeza personas desagradables, las barro. Fuera. Borradas, así, sin más. Mi mente recobra su estado ideal.

Pero mientras estoy aquí sentada en el despacho esperando a que regrese el señor Snow, me cuesta mantener la mente clara. No dejo de pensar en el señor Black. Y en la sensación al tocar su piel sin vida. Y en todo lo demás.

Doy un sorbo de té, que ahora ya está frío. Volveré a concentrarme en la mañana, en recordar cualquier detalle... ¿Por dónde iba?

Ah, sí. Juan Manuel. Después de dejarlo, he empujado el carro y he tomado el ascensor hasta el vestíbulo. Las puertas se han abierto y allí estaban el señor y la señora Chen. Los Chen son huéspedes habituales, como los Black, aunque los Chen son de Taiwán. He oído que el señor Chen vende tejidos. La señora Chen siempre viaja con él. En esta ocasión, iba ataviada con un vestido muy bonito de color vino con un ribete negro de flecos. Los Chen siempre son de trato impecable y perfecto, una característica que encuentro excepcional.

Me han saludado enseguida, lo que, debo decir, es bastante raro en la gran mayoría de los huéspedes. Incluso se han apartado para dejarme salir del ascensor antes de entrar ellos.

–Gracias por visitarnos de nuevo, señor y señora Chen.

El señor Snow me enseñó a saludar a los huéspedes por su nombre, a tratarlos como si fueran de la familia.

–Somos nosotros los que debemos darte las gracias por dejar nuestra habitación siempre tan ordenada –ha dicho el señor Chen–. La señora Chen puede descansar cuando nos hospedamos aquí.

–Me estoy volviendo una holgazana. Lo haces todo por mí –ha añadido ella.

No soy una persona que busque atención. Prefiero responder a un elogio con un asentimiento o con el silencio. Así que he asentido y he hecho una reverencia.

–Espero que disfruten de su estancia –he rematado.

Los Chen han entrado en el ascensor y las puertas se han cerrado tras ellos.

El vestíbulo estaba moderadamente concurrido, con nuevos huéspedes que llegaban y otros que se iban. De un vistazo me ha parecido limpio y ordenado. No había necesidad de ningún retoque. Sin embargo, a veces los huéspedes olvidan un periódico sobre una mesita o abandonan una taza de café en el reluciente suelo de mármol, donde sus últimas gotas derramadas dejan una mancha ominosa. Si advierto estas torpezas, me ocupo de ellas de inmediato. En rigor, la limpieza del vestíbulo no es mi trabajo, pero como dice el señor Snow, los buenos empleados van más allá.

He empujado el carrito hasta la entrada del Social Bar &

Grill y lo he aparcado allí. Rodney se encontraba detrás de la barra, leyendo un periódico abierto sobre el mostrador.

He entrado con paso enérgico para demostrar que soy una mujer confiada y decidida.

–Ya estoy aquí –he dicho.

Rodney ha alzado la mirada.

–Ah, hola, Molly. Supongo que has venido a por los periódicos...

–Tu suposición es correcta al cien por cien.

Cada día recojo un fajo de periódicos que voy dejando en las habitaciones al hacer la ronda.

–¿Has visto esto? –me ha preguntado, señalando la página abierta ante él.

Rodney lleva un deslumbrante Rolex. Aunque las marcas no me interesan mucho, sé que Rolex es una de las caras, lo que quiere decir que el señor Snow reconoce las excelentes habilidades de Rodney como camarero y le paga un salario más alto que el de un camarero corriente.

He mirado la línea hacia la que apuntaba el dedo de Rodney: «Una disputa familiar sacude el imperio Black».

–¿Puedo verlo?

–Claro.

Rodney ha girado el periódico hacia mí. Aparecían varias fotografías, una enorme del señor Black en su clásico traje con doble botonadura, apartando las cámaras de los reporteros ante él. Giselle iba de su brazo, perfectamente arreglada de la cabeza a los pies y con gafas de sol. A juzgar por su atuendo, la foto había sido tomada hacía poco. ¿Quizá ayer?

–Me temo que se avecinan problemas para los Black –ha dicho Rodney–. Al parecer, su hija Victoria es la propietaria del cuarenta y nueve por ciento de las acciones del imperio empresarial de los Black y él quiere recuperarlas.

He ojeado el artículo. Los Black tuvieron tres hijos, todos ellos ya adultos. Uno de los chicos vive en Atlantic City, el otro ha ido saltando de Tailandia a las Islas Vírgenes o a algún otro lugar donde haya fiesta. En el artículo, la señora Black –la primera señora Black– describía a sus dos hijos como unos «frescales» y decía: «Propiedades & Inversiones Black solo sobrevivirá si mi hija, Victoria, que en la práctica ya dirige la empresa, consigue hacerse con, como mínimo, la mitad de las acciones». A continuación, el artículo describía las feas puñaladas legales entre el señor Black y su exesposa. El artículo mencionaba a otros muchos magnates poderosos que se solidarizaban con una parte o con la otra. También se sugería que el matrimonio dos años atrás del señor Black con Giselle –una mujer a la que le doblaba la edad– marcaba el inicio de la crisis del imperio Black.

–Pobre Giselle –he dicho en voz alta.

–¿A que sí? –respondió Rodney–. No le hará nada bien.

De repente se me ha ocurrido algo.

–¿Conoces bien a Giselle?

Con un movimiento brusco, Rodney ha escondido el periódico debajo de la barra y ha sacado mi fajo para las habitaciones.

–¿A quién?

–A Giselle.

–El señor Black no le permite bajar al bar. Probablemente tengas tú más contacto con ella que yo.

Y no le faltaba razón. Lo tenía. Lo tengo. Un vínculo poco probable y muy agradable –¿me atrevería a decir amistad?– se había formado entre nosotras, entre la joven y hermosa Giselle Black, esposa en segundas nupcias del tristemente famoso magnate inmobiliario, y yo, Molly, una insignificante camarera de hotel. No hablo mucho de esta relación porque el adagio del señor Preston es aplicable tanto a las damas como a los caballeros: mejor mantener los labios apretados y bien cerrados.

He dejado que Rodney siguiera hablando, colocándome a la distancia mínima que puede permitirse una mujer soltera pero no desesperada con cierto interés romántico en el cotizado soltero ante ella, cuya varonil colonia olía a bergamota, a exotismo y a misterio masculino.

No me ha decepcionado; al menos, no del todo.

–Molly, los periódicos. –Se ha inclinado hacia mí y los músculos de sus antebrazos se han contraído de un modo cautivador. (Como estábamos en la barra, la norma de nada de codos sobre la mesa no era aplicable)–. Y por cierto... Gracias, Molly. Por lo que haces por mi amigo Juan Manuel. Eres una chica... muy especial.

He sentido que una oleada de calor se abría paso hasta mis mejillas, como si Gran acabara de pellizcármelas.

–Haría lo mismo por ti, puede que incluso más. Es decir, al fin y al cabo, es lo que hacen los amigos, ¿no? Sacarse de aprietos.

Con una mano, me ha cogido la muñeca y la ha apretado con sutileza. La sensación ha sido extremadamente agradable y me he dado cuenta de repente de cuánto tiempo había transcurrido desde la última vez que alguien me había tocado. Rodney ha retirado la mano antes de que estuviera preparada. He esperado a que dijera algo más; ¿quizá que volviera a pedirme una cita? Es lo único que deseo: una segunda cita con Rodney Stiles. La primera tuvo lugar hace exactamente treinta y seis días, y se ha convertido en uno de los momentos cúspide de mi vida adulta.

Pero la espera ha sido en vano. Rodney ha dado media vuelta y ha empezado a preparar la cafetera.

–Será mejor que subas o Chernóbil va a lanzarte una bomba –ha sugerido.

Me he reído –de hecho, ha sido más bien entre una risotada y una tos–. Me estaba riendo con Rodney, y no de Cheryl, lo que probablemente hacía que aquello estuviera bien.

–Me ha encantado hablar contigo –le he dicho, y a continuación he añadido–: Quizá podamos hacerlo en otro momento...

–Seguro que sí. Estoy aquí toda la semana. Ja, ja.

–Pues claro que estás aquí toda la semana –he respondido con total naturalidad.

–Era una broma –ha aclarado, guiñándome un ojo.

Aunque no la he entendido, sí que he comprendido el guiño. Como en una nube, he abandonado el bar y he recuperado el carro. Oía los latidos de mi corazón retumbando en mis oídos, el entusiasmo que no dejaba de bombear.

He cruzado el vestíbulo, saludando a los huéspedes con un leve movimiento de cabeza. «Cortesía discreta, servicio al cliente invisible pero presente», dice a menudo el señor Snow. Es un comportamiento que he cultivado, aunque debo admitir que me resulta bastante natural. Supongo que mi abuela me educó y enseñó a ser así, aunque el hotel me ha ofrecido oportunidades de sobra para practicarlo y perfeccionarlo.

Esta mañana, he tomado el ascensor hacia el cuarto piso tarareando una alegre melodía. Me he dirigido a la *suite* 401, la del señor y la señora Black. Justo cuando iba a llamar a la puerta, esta se ha abierto y ha salido el señor Black hecho una furia. Iba ataviado con el traje de doble botonadura marca de la casa, y del bolsillo frontal izquierdo de su americana sobresalía un papel con la palabra ESCRITURA en pequeñas letras ensortijadas, trazadas en arabescos. Casi me ha derribado al salir con tanto ímpetu.

–Aparta.

Era su costumbre: derribarme o tratarme como si fuera invisible.

–Disculpe, señor Black. Que tenga muy buen día. –He puesto el pie en la puerta para que no se cerrara y, a continuación, he decidido que, de todos modos, debía anunciarme–: ¡Limpieza!

Giselle estaba sentada en el canapé del salón, con un albornoz y la cabeza entre las manos. ¿Lloraba? No podía asegurarlo. Su pelo –lustroso, largo y castaño– estaba despeinado. Ver su cabello en ese estado me ha puesto bastante nerviosa.

–¿Es buen momento para que tu habitación recobre su estado ideal? –he preguntado.

Giselle ha levantado la mirada. Tenía el rostro enrojecido y los ojos hinchados. Ha cogido el teléfono que había sobre la mesa de cristal, se ha puesto en pie, ha salido corriendo hacia el baño y luego ha cerrado de un portazo tras ella. Ha enchufado el extractor, que, según he podido advertir, sonaba demasiado alto y con cierta torpeza. Tendría que avisar a Mantenimiento. A continuación, ha abierto el agua de la ducha.

–¡De acuerdo! –he gritado desde el otro lado de la puerta del baño–. ¡Si no te importa, asearé un poco las habitaciones mientras te preparas para aprovechar el día!

No he recibido respuesta.

–¡He dicho que limpiaré por aquí! Como no me contestas...

Nada. Era un comportamiento bastante impropio de Giselle. Por lo general, se mostraba muy parlanchina siempre que limpiaba su habitación. Charlábamos, y con ella experimentaba una sensación diferente de lo que ocurría con el resto de las personas. Me sentía cómoda, como si estuviera en el sofá de casa junto a Gran.

Lo intenté de nuevo.

–¡Mi abuela siempre dice que para sentirse mejor no hay nada como ponerse a limpiar! ¡Si te sientes triste, coge un plumero, compañero!

Pero con el ruido del agua y aquel torpe zumbido del extractor no me ha oído.

Me he puesto a limpiar, empezando por el salón. La mesa de cristal estaba llena de salpicaduras y huellas. La propensión de las personas a la hora de generar suciedad nunca deja de sorprenderme. He cogido el amoniaco y me he puesto manos a la obra, hasta dejar la mesa limpia como una patena.

He examinado el salón. Las cortinas estaban descorridas. Por suerte, no se veían manchas de dedos en las ventanas, lo que era una suerte. En el aparador junto a la puerta de entrada había varios sobres abiertos. Un trozo de papel rasgado y rizado procedente de uno de ellos estaba en el suelo. Lo he recogido y lo he tirado a la basura. Justo al lado de la correspondencia estaba el bolso amarillo con la cadena dorada de Giselle. Parecía caro, aunque nadie lo diría por la manera en que lo dejaba tirado por ahí. La cremallera superior estaba abierta y de él asomaba un itinerario de avión. No soy una fisgona, pero no he podido evitar reparar en que eran dos billetes de ida a las islas Caimán. De haber sido mi bolso, me habría asegurado de cerrar bien la cremallera para que mis preciosas posesiones no estuvieran a punto de caerse al suelo. Me he encargado de alinear el bolso exactamente en paralelo al correo y de colocar la cadena de forma adecuada.

He examinado el dormitorio. La alfombra se veía pisoteada –el pelo estaba aplastado en ambos lados como si alguien, el señor Black, Giselle o ambos, hubiese estado paseándose de arriba abajo por ella–. He ido al carrito a por el aspirador y lo he enchufado.

–¡Siento el jaleo! –he gritado.

He pasado el aspirador por toda la habitación dibujando líneas rectas hasta que el pelo de la alfombra ha caído de nuevo con pesadez y se asemejaba a un jardín zen recién barrido. Jamás he estado en un jardín zen en la vida real, pero Gran y yo siempre pasábamos las vacaciones juntas en el sofá, una al lado de la otra en nuestro cuarto de estar. «¿Dónde viajaremos esta noche, al Amazonas con David Attenborough o a Japón con *National Geographic*?», preguntó en una de estas ocasiones. Aquella noche elegí Japón, y Gran y yo lo aprendimos todo sobre los jardines zen. Eso fue antes de que se pusiera enferma, claro. Ahora ya no viajo desde el sofá porque ya no puedo permitirme la televisión por cable, ni siquiera Netflix. Incluso si tuviera el dinero, no sería lo mismo sin Gran.

Ahora mismo, mientras repaso mi día sentada en la oficina del señor Snow, me causa la misma sorpresa que Giselle se haya encerrado en el baño durante tanto rato esta mañana. Era casi como si no quisiera hablar conmigo.

Después de pasar el aspirador, me he dirigido al dormitorio. La cama estaba deshecha y no había propina sobre las almohadas, lo que ha sido toda una decepción. Tengo que admitir que he llegado a depender de las generosas propinas de los Black. Me han ayudado a pasar los últimos meses ahora que solo entra un salario en casa y que no puedo contar con los ingresos de Gran para completar el alquiler.

He empezado a quitar las sábanas y he hecho la cama con esmero, rematándola con unas esquinas de hospital perfectas y cuatro almohadas estándar de hotel –dos duras y dos blandas– bien mullidas: dos para el esposo y dos para la esposa. La puerta del ropero estaba abierta de par en par, pero cuando he ido a cerrarla, la caja fuerte, que también estaba abierta, me lo ha impedido. En su interior, he visto un pasaporte, no dos, diversos documentos que parecían muy legales y varios fajos de dinero –billetes de cien dólares recién impresos–, al menos cinco en total.

Aunque me resulte difícil de admitir, estoy en medio de una crisis financiera. Y aunque no me enorgullezca en absoluto, es bien cierto que los fajos de billetes de aquella caja fuerte me han tentado tanto que me he puesto a limpiar el resto de la habitación tan rápido como he podido –los zapatos apuntando hacia la misma dirección, el salto de cama doblado sobre la silla, etcétera–, para salir de allí lo antes posible y seguir con el resto de la *suite*.

He regresado al salón, donde me he ocupado del bar y de la pequeña nevera. Cinco frasquitos de ginebra Bombay habían desaparecido (ella, según he supuesto) y tres de *whisky* (sin duda, él). He repuesto las existencias y a continuación he vaciado todas las papeleras.

He advertido que se cerraba el agua de la ducha, por fin, y que también se apagaba el extractor. Y entonces he oído los inconfundibles sollozos de Giselle.

Parecía muy triste, así que he anunciado que la habitación estaba limpia, he cogido una caja de pañuelos del carro y he esperado al otro lado de la puerta del baño.

Por fin ha salido. Iba envuelta en uno de los blancos y suaves albornoces del hotel. Siempre me pregunto qué se debe sentir al llevarlos puestos, si será como si te estuviera abrazando una nube. También llevaba el pelo envuelto con una toalla de baño en un remolino perfecto, como si fuera un helado, mi capricho favorito.

Le he tendido la caja de pañuelos.

–¿Un pañuelo para que no caiga al suelo? –he preguntado.

–Qué dulce eres –ha dicho ella, suspirando–. Pero un pañuelo no servirá de nada.

Ha pasado ante mí y se ha dirigido hacia el dormitorio. Me ha parecido oír que revolvía el ropero.

–¿Te encuentras bien? ¿Puedo ayudarte en algo?

–Hoy no, Molly. No estoy de humor, ¿vale?

Su voz sonaba diferente, como si fuera un neumático pinchado el que estuviera hablando, lo que, por supuesto, es imposible, excepto en los dibujos animados. Era evidente que estaba de lo más molesta.

–Muy bien –he contestado con voz animada–. ¿Puedo limpiar ahora el baño?

–No, Molly. Lo siento. Por favor, ahora no.

No me lo he tomado como algo personal.

–Entonces, ¿vuelvo más tarde para limpiarlo?

–Buena idea.

He hecho una reverencia en respuesta a su elogio y después he recuperado el carro y he salido zumbando por la puerta. Me he puesto a limpiar las otras habitaciones y *suites* de la planta, con mi inquietud en aumento. ¿Qué le ocurría a Giselle? Por lo general me hablaba de los lugares a los que iría durante el día, de qué iba a hacer. Me pedía opinión sobre si se ponía una cosa u otra. Me decía cosas agradables. «Molly Maid, no hay nadie como tú. Eres la mejor, no lo olvides jamás». Un calorcito me subía al rostro. Con cada una de sus amables palabras, sentía que mi pecho se henchía un poco más.

Y era tan impropio de Giselle olvidarse de la propina.

«Todos tenemos derecho a tener un mal día de vez en cuando. –Oí que decía Gran en mi cabeza–. Pero cuando todos los días son malos, sin que haya ninguno agradable, es hora de reconsiderar las cosas».

He continuado por la habitación del señor y la señora Chen, unas puertas más allá. Cheryl estaba a punto de entrar.

–Iba a hacerte el favor de recoger las sábanas y llevarlas abajo por ti –ha anunciado.

–No, no hace falta. Ya me ocupo yo –he contestado, apartándola con el carrito–. Pero, gracias, eres muy amable.

He entrado corriendo y he dejado que la puerta se le cerrara abruptamente en las narices.

En la almohada de la habitación de los Chen había un billete de veinte dólares nuevecito. Para mí. Un reconocimiento de mi trabajo, de mi existencia, de mi necesidad.

–Esto es ser amable, Cheryl –he dicho en voz alta mientras doblaba el billete de veinte dólares y me lo metía en el bolsillo.

He continuado limpiando, fantaseando con lo que le haría –rociarle el rostro con lejía, estrangularla con el cinturón de un albornoz, tirarla por el balcón– si llegaba a pillarla con las manos en la masa robando la propina de una de mis habitaciones.

CAPÍTULO 3

Oigo pasos que se acercan por el pasillo, camino del despacho del señor Snow, donde permanezco obedientemente sentada en una rígida silla de respaldo alto y piel marrón que chirría cada vez que me muevo. No sé cuánto tiempo llevo aquí –puede que más de ciento veinte minutos– y, aunque he tratado de distraerme con pensamientos y recuerdos, mi crispación va en aumento. El señor Snow entra.

–Molly, gracias por esperar. Has sido muy paciente.

En ese preciso instante, me doy cuenta de que hay alguien detrás de él: una figura vestida de azul oscuro, que da un paso al frente. Es una agente de policía, una mujer. Es grande, imponente, con unos hombros anchos y atléticos. Hay algo en sus ojos que no me gusta. Estoy acostumbrada a que la gente mire detrás de mí o a mi alrededor, pero esta mujer está observándome directamente –¿se podría decir que me atraviesa con la mirada?– de una forma bastante perturbadora. La taza de té que sostengo entre las manos está fría como el hielo. Mis manos, también.

–Molly, te presento a la detective Stark. Detective, esta es Molly Gray. Ella ha encontrado al señor Black.

No estoy muy segura de qué protocolo hay que seguir para saludar a una agente de policía. El señor Snow nos ha formado para saludar a empresarios, jefes de Estado y estrellas de

Instagram, pero jamás ha mencionado qué hacer en el caso de un miembro del cuerpo de policía. Me veo obligada a recurrir a mi inexperiencia y a mis recuerdos de *Colombo*.

Me levanto, pero entonces reparo en que todavía sostengo la taza de té. Así que me acerco al escritorio de caoba del señor Snow para dejarla allí, pero no hay posavasos. Los diviso al otro extremo de la habitación, sobre una estantería repleta de unos volúmenes con suntuosas encuadernaciones de cuero cuya limpieza sería muy laboriosa pero también muy gratificante. Cojo uno, regreso al escritorio del señor Snow, lo coloco justo en el ángulo de la mesa y, a continuación, deposito mi taza adornada con rosas sobre él, con cuidado de no derramar ni una gota del té frío.

–Ya está –anuncio. Entonces me acerco a la agente y me enfrento a su mirada crítica–. Detective –la saludo, tal como he visto en televisión.

Hago una especie de reverencia llevando el pie hacia atrás y asiento con brusquedad.

La detective mira al señor Snow y después a mí.

–Qué día más horrible has tenido –dice.

Sus palabras no parecen faltas de cariño, al menos eso creo.

–Oh, no todo ha sido horrible –respondo–. Lo acabo de repasar mentalmente. De hecho, ha sido de lo más agradable, hasta más o menos las tres de la tarde.

La detective vuelve a mirar al señor Snow.

–Es la conmoción –anuncia este–. Está en estado de *shock*.

Quizá el señor Snow tenga razón. Mi siguiente pensamiento me parece urgente y me apresuro a verbalizarlo:

–Señor Snow, gracias por la taza de té y la deliciosa galleta de mantequilla. ¿Las ha traído usted? ¿O ha sido otra persona? He disfrutado mucho ambas. ¿Puedo preguntar de qué marca son las galletas?

El señor Snow se aclara la garganta.

–Las hacemos aquí, Molly, en nuestras cocinas. Estaré encantado de traerte más en otro momento, pero ahora es importante que hablemos de otro asunto. La detective Stark tiene algunas preguntas para ti, puesto que has sido la primera persona en la escena del... de la... del señor Black.

–Lecho de muerte –digo, con voluntad de ayudar.

El señor Snow baja la mirada hacia sus zapatos bien lustrados.

La detective se cruza de brazos. Tengo la clara sensación de que me está atravesando con la mirada, aunque no sé muy bien qué significa eso. Si Gran estuviera aquí, se lo preguntaría a ella. Pero no está. No estará nunca más.

–Molly –interviene el señor Snow–. No te has metido en ningún lío. Pero la detective quiere hablar contigo, en tu papel de testigo. Quizá haya detalles que has visto en la *suite* o durante el día que podrían ayudar en la investigación.

–¿Una investigación...? ¿Tratan de averiguar cómo murió el señor Black? –pregunto.

La detective Stark carraspea.

–No trato de hacer nada por el momento.

–Qué considerado por su parte –señalo–. Así que ¿no cree que el señor Black fuera asesinado?

Los ojos de la detective Stark se abren como platos.

–Bueno, lo más probable es que muriera de un ataque al corazón –declara–. Hay hemorragias petequiales alrededor de sus ojos, lo que concuerda con un paro cardiaco.

–¿Hemorragias petequiales? –pregunta el señor Snow.

–Unos hematomas diminutos alrededor de los ojos. Son comunes en un infarto, pero también pueden significar... otras cosas. Nos encontramos en el punto en que no sabemos nada con seguridad. Procederemos a realizar una investigación minuciosa para descartar el crimen.

Esto me recuerda un chiste muy gracioso que Gran solía contar: «¿Cómo se conoce a una mala interpretación de *Hamlet* en Crimea? Un crimen».

Esbozo una sonrisa ante el recuerdo.

–Molly –dice el señor Snow–, ¿eres consciente de la gravedad de la situación?

Sus cejas se unen y entonces me doy cuenta de lo que he hecho: mi sonrisa se ha malinterpretado.

–Ruego me disculpe, señor. Estaba pensando en un chiste –explico.

La detective descruza los brazos y los coloca en jarras. De nuevo, me observa con esa mirada suya.

–Me gustaría que me acompañaras a comisaría, Molly. Para tomarte declaración como testigo –manifiesta.

–Me temo que eso no será posible –señalo–. No he acabado mi turno y el señor Snow cuenta con que cumpliré con mis obligaciones como camarera.

–Oh, no pasa nada, Molly –interviene el señor Snow–. Son circunstancias excepcionales e insisto en que ayudes a la detective Stark. Te pagaremos el turno completo, no debes preocuparte por eso.

Esta última frase supone todo un alivio. Teniendo en cuenta el estado actual de mis finanzas, sencillamente no puedo permitirme perder parte del sueldo.

–Muy amable por su parte, señor Snow –agradezco. Pero en ese momento, un pensamiento me cruza por la mente–: Entonces no me he metido en ningún lío, ¿es correcto?

–Así es –responde el señor Snow–. ¿Verdad, detective?

–Así es. Solo necesitamos saber qué has visto hoy, qué has notado, especialmente en la escena.

–¿Quiere decir en la *suite* del señor Black?

–Sí.

–Cuando me lo he encontrado muerto.

–Eh..., sí.

–Ya veo. Señor Snow, ¿dónde quiere que deje mi taza de té sucia? Puedo devolverla a la cocina. «Si el huésped no lo ha notado, es porque el desorden has limpiado».

Es una frase del último seminario de capacitación profesional del señor Snow, aunque, al parecer, no capta mi ingeniosa réplica.

–No te preocupes por la taza. Ya me encargaré yo –asegura.

Y con eso, la detective abre el camino y me invita a abandonar el despacho del señor Snow, a atravesar el distinguido vestíbulo principal del hotel Regency Grand y a salir por la puerta de servicio.

CAPÍTULO 4

Estoy en comisaría. Es extraño no estar ni en el Regency Grand ni en casa, en el piso de Gran. Me cuesta llamarlo «mi piso», aunque supongo que ahora me pertenece. Mío y solo mío mientras me las arregle para seguir pagando el alquiler.

Ahora estoy en un lugar en el que no he estado en mi vida, un lugar en el que ciertamente no esperaba estar hoy –una sala pequeña y blanca, de ladrillos grises de hormigón con solo dos sillas, una mesa y una cámara en la esquina superior izquierda, con una luz roja que parpadea y me apunta directamente–. La fuerte luminosidad de los tubos fluorescentes me ciega. Aunque aprecio bastante el blanco nuclear en la decoración y en los tejidos, esta elección de estilo es un fracaso completo. El blanco solo funciona cuando la habitación está limpia. Y que no quepa la menor duda: esta sala está todo menos limpia.

Quizá sea por deformación profesional: veo suciedad donde otros no la perciben. La rozadura en la pared, probablemente de una maleta negra, los anillos de café en la mesa blanca, dos oes redondas y marrones. Las huellas grises de un pulgar que recorren el pomo de la puerta, el rastro geométrico en el suelo de las botas mojadas de un agente.

La detective Stark me ha dejado aquí hace unos instantes. Nuestro trayecto en coche ha sido bastante agradable. Me ha permitido sentarme en el asiento del copiloto, algo que le he agradecido. No soy ninguna criminal, muchas gracias, así que no hace falta tratarme como si lo fuera. Ha intentado entablar conversación durante el viaje. No soy muy buena charlando.

–Así que ¿cuánto tiempo llevas trabajando en el Regency Grand? –ha preguntado.

–Hace ahora más o menos cuatro años, trece semanas y cinco días. Tal vez me equivoque de un día, pero no de más. Puedo decírselo con exactitud si me enseña un calendario.

–No será necesario.

Durante unos pocos segundos ha negado con la cabeza lentamente, un gesto que he interpretado como que he ofrecido mucha información. El señor Snow me enseñó el principio KISS,* que no es lo que parece. Quiere decir «*Keep It Simple, Stupid*». Debo aclarar que no me estaba llamando estúpida. Solo sugería que a veces cuento demasiadas cosas y, según he llegado a comprender, esto puede resultar molesto.

Cuando hemos llegado a comisaría, la detective Stark ha saludado al agente tras el mostrador, un gesto que me ha parecido amable de su parte. Me gusta que los que se hacen llamar superiores saluden correctamente a sus empleados. «Lo cortés no quita lo valiente», diría Gran.

Una vez en el interior, la detective me ha conducido hasta esta pequeña sala en la parte trasera.

–¿Puedo ofrecerte algo antes de que empecemos a hablar? ¿Qué te parece una taza de café?

–¿Té? –pregunté.

–Veré qué puedo hacer.

Ahora acaba de volver con un vaso de poliestireno.

* *Kiss* significa «beso» en inglés, y es el acrónimo de *Keep It Simple, Stupid*, que se traduce por «No lo compliques, estúpido». (*N. de la T.*)

–Lo siento, no hay té en este cuartelillo. Te he traído agua.

En un vaso de poliestireno. Odio el poliestireno. El ruido que hace. Cómo la suciedad se agarra a él. Cómo una mínima rozadura con la uña deja una cicatriz permanente. Pero sé ser educada. No voy a montar un drama.

–Gracias.

La detective carraspea y se sienta en la silla frente a mí. Tiene un bloc de notas amarillo y un bolígrafo Bic con la parte de arriba mordisqueada. Me esfuerzo por no pensar en el universo de bacterias que debe albergar. Deja el bloc sobre la mesa y el boli junto a él. Se reclina y me observa con esa mirada tan penetrante.

–Molly, no te has metido en ningún lío –dice–. Solo quiero que lo sepas.

–Soy muy consciente –respondo.

El bloc amarillo no está alineado con la esquina de la mesa; está torcido aproximadamente cuarenta y siete grados. Antes de que pueda detenerlas, mis manos se mueven, rectifican este desarreglo y colocan el bloc en paralelo con la mesa. El bolígrafo también está torcido, pero no existe nada en la Tierra lo suficientemente poderoso como para obligarme a tocarlo.

La detective Stark me mira con la cabeza inclinada. Puede que suene poco caritativo, pero parece un enorme perro a la escucha de los sonidos de un bosque. Al final, se decide a hablar:

–Me parece que el señor Snow tiene razón y que te encuentras en estado de *shock*. Es bastante habitual que la gente que ha sufrido una conmoción tenga problemas para expresar sus emociones. No serías la primera.

La detective Stark no me conoce de nada. Supongo que el señor Snow tampoco le ha explicado nada de mí. Cree que mi comportamiento es extraño, que estoy indispuesta, porque he encontrado al señor Black muerto en su cama. Y aunque ha sido bastante inesperado y desconcertante, me siento mucho mejor que hace unas pocas horas; de hecho, estoy convencida de que mi comportamiento es bastante normal.

Lo que en realidad deseo es irme a casa, prepararme una buena taza de té y quizá enviarle un mensaje a Rodney, contándole los acontecimientos del día con la esperanza de que me consuele de alguna manera o que me pida salir. Y si eso no ocurre, no está todo perdido. Puedo darme un buen baño y leer una novela de Agatha Christie; Gran tiene muchas y las he leído todas más de una vez.

Decido no compartir estos pensamientos con la detective Stark. En lugar de ello, le muestro que estoy de acuerdo con ella en la medida que puedo sin engañarla completamente.

–Detective, puede que tenga razón y que yo me encuentre en estado de *shock*. Lamento que piense que no me siento muy bien.

–Es perfectamente comprensible –dice, alzando las comisuras de los labios para formar una sonrisa o, al menos, lo que creo que es una sonrisa; casi nunca estoy segura–. Me gustaría preguntarte qué has visto cuando has entrado en la *suite* de los Black esta tarde. ¿Has advertido algo extraño o fuera de lugar?

En cada una de mis rondas encuentro una panoplia de cosas que son «extrañas» o están «fuera de lugar», y no solo en la *suite* de los Black. Sin ir más lejos, hoy me he encontrado con una barra de cortina arrancada de sus goznes en una habitación del tercer piso, un hornillo «de contrabando» a la vista en el lavabo de una habitación de la tercera planta y a seis damas muy alegres tratando de esconder unos colchones hinchables debajo de la cama en una habitación de dos personas. Cumpliendo con mi deber, he informado de todas estas infracciones –y de muchas más– al señor Snow. «Tu devoción para que se observen los altos estándares del Regency Grand no conoce límites», me ha dicho el señor Snow. Sin embargo, no sonreía: sus labios han permanecido en una línea horizontal perfecta. «Gracias», le he contestado, sintiéndome bastante contenta con mi informe.

Considero qué desea saber en realidad la detective y qué estoy preparada para revelar.

–Detective, la *suite* de los Black se hallaba en su estado habitual de desorden cuando he entrado a primera hora de esta tarde. No había nada fuera de lo común, excepto las pastillas en la mesita.

Digo esto a propósito, porque sé que es un detalle del escenario en el que incluso el detective más bobo habría reparado. De lo que no quiero hablar es de las otras cosas: el albornoz en el suelo, la caja fuerte abierta, el dinero que faltaba, los billetes de avión, el bolso de Giselle, que ya no estaba la segunda vez que he acudido a la habitación. Y lo que he visto reflejado en el espejo del dormitorio del señor Black.

He visto suficientes series de misterio y crimen como para saber sobre quiénes suelen recaer las sospechas iniciales. Las esposas son las primeras de la lista y la última cosa que deseo es sembrar dudas en lo que respecta a Giselle. Ella no tiene culpa alguna en todo este asunto y es mi amiga. Me preocupa.

–Investigaremos lo de esas pastillas –asegura la detective Stark.

–Son de Giselle –suelto a mi pesar.

No puedo creer que su nombre haya salido de mis labios así, sin más. Quizá si estoy de verdad conmocionada, porque mis pensamientos y mi boca no funcionan en tándem como hacen normalmente.

–¿Cómo sabes que las pastillas son de Giselle? –me pregunta la detective, sin levantar la mirada del bloc, en el que continúa escribiendo–. El frasco no llevaba etiqueta.

–Lo sé porque manipulo los artículos de higiene personal de Giselle. Los alineo cuando limpio el baño. Me gusta ordenarlos de mayor a menor altura, aunque antes me aseguro si el huésped prefiere un método de organización diferente.

–Un método diferente.

–Sí, como por productos de maquillaje, por medicamentos, por productos de higiene femenina... –La boca de la detective Stark se abre un poco–. O por productos para el afeitado, cremas hidratantes, tónicos capilares, ¿lo entiende?

Su silencio es demasiado largo. Me está observando como si yo fuera la idiota, cuando es claramente ella la que no llega a captar mi lógica, que es de lo más simple. La verdad es que sé que las pastillas son de Giselle porque he visto varias veces cómo se las tomaba. Incluso en una ocasión le pregunté por ellas. «¿Estas? Me calman cuando pierdo los papeles. ¿Quieres una?», me respondió. Decliné la oferta educadamente. Las drogas son solo para paliar el dolor y soy muy consciente de las consecuencias si se abusa de ellas.

La detective sigue con sus preguntas:

–Cuando has llegado a la habitación de los Black, ¿has ido directamente al dormitorio?

–No –respondo–. Eso sería saltarse el protocolo. Primero he anunciado mi llegada, pensando que quizá había alguien en la *suite*. Según parece, mi suposición era correcta al cien por cien.

La detective me observa sin pronunciar palabra.

Yo espero.

–No lo ha apuntado –digo.

–¿Apuntar el qué?

–Lo que acabo de decir.

Me observa con una mirada incomprensible y, a continuación, toma su *plume de peste* y anota mis palabras. Cuando termina, golpea el bloc con el bolígrafo.

–Y entonces, ¿qué? –prosigue.

–Bueno, al ver que nadie respondía, he acometido el salón, que estaba bastante desordenado. Me disponía a limpiarlo cuando he considerado adecuado examinar el resto de la *suite*. Al entrar en el dormitorio, me he encontrado con el señor Black en la cama; parecía estar descansando.

El capuchón mordido del bolígrafo se sacude amenazante ante mí mientras la detective Stark garabatea lo que acabo de decir.

–Continúa –indica.

Le cuento que me he acercado a la cabecera de la cama del señor Black, que he comprobado si tenía aliento, que le he buscado el pulso sin éxito y que he llamado a Recepción para pedir ayuda. Se lo explico todo, hasta cierto punto.

Ahora escribe con ímpetu, haciendo pausas ocasionales para levantar los ojos y mirarme, llevándose a la boca esa fábrica de gérmenes que tiene por bolígrafo.

–Dime una cosa: ¿conoces bien al señor Black? ¿Has hablado alguna vez con él, más allá de las conversaciones que hayáis podido mantener mientras limpiabas la *suite*?

–No –respondo–. El señor Black era siempre distante. Bebía mucho y no parecía tenerme en gran estima, así que me mantuve alejada de él todo lo que pude.

–¿Y qué me dices de Giselle Black? –pregunta la policía.

Pienso en Giselle, en todas las veces que hemos hablado, en las intimidades que hemos compartido, suyas y mías. Así es como se construye una amistad, a base de verdades.

Pienso en cuando conocí a Giselle, bastantes meses atrás. Había limpiado la *suite* de los Black muchas veces en el pasado, pero nunca antes me había topado con Giselle. Era por la mañana, sobre las nueve y media más o menos; llamé a la puerta y Giselle me dejó pasar. Llevaba un camisón de satén o seda de color rosa pastel. Sus cabellos castaños le caían sobre los hombros en unas ondas perfectas. Me recordó a las estrellas de las viejas películas en blanco y negro que Gran y yo veíamos juntas por la noche. Y pese a ello, también había algo muy contemporáneo en ella, como si tendiera un puente entre dos mundos.

Me invitó a entrar y yo se lo agradecí mientras arrastraba el carrito.

–Soy Giselle Black –se presentó, tendiéndome la mano.

No supe qué hacer. La mayoría de los huéspedes evitan tocar a las camareras, especialmente nuestras manos. Nos asocian con la suciedad de otra gente, nunca con la suya. Pero Giselle no. Era diferente; siempre era diferente. Quizá por eso le tengo tanto cariño.

Me sequé las manos con una toalla limpia del carrito y estreché la suya.

–Encantada de conocerla –dije.

–¿Y cómo te llamas? –preguntó.

De nuevo, me quedé desconcertada. Es inconcebible que un huésped me pregunte mi nombre.

–Molly –murmuré y, a continuación, hice una reverencia.

–¡Molly Maid! Es muy gracioso. –Rio.

–Así es, señora –respondí, mirándome los zapatos.

–Oh, no soy ninguna señora –declaró–. No lo he sido desde hace mucho tiempo. Llámame Giselle. Siento que tengas que limpiar esta pocilga todos los días. Charles y yo somos un poco desordenados. Pero es muy agradable abrir la puerta y encontrarlo todo limpio después de que hayas pasado. Es como volver a nacer cada día.

Habían advertido mi trabajo, lo habían reconocido, lo habían apreciado. Durante unos instantes, dejé de ser invisible.

–Estoy a su servicio... Giselle –dije.

Entonces ella sonrió, una sonrisa efusiva que hizo que sus ojos verdes y felinos se iluminaran.

Sentí que me sonrojaba. No tenía ni idea de qué hacer o qué decir a continuación. No ocurre todos los días que mantenga una conversación real con un huésped de tal talla. Tampoco ocurre todos los días que un huésped se dé cuenta de que existo.

Cogí el plumero dispuesta a empezar a trabajar, pero Giselle siguió hablando:

–Dime, Molly, ¿cómo es ser una camarera y limpiar cada día lo que ha ensuciado gente como yo?

Ningún huésped me había preguntado eso. Y en los seminarios de capacitación profesional sobre normas de cortesía del señor Snow no se incluían las posibles respuestas.

–Es un trabajo duro –confesé–. Pero me gusta dejar una habitación prístina y, al acabar, desaparecer sin dejar rastro.

Giselle se sentó en el canapé y se enroscó un mechón de su melena castaña entre los dedos.

–Eso suena fenomenal. Ser invisible, desaparecer así. Yo no tengo privacidad, no tengo vida. Vaya donde vaya, me persiguen las cámaras. Y mi marido es un tirano. Siempre pensé que estar casada con un hombre rico solucionaría todos mis problemas, pero no ha sido así. No ha sido así en absoluto.

Me quedé sin habla. ¿Cuál era la respuesta adecuada? No tuve tiempo de encontrarla porque Giselle empezó a hablar de nuevo:

–Básicamente lo que digo, Molly, es que mi vida es un asco.

Se levantó del canapé, fue al minibar y tomó una botellita de ginebra Bombay que vertió en un vaso. Regresó al canapé con la bebida y se hundió en él de nuevo.

–Todos tenemos problemas –dije.

–Ah, ¿sí? ¿Y cuáles son los tuyos?

Otra pregunta para la que no estaba preparada. Recordé el consejo de Gran: «La franqueza no es agravio».

–Bueno –empecé a decir–. Puede que no tenga marido, pero un chico me hizo la corte durante un tiempo. Y por su culpa ahora tengo problemas de dinero. Mi pretendiente... resultó ser..., bueno, una manzana podrida.

–«Hacer la corte», «pretendiente», «manzana podrida». Hablas un poco raro, ¿sabes? –Dio un trago largo–. Como si fueras una señora mayor. O la reina.

–Es por mi abuela –expliqué–. Ella me crio. No era muy educada en el sentido oficial de la palabra; nunca pasó del instituto y limpió casas durante toda su vida, hasta que enfermó. Pero se educó a sí misma. Era lista. Creía en las tres «es»: etiqueta, elocución y erudición. Me enseñó muchas cosas. Todo, de hecho.

–Ajá –dijo Giselle.

–Creía en la cortesía y en tratar a la gente con respeto. No es nuestra posición en la vida lo que importa. Lo que cuenta es cómo nos comportamos.

–Ya, lo pillo. Creo que tu abuela me habría caído bien. ¿Y fue ella la que te enseñó a hablar así? ¿Como Eliza de *My Fair Lady*?

–Sí, supongo que sí.

Se levantó del canapé y se plantó ante mí, con el mentón alzado, contemplándome.

–Tienes una tez increíble. Parece porcelana. Me gustas, Molly Maid. Eres un poco rara, pero me gustas.

A continuación, brincó hacia el dormitorio y regresó con una cartera de hombre de color marrón. Hurgó en su interior y extrajo un billete nuevecito de cien dólares. Me lo puso en la mano.

–Toma, para ti –anunció.

–No, no podría...

–Ni siquiera se dará cuenta de que ha desaparecido. Y si se entera, ¿qué se supone que va a hacer, matarme?

Bajé la mirada hacia el billete, nuevo y ligero como una pluma.

–Gracias –conseguí pronunciar con un áspero hilillo de voz.

Era la propina más elevada que había recibido en mi vida.

–No hay de qué. No tiene importancia –respondió.

Así fue como empezó la amistad entre Giselle y yo. Se perpetuó y creció con cada una de sus prolongadas estancias. Al cabo de unos cuantos meses, ya éramos bastante íntimas. Incluso me enviaba a hacer recados para evitar tener que enfrentarse a los *paparazzi* que a menudo se apostaban ante la puerta principal del hotel.

–Molly, he tenido un día horrible. La hija de Charles me ha llamado cazafortunas y su exmujer me ha dicho que tengo un pésimo gusto para los hombres. ¿Podrías escaparte y comprarme unas patatas barbacoa y una Coca-Cola? A Charles no le gusta que tome comida basura, pero esta tarde ha salido. Toma. –Me pasaba un billete de cincuenta dólares y cuando regresaba con sus caprichos, siempre decía lo mismo–: Molly, eres la mejor. Quédate con el cambio.

Parecía entender mis dificultades por saber cuál era la mejor manera de comportarme o qué decir. En una ocasión, aparecí a la hora habitual para limpiar la habitación y el señor Black estaba sentado al escritorio, hojeando unos papeles y fumando un puro asqueroso.

–Señor, ¿es buen momento para hacer que su habitación recobre su estado ideal? –pregunté.

El señor Black me miró por encima de las gafas.

–¿Y tú que crees? –espetó y, a continuación, como si fuera un dragón, me tiró el humo a la cara.

–Creo que es buen momento –respondí, y encendí el aspirador.

Giselle salió corriendo del dormitorio. Me pasó un brazo por encima del hombro y me hizo señas para que apagara el aparato.

–Molly, lo que trata de decirte es que es muy mal momento –me explicó–. Básicamente, lo que trata de decirte es que te largues.

Me sentí fatal, como una completa idiota.

–Le ruego me disculpe –dije.

Giselle me tomó de la mano.

–No pasa nada –me tranquilizó en voz baja para que el señor Black no lo oyera–. No lo hiciste con mala intención.

Me acompañó a la puerta y antes de abrirla para que yo y mi carrito saliéramos de la habitación, sus labios formaron un «lo siento» mudo.

Giselle es buena en eso. En lugar de hacerme sentir estúpida, me ayuda a comprender las cosas.

–Molly, te acercas demasiado a la gente, ¿lo sabías? Tienes que alejarte un poco y, cuando les hables, no te coloques tan cara a cara. Imagínate que tienes el carrito entre tú y la otra persona, aunque no esté realmente allí.

–¿Así? –pregunté, quedándome a lo que consideré que era la distancia correcta.

–¡Sí! Así es perfecto –declaró, tomándome las manos y apretándolas entre las suyas–. Mantén siempre esta distancia, a menos que sea yo u otro amigo íntimo.

Otro amigo íntimo. Cuánto ignoraba: ella era la única.

Algunos días, mientras limpiaba la *suite*, tenía la sensación de que, pese a estar casada con el señor Black, se sentía sola y ansiaba mi compañía igual que yo la suya.

–¡Molly! –gritó un día, recibiéndome en la puerta con un pijama de seda a pesar de que ya era casi mediodía–. ¡Estoy tan contenta de que hayas venido! Limpia rápido las habitaciones y haremos una sesión de maquillaje.

Alegre, batió de palmas.

–¿Cómo?

–Te enseñaré a maquillarte. ¿Sabes, Molly?, eres muy bonita. Tienes una piel perfecta. Pero ese pelo tan oscuro te hace parecer más pálida. Y el problema es que tampoco pones interés ni te esfuerzas. Tienes que realzar tus gracias naturales.

Hice rápidamente la habitación, lo que resultó difícil sin limpiar por encima, pero me las arreglé bastante bien. Era la hora del almuerzo, así que consideré correcto tomarme un descanso. Giselle me sentó ante el tocador empotrado del pasillo, fuera del baño. Sacó su estuche de maquillaje, el cual yo conocía bien puesto que reorganizaba todos sus productos cosméticos cada día, poniendo los capuchones y las tapas a los que había dejado abiertos y colocando cada tubo o frasco en el hueco correspondiente.

Se arremangó, puso sus cálidas manos en mis hombros y contempló mi reflejo. Era una sensación deliciosa la de sus manos en mis hombros. Me recordó a Gran.

Cogió su cepillo y empezó a peinarme.

–Tu pelo... parece seda –dijo–. ¿Te lo alisas?

–No –contesté–. Pero lo lavo. A fondo y con regularidad. Lo llevo bastante limpio.

–Claro que lo está –determinó con una risita.

–¿Te ríes de mí o conmigo? –pregunté–. Hay una gran diferencia, como ya sabrás.

–Oh, sí, lo sé. Soy el blanco de muchas bromas. Estoy riéndome contigo, Molly. Nunca me reiría de ti –reconoció.

–Gracias. Me alegro. Los recepcionistas hoy se han reído de mí. Algo de un nuevo apodo que me han puesto. Para ser sincera, no lo entiendo del todo.

–¿Qué te han llamado?

–«Rumba» –dije–. Gran y yo veíamos *Bailando con las estrellas*, y la rumba es un baile en pareja muy animado.

Giselle hizo una mueca.

–No creo que aludieran al baile, Molly. Creo que se referían a la Roomba, al robot aspirador.

Al fin lo entendí. Bajé la mirada hacia mis manos, apoyadas en el regazo, para que Giselle no reparara en las lágrimas que empezaban a brotar de mis ojos. Pero no sirvió de nada.

Dejó de peinarme y posó de nuevo las manos sobre mis hombros.

–Molly, no les hagas caso. Son idiotas.

–Gracias –respondí.

Me erguí en la silla, contemplando nuestro reflejo mientras ella empezaba a retocarme el rostro. Estaba preocupada por si alguien entraba en la habitación y me encontraba allí sentada, con Giselle Black maquillándome. El señor Snow, en sus seminarios de capacitación profesional, jamás había abordado el tema de cómo manejar una situación así con un huésped.

–Cierra los ojos –ordenó Giselle. Me los limpió y me pasó con suavidad una base, que estaba fría, por toda la cara con una esponja de maquillaje fresca–. Dime, Molly: vives sola, ¿verdad? ¿Estás sola?

–Ahora sí –respondí–. Mi abuela murió hace unos pocos meses. Antes solo estábamos las dos.

Tomó un tarro de polvos y se disponía a aplicármelo en el rostro, pero la detuve.

–¿Está limpia? ¿La brocha?

Giselle suspiró.

–Sí, Molly. Está limpia. No eres la única persona del mundo que desinfecta las cosas, ¿sabes?

Aquello me complació enormemente porque confirmaba

lo que ya sabía en el fondo de mi corazón: Giselle y yo somos muy diferentes, pero, en realidad, nos parecemos mucho.

Empezó a aplicarme la brocha. Tuve la sensación de que era como mi plumero, pero en miniatura, como si un pequeño gorrión estuviera sacudiéndome el polvo de las mejillas.

–¿Es duro vivir sola? Cielos, yo sería incapaz. No sé arreglármelas.

Sí, me estaba resultando muy duro. Todavía saludaba a Gran cada vez que regresaba a casa, incluso a sabiendas de que no estaba allí. Oía su voz en mi cabeza, la oía deambular por el piso cada día. La mayoría del tiempo me preguntaba si aquello era normal o si no estaría perdiendo el juicio.

–Es duro. Pero acabas acostumbrándote –confesé.

Giselle dejó lo que estaba haciendo y me miró a los ojos a través del espejo.

–Te envidio. Por ser capaz de seguir adelante, por tener las agallas para ser completamente independiente sin importarte lo que piensen los demás. Y por poder ir por la calle sin que nadie te aborde.

No tenía ni idea de lo que me costaba, ni la más remota idea.

–No es un camino de rosas –dije.

–Puede que no, pero al menos no dependes de nadie. ¿Charles y yo? Visto desde fuera, todo parece muy glamuroso, pero a veces..., a veces no lo es. Y sus hijos me odian. Tienen más o menos mi edad, y debo admitir que se me hace bastante extraño. ¿Su exmujer? Te parecerá inexplicable, pero es muy agradable conmigo, lo que es peor. Se pasó por aquí el otro día. ¿Sabes lo que me dijo en cuanto Charles no nos oía? Dijo: «Déjale mientras puedas». Y lo peor es que sé que tiene razón. A veces me pregunto si he tomado la decisión correcta, no sé si me entiendes.

–En realidad, sí –respondí.

Yo había tomado mi decisión incorrecta –Wilbur–, algo de lo que me arrepentía todos los días sin excepción.

Giselle cogió una sombra de ojos.

–Cierra los ojos otra vez.

Obedecí. Mientras me maquillaba, Giselle continuó hablando:

–Hace unos años, tenía un único objetivo. Quería que un hombre rico cayera rendido a mis pies y cuidara de mí. Y entonces conocí a una mujer..., a mi mentora, digamos. Me puso al tanto y me aconsejó. Compré un par de vestidos apropiados y fui a todos los sitios adecuados. «Cree y se te dará», solía decir. Había estado casada con tres hombres diferentes, se había divorciado tres veces y les había sacado la mitad de su patrimonio a cada uno de sus maridos. ¿No te parece increíble? Tenía la vida solucionada. Una casa en Saint-Tropez y otra en Venice Beach. Vivía sola, con una doncella, un chef y un chófer. Nadie le decía qué tenía que hacer. Nadie la agobiaba. Sería capaz de matar por una vida así. ¿Quién no?

–¿Puedo abrir los ojos? –pregunté.

–Todavía no. Pero ya casi estamos.

Cambió la brocha a un pincel más delgado. Cuando lo aplicó sobre mis párpados, lo sentí frío y suave.

–Al menos tú no tienes a un hombre que te dice qué debes hacer, un hombre que es un hipócrita. Charles me engaña –confesó–. ¿Lo sabías? Se pone celoso si miro a otro hombre, pero tiene al menos dos amantes en ciudades diferentes. Y esas son de las que me he enterado. Aquí también tiene una. Cuando lo descubrí, quería estrangularlo. Soborna a los *paparazzi* para que no lo filtren. Mientras tanto, yo tengo que informarle con todo lujo de detalles de adónde voy cada vez que salgo de esta habitación.

Abrí los ojos y me incorporé en la silla. Estaba de lo más consternada al enterarme de todas esas cosas sobre el señor Black.

–Odio a los embusteros y traidores –dije–. Los desprecio. No debería tratarte así. No está bien, Giselle.

Giselle todavía tenía sus manos cerca de mi rostro. Se arremangó por encima de los codos. Desde mi perspectiva, vi unos moratones en sus brazos y, cuando se inclinó y el top del pijama se movió, observé que también tenía una marca azul y amarilla en la clavícula.

–¿Cómo te los has hecho? –pregunté.

Debía de haber una explicación completamente razonable.

Giselle se encogió de hombros.

–Como he dicho, a veces no todo va tan bien entre Charles y yo.

Sentí que el estómago se me revolvía, una rabia y un rencor familiares que empezaban a espumear justo por debajo de la superficie, un volcán que no iba a dejar entrar en erupción. Todavía no.

–Te mereces que te traten mejor, Giselle –afirmé–. Eres buena persona.

–Bah, no soy tan buena. Lo intento, pero a veces..., a veces es difícil ser buena. Es difícil hacer lo correcto. –Cogió una barra de labios de color rojo sangre del estuche y empezó a aplicarla–. Sin embargo, tienes razón en una cosa. Me merezco algo mejor. Me merezco un príncipe azul. Y al final lo lograré. Estoy trabajando para conseguirlo. «Cree y se te dará», ¿no?

Dejó el lápiz de labios y tomó un enorme reloj de arena del tocador que ya había visto antes. En bastantes ocasiones. Lo había lustrado hasta dejarlo reluciente; sus curvas de cristal, con amoniaco, y el latón, con limpiador de metales. Era un objeto hermoso, clásico y elegante, un placer para el tacto y la vista.

–¿Ves este reloj de arena? –dijo, sosteniéndolo ante mí–. ¿Recuerdas a la mujer que conocí, mi mentora? Fue un regalo suyo. Estaba vacío cuando me lo dio y me pidió que lo rellenara con la arena de mi playa favorita. Yo le dije: «¿Estás loca? Jamás he visto el océano. ¿Qué te hace pensar que voy a ir a una playa en un futuro próximo?». Pero, según se vio, tenía razón. He estado en muchas playas en los últimos años. Me llevaron a muchas antes incluso de conocer a Charles: la Costa Azul, Polinesia, las Maldivas, las islas Caimán. Las playas de las Caimán son mis favoritas. Podría vivir allí toda la eternidad. Charles tiene una villa allí, y la última vez que me llevó, rellené este reloj con arena de la playa. A veces le doy la vuelta y observo cómo cae. El tiempo, ¿verdad? Tienes que provocar que las cosas ocurran. Lograr la vida que deseas antes de que sea demasiado tarde... ¡Y... lista! –exclamó, alejándose para que pudiera contemplarme en el espejo.

Se quedó detrás de mí, con las manos apoyadas de nuevo sobre mis hombros.

–¿Ves? Solo un poco de maquillaje y te has convertido de repente en un bomboncito.

Giré la cabeza de un lado y de otro. Apenas podía reconocerme. Sabía que, de alguna manera, mi aspecto era «mejor» o, al menos, más parecido al resto del mundo. Pero había algo muy desconcertante en el cambio.

–¿Te gusta? Es como cuando el patito feo se convierte en cisne, como Cenicienta en el baile.

Sabía qué fórmula de cortesía debía emplear en aquella situación, lo que supuso un alivio. Cuando alguien te elogia, se supone que hay que dar las gracias. Y cuando tienen un gesto amable contigo –incluso si no lo deseabas–, se supone que hay que dar las gracias.

–Agradezco tus esfuerzos –dije.

–De nada. Y coge esto. –Giselle me tendió el hermoso reloj de arena–. Es un regalo. Mío. Para ti, Molly.

Depositó el reluciente objeto en mis manos. Era el primer regalo que había recibido desde la muerte de Gran. No recordaba la última vez que alguien, aparte de Gran, me había regalado algo.

–Me encanta –dije.

Lo decía de verdad. Era algo que valoraba mucho más que cualquier maquillaje. No podía creer que, desde aquel momento, me perteneciera, para cuidarlo y lustrarlo de ahora en adelante. Estaba lleno de arena procedente de un lugar lejano y exótico que jamás pisaría. Y era el generoso regalo de una amiga.

–Lo guardaré en mi taquilla por si quieres que te lo devuelva –aseguré. La verdad es que, por mucho que me gustara el reloj, no podía llevármelo a casa. Allí solo quería las cosas de Gran–. De verdad, Giselle, me encanta. Pienso admirarlo cada día.

–¿A quién quieres engañar? Ya lo admiras cada día desde hace tiempo.

Sonreí.

–Sí, supongo que tienes razón –dije–. ¿Puedo sugerirte algo?

Giselle permaneció allí, en pie, con una mano apoyada en la cadera mientras yo reordenaba el estuche del maquillaje y limpiaba el tocador.

–Deberías considerar la opción de dejar al señor Black –manifesté–. Te hace daño. Estás mejor sin él.

–Ojalá fuera tan fácil –gimió–. Pero tiempo al tiempo, señorita Molly. Como se suele decir, el tiempo cura todas las heridas.

Tenía razón. A medida que pasa el tiempo, la herida no duele tanto como al principio, y eso es siempre una sorpresa: sentirse un poco mejor y, aun así, añorar el pasado.

Justo cuando acababa de acudir esa idea a mi cabeza, me di cuenta de lo tarde que era. Comprobé mi teléfono: las 13:03. ¡Mi hora del almuerzo había terminado hacía unos minutos!

–Tengo que irme, Giselle. Mi supervisora, Cheryl, se enojará si me retraso.

–Ah, esa. Ayer estuvo husmeando por aquí. Vino a preguntar si estábamos contentos con el servicio de limpieza. Le dije: «Tengo la mejor camarera del mundo. ¿Por qué no iba a estar contenta?». Y ella se quedó allí, plantada, con esa expresión de boba en la cara y dijo: «Yo lo haría mucho mejor que Molly. Soy su supervisora». Y le respondí: «Ni hablar». Saqué un billete de diez dólares de mi monedero y se lo tendí. «Solo necesito a Molly, gracias», le dije. Entonces se fue. Menuda pieza. Le da un nuevo significado a lo de «cara de puta perra», ya sabes a qué me refiero.

Gran me enseñó que no debía decir palabrotas, y rara vez lo hago. Pero no podía negar que Giselle había empleado correctamente el lenguaje en aquel ejemplo en concreto. Muy a mi pesar, esbocé una sonrisa.

–¿Molly? Molly.

Es la detective Stark.

–Lo siento –digo–. ¿Puede repetir la pregunta?

–Te he preguntado si conoces a Giselle Black. ¿Has tenido algún trato con ella? ¿Has hablado alguna vez con ella? ¿Te ha dicho algo sobre el señor Black que te haya parecido extraño? ¿Ha mencionado algo que pudiera ser de ayuda en la investigación?

–¿Investigación?

–Como ya te he dicho, es muy probable que el señor Black haya muerto por causas naturales, pero mi trabajo es descartar cualquier otra posibilidad. Por esta razón estoy hablando contigo. –La detective se pasa la mano por la frente–. Así que te lo preguntaré otra vez: ¿ha hablado Giselle Black alguna vez contigo?

–Detective, soy una camarera. ¿Quién querría hablar conmigo?

Considera mi respuesta durante unos breves instantes y, a continuación, asiente, completamente satisfecha.

–Gracias, Molly –me dice–. Veo que has tenido un día duro. Permíteme que te lleve a casa.

Y eso ha hecho.

CAPÍTULO 5

Doy una vuelta de llave y abro la puerta de mi piso. Atravieso el umbral, cierro y deslizo el pestillo. Hogar, dulce hogar.

Junto a la puerta, miro el cojín que reposa en la silla antigua de Gran, en el que bordó en punto de cruz la plegaria de la serenidad: «Señor, concédeme serenidad para aceptar las cosas que no puedo cambiar, valor para cambiar aquellas que puedo y sabiduría para reconocer la diferencia».

Saco el teléfono del bolsillo de mis pantalones y lo dejo en la silla. Me desato los cordones de los zapatos y paso un paño por las suelas antes de guardarlos en el armario.

–¡Gran, ya estoy en casa! –grito.

Hace ya nueve meses que no está, pero todavía no me acostumbro a no saludarla. Especialmente hoy.

La rutina vespertina no es lo mismo sin ella. Cuando estaba viva, pasábamos todo nuestro tiempo libre juntas. Por la tarde, lo primero que hacíamos era terminar la tarea de limpieza asignada para el día. Después cocinábamos juntas –espaguetis el miércoles, pescado cada viernes, siempre que pudiéramos encontrar una buena oferta en la tienda de comestibles–. Y, a continuación, cenábamos sentadas en el sofá mientras mirábamos reposiciones de *Colombo*.

A Gran le encantaba *Colombo*, y a mí también. A menudo comentaba que a Peter Falk le convendría una mujer como ella. «Mira esa gabardina. Necesita urgentemente un buen lavado y un planchado». Negaba con la cabeza y hablaba con él en la pantalla, como si estuviera allí, delante de ella, en persona. «Ojalá no fumaras puros, cariño. Es un hábito muy feo».

Pero, pese a aquel feo hábito, ambas admirábamos la manera en que Colombo llegaba a adivinar las artimañas de los malhechores y se aseguraba de que recibían su merecido.

Ya no veo *Colombo*. Es otra de esas cosas que no me parecen correctas ahora que Gran está muerta. Pero sí que trato de continuar con nuestras rutinas de limpieza diarias:

Lunes, flores y labores.
Martes, un buen barrido para dar sentido.
Miércoles, baño y cocina.
Jueves, el polvo hay que quitar sin rechistar.
Viernes, día de la colada.
Sábado, comodín.
Domingo, compras y chuletas.

Gran me inculcó la importancia de mantener una casa limpia y ordenada.

–¿Sabes adónde conducen una casa limpia, un cuerpo sano y compañías decentes?

No debía de tener ni cinco años cuando Gran me enseñó aquello.

–¿Adónde, Gran? –pregunté, alzando la mirada hacia ella.

–A una conciencia limpia. A una vida feliz e íntegra.

Tardaría años en comprender esta frase del todo, pero ahora me sorprendo al ver la razón que tenía.

Saco la escoba, el recogedor, la fregona y el cubo del armario de la limpieza de la cocina. Empiezo por barrer mi dormitorio y lo hago desde la esquina más alejada de la puerta. No hay mucho espacio en el suelo, puesto que la cama doble ocupa casi toda la habitación, pero la suciedad posee el don de esconderse debajo de las cosas o de acumularse en las grietas. Levanto las faldas de la cama y barro por debajo, sacando cualquier mota de polvo obstinada. Los cuadros de Gran con paisajes de la campiña inglesa cuelgan de todas las paredes, y todos me la recuerdan.

Menudo día, de verdad, menudo día. Es uno de esos que preferiría olvidar, pero las cosas no funcionan así. Por mucho que enterremos los malos recuerdos en lo más profundo de nuestro ser, no desaparecen. Se quedan con nosotros todo el tiempo.

Sigo por el pasillo. Barriendo llego hasta el baño, con su suelo ajedrezado con grietas que nunca ha brillado al fregarlo, algo que hago dos veces a la semana. Recojo varios de mis cabellos del suelo y después salgo.

Ahora me encuentro justo enfrente de la puerta del dormitorio de Gran. Está cerrada. Me detengo ante ella. No pienso entrar. Hace meses que no cruzo ese umbral. Y no lo voy a hacer hoy.

Barro el parqué de la sala de estar desde el extremo más alejado, rodeo la vitrina de las curiosidades de Gran y paso la escoba por debajo del sofá, para después ir directa hacia el pasillo que conforma la estrecha cocina y regresar a la puerta principal. He ido dejando pequeños montones de barreduras a mi paso –uno en el exterior de mi dormitorio, otro fuera del baño, un tercero aquí, al lado de la puerta de entrada, y otro más en la cocina–. Retiro cada montoncito con el recogedor y después examino los contenidos. En resumen, una semana bastante limpia: unas pocas migas, algo de polvo y de fibras textiles, algunos cabellos oscuros, todos míos. No queda nada de Gran. Nada de nada.

Lanzo la suciedad al cubo de la basura que hay en la cocina. A continuación, lleno el balde con agua caliente y añado un poco de Don Limpio aroma Nubes de Algodón, el favorito de Gran. Llevo el cubo y la fregona hasta mi habitación y empiezo desde el extremo más lejano. Friego con cuidado para no salpicar las faldas de la cama y, sobre todo, la colcha con una estrella en el centro que Gran me confeccionó hace años; ahora está descolorida por el uso, pero sigue siendo un tesoro.

Completo el circuito y termino de nuevo en la puerta, donde me encuentro con un testarudo arañazo negro. Lo habré hecho con mis zapatos del trabajo, que tienen la suela negra. Friego, friego y friego. «Sal, maldita mancha», digo en voz alta. Finalmente desaparece y revela el brillo del parqué.

Es curioso cómo los recuerdos emergen a la superficie cada vez que limpio. Me pregunto si le ocurrirá lo mismo a todas las personas –a todas las que limpian, quiero decir–. Y pese a los incidentes del día, no estoy pensando en lo que ha pasado hoy, ni tampoco en el señor Black y ese espantoso asunto, sino en un día de hace tiempo, cuando tenía más o menos once años. Le estaba preguntando a Gran cosas sobre mi madre, como hacía de vez en cuando: qué tipo de persona era, dónde se había marchado y por qué. Sabía que se había ido con mi padre, un hombre al que Gran describía como una «manzana podrida», alguien que no era «trigo limpio».

–Entonces, ¿era sucio? –pregunté.

Gran estalló en una carcajada.

–¿Te estás riendo de mí o conmigo?

–¡Contigo, cariño mío! Siempre contigo.

Me explicó que no le sorprendió que mi madre cayera en las redes de aquel bala perdida porque ella también había cometido errores de juventud. Para empezar, así es como tuvo a mi madre.

Todo resultaba tan confuso en aquella época. No tenía ni idea de qué pensar. Ahora ha cobrado más sentido. Cuanto mayor me hago, más comprendo. Y cuanto más comprendo, más preguntas tengo para ella, preguntas que ahora ya no puede responder.

–¿Regresará alguna vez con nosotras mi madre? –la interpelé aquel día.

Un largo suspiro.

–No será fácil. Tiene que escapar de él. Y tiene que querer escaparse.

Sin embargo, no lo hizo. Mi madre nunca regresó. Aunque no me importa. No tiene sentido alguno llorar por alguien a quien ni siquiera has conocido. Ya es lo bastante duro llorar por alguien que sí has conocido, alguien a quien no volverás a ver, alguien a quien echas terriblemente de menos.

Mi abuela trabajó duro y me crio bien. Me enseñó cosas. Me abrazaba, me consentía e hizo que la vida valiera la pena. Mi abuela fue también camarera, pero doméstica. Trabajó para una familia adinerada, los Coldwell. Caminaba hasta su mansión desde nuestro apartamento, un trayecto de media hora. Y aunque los Coldwell elogiaban su trabajo, cualquier cosa que hiciera por ellos nunca era suficiente.

«Organizaremos una *soirée* el sábado por la noche, ¿puedes pasarte después a limpiar?».

«¿Puedes quitar esta mancha de la alfombra?».

«¿Sabes hacer trabajos de jardinería?».

Gran, siempre dispuesta y de buen humor, decía que sí a cada petición sin importar el esfuerzo que pudiera exigirle. Al hacerlo, consiguió establecer un buen nidito de ahorros a lo largo de los años. Ella lo llamaba «el Fabergé».

–Mi niña, ¿podrías ir al banco e ingresar esto en el Fabergé?

–Claro, Gran –respondía yo.

Tomaba su tarjeta, bajaba los cinco pisos de escaleras, salía del edificio y caminaba dos manzanas hasta el cajero.

A medida que fui creciendo, empecé a preocuparme por Gran, por si trabajaba demasiado. Pero ella negaba las razones de mi desasosiego.

–Cuando el diablo no tiene nada que hacer, mata moscas con el rabo. Y, además, un día estarás sola y el Fabergé te ayudará cuando llegue ese momento.

Yo no quería pensar en ese día. La vida sin Gran me resultaba difícil de imaginar, en especial dado que la escuela era una forma de tortura en sí misma. Tanto los años de primaria como los de secundaria fueron duros y solitarios. Estaba orgullosa de mis buenas notas, pero mis iguales nunca fueron mis iguales. Nunca me entendieron y ahora lo hacen raramente. Cuando era más joven, esto me mortificaba mucho más.

–No le caigo bien a nadie –le decía a Gran cuando se metían conmigo en la escuela.

–Eso es porque eres diferente –me explicaba.

–Me llaman «bicho raro».

–No eres ningún bicho raro. Eres solo un alma vieja. Y eso es algo de lo que enorgullecerse.

Cuando ya casi estaba a punto de acabar el instituto, Gran y yo empezamos a hablar sobre profesiones, sobre qué quería ser en mi vida adulta. Solo había una opción que despertara mi interés.

–Quiero ser camarera –le dije.

–Mi niña, puedes apuntar un poco más alto. Tenemos el Fabergé.

Sin embargo, insistí en ello y creo que Gran, en el fondo, me conocía mejor que nadie. Conocía mis capacidades y mis fortalezas; también era profundamente consciente de mis debilidades, aunque decía que estaba mejorando. «Más sabe el diablo por viejo que por diablo».

–Si lo que deseas es ser camarera, que así sea –anunció Gran–. Aunque necesitarás algo de experiencia profesional antes de entrar en el centro de estudios superiores.

Gran preguntó entre sus conocidos y, gracias a una vieja amistad que trabajaba de portero en el Regency Grand, averiguó que buscaban una camarera para el hotel. Estaba muy nerviosa el día de la entrevista; a los pies de la imponente alfombra roja de la escalinata principal con el majestuoso toldo negro y dorado cerniéndose sobre ella, noté que el sudor empezaba a acumularse de forma poco discreta bajo mis axilas.

–No puedo entrar ahí dentro, Gran. Es demasiado elegante para mí.

–Tonterías. Te mereces cruzar esa puerta como la que más. Y eso vas a hacer. Venga, adelante.

Y me dio un empujoncito. Me recibió el señor Preston, su amigo portero.

–Es un placer conocerte –saludó, inclinándose ligeramente y levantando el ala de su gorra. A continuación, le dirigió una extraña mirada a Gran que yo no pude comprender–. Cuánto tiempo, Flora –dijo–. Me alegro de volver a verte.

–Yo también me alegro de verte –contestó Gran.

–Será mejor que entremos, Molly –aconsejó el señor Preston.

Tras atravesar las relucientes puertas giratorias, contemplé el majestuoso vestíbulo del Regency Grand por primera vez. Era tan hermoso, tan opulento que casi sentí que me desmayaba: los suelos y las escaleras de mármol, los lustrosos pasamanos dorados, los recepcionistas, con aquellos elegantes uniformes que los hacían parecer pequeños pingüinos, atendiendo a unos huéspedes bien ataviados que revoloteaban por la imponente entrada.

Seguí al señor Preston sin apenas respirar por los ornamentados pasillos de la planta baja, decorados con paredes revestidas de las que colgaban candelabros con forma de concha y con una alfombra tan espesa que absorbía el sonido y dejaba solo que un silencio radiante me deleitara los oídos.

Doblamos a la derecha, luego a la izquierda y después a la derecha, y fuimos dejando atrás despachos y más despachos hasta que al final nos detuvimos ante una austera puerta negra con una placa de latón donde ponía: SR. SNOW, DIRECTOR, REGENCY GRAND. El señor Preston llamó dos veces y a continuación abrió la puerta de par en par. Para mi completo asombro, me encontré en un cubículo oscuro y con muebles de cuero, en cuyas paredes lucían un papel pintado de brocado color mostaza y unas imponentes estanterías, un despacho que parecía sacado del mismísimo número 221b de Baker Street y que era digno del mismísimo Sherlock Holmes.

Detrás de un escritorio gigante de caoba estaba sentado el diminuto señor Snow, quien se puso en pie para saludarme en el preciso momento en que entramos. Cuando el señor Preston abandonó discretamente la estancia y nos dejó solos para nuestra entrevista, puedo afirmar sin ningún tipo de reparo que, aunque me sudaban las palmas de las manos y tenía el corazón desbocado, me había enamorado de tal manera del Regency Grand que estaba decidida a conseguir el codiciado puesto de camarera de todas todas.

No recuerdo mucho de la entrevista, la verdad sea dicha, excepto que el señor Snow se explayó en normas de comportamiento, decoro y decencia, lo que me sonó a música celestial.

Después de nuestra charla, me condujo por aquellos sacrosantos pasillos –izquierda, derecha, izquierda– hasta el vestíbulo, atajando por una empinada escalera de mármol hasta el sótano, el cual, según me informó, albergaba las dependencias de Limpieza y Mantenimiento y la lavandería, además de la cocina del hotel. En un despacho-armario diminuto y sin ventilación que olía a algas, moho y almidón, me presentaron a la jefa de camareras, la señorita Cheryl Green. Me miró de arriba abajo y, a continuación, dijo: «Supongo que valdrá».

Empecé mi formación al día siguiente y pronto me convertí en empleada a tiempo completo. Ir al trabajo era mucho mejor que ir a la escuela. Si se metían conmigo allí, al menos lo hacían de un modo tan sutil que podía ignorarlo. Pasaba el trapo y olvidaba el desaire. También me entusiasmaba enormemente recibir un sueldo.

–¡Gran! –grité nada más llegar a casa el día que hice mi primer ingreso en el Fabergé. Le pasé el comprobante y ella sonrió de oreja a oreja.

–Jamás pensé que viviría para verlo. Eres un ángel, ¿lo sabías?

Gran me atrajo hacia ella y me abrazó con fuerza. No hay nada en el mundo que se pueda comparar al abrazo de Gran. Puede que sea lo que más echo de menos de ella. Eso, y su voz.

–¿Se te ha metido algo en el ojo, Gran? –pregunté cuando se separó de mí.

–No, no, estoy perfectamente.

Cuanto más trabajaba en el Regency Grand, más ingresaba en el Fabergé. Gran y yo empezamos a hablar sobre qué opciones educativas había para mí. Asistí a una sesión informativa sobre un curso de gestión hotelera en un centro cercano. Me entusiasmó. Gran me animó a inscribirme y, para mi sorpresa, me aceptaron. En el centro iba a aprender no solo a limpiar y a llevar un hotel entero, sino también a tratar con los empleados, igual que hacía el señor Snow.

Sin embargo, justo antes de que empezaran las clases, asistí a una reunión orientativa y conocí a Wilbur. Wilbur Brown. Estaba sentado ante uno de los expositores, leyendo los folletos. Daban libretas y bolígrafos gratis. Agarró unos cuantos y se los metió en la mochila. No se movía del sitio y yo quería ojear los folletos.

–Disculpa –dije–. ¿Te importaría apartarte?

Se volvió hacia mí. Era robusto, llevaba unas gafas de cristales gruesos y tenía un pelo áspero y negro.

–Lo siento. No me he dado cuenta de que no te dejaba pasar. –Me miró, sin pestañear–. Soy Wilbur, Wilbur Brown. Voy a estudiar contabilidad en otoño. ¿Vas a estudiar contabilidad en otoño?

Me tendió la mano. Estrechó la mía sin cesar hasta que tuve que apartar mi mano bruscamente para detener las sacudidas.

–Voy a hacer gestión hotelera.

–Me gustan las chicas listas. ¿Qué tipo de tíos te gustan a ti? ¿Los matemáticos?

Jamás me había planteado qué tipo de «tíos» me gustaban. Sabía que me gustaba Rodney, del trabajo. Tenía cierto estilo que, según había oído en televisión, se definía como «pavonearse». Como Mick Jagger. Wilbur no «se pavoneaba», pero, pese a ello, tenía algo: era afable, directo, familiar. Al contrario de lo que me ocurría con otros chicos u hombres, no me daba miedo. Probablemente debería habérmelo dado.

Wilbur y yo empezamos a salir, para gran satisfacción de Gran.

–Estoy tan contenta de que hayas encontrado a alguien. Es, sencillamente, delicioso –dijo.

Volvía a casa y le hablaba de él: cómo utilizábamos los cupones descuento cuando íbamos juntos de compras o cómo paseábamos por un parque y contábamos 1.203 pasos desde la estatua hasta la fuente. Gran nunca preguntó sobre los aspectos más íntimos de nuestro romance, lo cual agradezco, porque no estoy muy segura de si hubiese sabido explicarle cómo me sentía con la parte física, excepto que mientras fue novedad, también me resultó bastante agradable.

Un día, Gran me pidió que invitara a Wilbur al piso, y así lo hice. Si la decepcionó, supo disimularlo bien.

–Tu pretendiente será bienvenido siempre que quiera –declaró.

Wilbur empezó a visitarnos con regularidad. Cenaba con nosotras y después se quedaba a ver *Colombo*. A Gran y a mí no nos gustaban sus incesantes comentarios y preguntas televisivas, pero lo soportábamos estoicamente.

«¿En qué serie de suspense se revela quién es el asesino nada más empezar?», preguntaba. O: «Pero ¿es que no veis que lo ha hecho el mayordomo?». Arruinaba el episodio porque no dejaba de hablar, a veces señalando al culpable equivocado, aunque, para ser sinceros, Gran y yo habíamos visto los episodios varias veces, así que no nos importaba.

Un día, Wilbur y yo fuimos a una tienda de artículos de oficina para que se comprara una calculadora nueva. Aquel día parecía bastante distante, pero no pregunté nada; no lo hice incluso cuando me soltó un «Venga, date prisa», pese a que yo trataba de seguir su paso compulsivo. Una vez en la tienda, escogió varias calculadoras y las probó, explicándome para qué servía cada tecla. Luego eligió la que más le gustaba y se la metió en la mochila.

–¿Qué estás haciendo? –pregunté.

–¿Quieres cerrar el pico, joder? –espetó.

No sé qué fue lo que me asombró más, si su lenguaje o el hecho de que saliera de la tienda sin pagar la calculadora. La había robado. Así, sin más.

Y eso no fue todo. Un día regresé del trabajo con mi sueldo. Aquella tarde Wilbur vino a visitarnos. Gran ya no estaba muy bien por aquel entonces. Había perdido peso y se mostraba más silenciosa que de costumbre.

–Gran, voy a salir a ingresar esto en el Fabergé.

–Te acompaño –se ofreció Wilbur.

–Qué caballero tienes, Molly –replicó Gran–. Id, id juntos.

En el cajero automático, Wilbur empezó a hacerme todo tipo de preguntas sobre el hotel y qué implicaba limpiar una habitación. Estaba encantada de contarle la extraña alegría que me producía el ver cómo quedaban las esquinas de hospital de las camas con las sábanas recién planchadas y cómo un pomo de latón bien lustrado podía llenar el mundo entero de tonos dorados si le daban los rayos de sol. Estaba tan absorta que no me di cuenta de que estaba observando cuando introduje el código pin de Gran.

Aquella noche se marchó de repente, justo antes de *Colombo*. Estuve escribiéndole mensajes durante días, pero no contestó. Lo llamaba y dejaba notas de voz en su contestador, sin recibir respuesta por su parte. Resulta extraño, pero nunca se me ocurrió pensar que no sabía dónde vivía, que nunca había estado en su casa, que ni siquiera conocía su dirección. Siempre había puesto excusas, diciendo que era mejor ir a mi casa, añadiendo que así podía disfrutar de la compañía de Gran.

Más o menos a la semana siguiente fui a sacar el dinero del alquiler. Sorprendentemente, no encontré mi tarjeta bancaria, así que le pedí a Gran la suya. Me acerqué al cajero automático. Y entonces fue cuando descubrí que nuestro Fabergé estaba vacío. Completamente seco. Ahí comprendí que Wilbur no era solo un ladrón, sino también un embustero. Era la definición exacta de una manzana podrida, que es el peor tipo de hombre que puede haber.

Me sentí avergonzada por haberme dejado embaucar, por haberme enamorado de un mentiroso. Me sentí avergonzada hasta lo más profundo de mi ser. Pensé en llamar a la policía y ver si podían seguirle la pista, pero eso supondría decirle a Gran lo que había ocurrido, y eso no podía hacerlo. No podía romperle así el corazón. Ya había suficiente con un corazón roto, muchas gracias.

–¿Por dónde anda tu pretendiente? –preguntó Gran tras unos pocos días sin verlo.

–Bueno, Gran... –dije–. Al parecer, ha decidido seguir su propio camino.

No me gusta mentir descaradamente, aunque esa no había sido una mentira descarada, sino más bien una verdad que sigue siéndolo si no se dan más detalles. Y Gran no preguntó nada más.

–Qué pena –se lamentó–. Pero no te preocupes, cariño. En el mar hay muchos peces.

–Es mejor así –manifesté, y creo que la sorprendió no verme más afectada.

Sin embargo, sí lo estaba. Estaba afectada, y furiosa, pero también estaba aprendiendo a esconder mis sentimientos. Estaba consiguiendo mantener la rabia que sentía bajo la superficie, donde Gran no podía verla. Ella estaba lidiando con lo suyo, que ya era bastante, y quería que concentrara todas sus energías en ponerse bien.

En secreto, me imaginaba siguiendo yo misma el rastro de Wilbur. Tenía unas fantasías muy vívidas en las que me topaba con él en el campus del centro y lo estrangulaba con las tiras de su mochila. Me imaginaba a mí misma haciéndole tragar lejía para que confesara lo que nos había hecho a Gran y a mí.

El día después de que Wilbur nos robara, Gran tenía cita con el médico. Había visitado a varios en las semanas anteriores, pero cada vez que regresaba a casa, las noticias eran siempre las mismas.

–¿Te han dicho algo, Gran? ¿Saben ya por qué no te encuentras bien?

–Todavía no. Quizá todo esté en la vieja cabeza de tu abuela.

Me complacía oír eso, porque una enfermedad falsa es mucho menos aterradora que una real. Pero, aun así, una parte de mí recelaba. Su piel se asemejaba al papel crepé y apenas tenía apetito.

–Molly, ya sé que es martes y que toca un buen barrido, pero ¿crees que podríamos encargarnos de esa tarea otro día?

Era la primera vez en la vida que me pedía aplazar nuestra rutina de limpieza.

–No te preocupes, Gran. Tú descansa. Ya me encargo yo tu parte.

–Mi niña, ¿qué haría yo sin ti?

No lo expresé en voz alta, pero estaba empezando a preguntarme qué haría yo si me encontrara algún día sin Gran.

Unos pocos días más tarde, Gran fue a otra cita con el médico. Cuando regresó a casa, había algo diferente. Lo vi en su rostro. Tenía los ojos rojos y la cara, hinchada.

–Parece que al final sí que estoy un poco enferma –anunció.

–¿Qué tipo de enfermedad? –pregunté.

–En el páncreas –declaró despacio, sin apartar su mirada de la mía.

–¿Te han dado medicación?

–Sí, lo han hecho. Por desgracia, es una enfermedad que causa mucho dolor y eso es lo que van a tratar.

No había mencionado dolor ni se había quejado hasta ese momento, pero supongo que yo lo sabía. Lo distinguía en su manera de caminar, en los esfuerzos que le costaba sentarse en el sofá cada noche, en cómo cerraba los ojos cuando se incorporaba.

–Pero ¿qué enfermedad es exactamente? –pregunté.

Sin embargo, Gran nunca me respondió. En lugar de eso, dijo:

–Si te parece bien, voy a acostarme. Ha sido un día muy largo.

–Te prepararé un té, Gran –sugerí.

–Espléndido. Gracias.

Transcurrieron las semanas y Gran estaba más silenciosa que de costumbre. Cuando preparaba el desayuno, no tarareaba. Regresaba antes del trabajo. Estaba perdiendo peso con rapidez y cada día tomaba más medicación.

Yo no lo entendía. Si estaba tomándose las medicinas, ¿por qué no mejoraba?

Decidí investigar.

–Gran, ¿qué enfermedad tienes? Nunca me lo has dicho.

En aquel momento nos encontrábamos en la cocina, lavando los platos de la cena.

–Mi niña –respondió–, vamos a sentarnos.

Nos acomodamos en nuestros lugares habituales de la mesa para dos de estilo rústico que habíamos recuperado años atrás de un contenedor delante de nuestro edificio.

Esperé a que hablara.

–He tratado de darte tiempo. Tiempo para que te hicieras a la idea –dijo finalmente.

–¿Hacerme a la idea de qué?

–Molly, cariño. Mi enfermedad es grave.

–¿De verdad?

–Sí. Tengo cáncer de páncreas.

Y así, sin más, todas las piezas encajaron y la imagen completa emergió de las turbias sombras. Aquello explicaba la pérdida de peso y la falta de energías. Gran era ya solo la mitad de sí misma, y ahí residía la razón de por qué necesitaba cuidados médicos totales y adecuados, para que pudiera recuperarse por completo.

–¿Cuándo hará efecto la medicina? –pregunté–. Quizá deberías ver a otro doctor.

Pero mientras me daba los detalles, empecé a asimilar la verdad. Paliativos. Una palabra tan operística, con un sonido tan agradable y tan difícil de asumir.

–No puede ser, Gran –insistí–. Te pondrás bien. Solo tenemos que arreglar este desastre.

–Oh, Molly. Hay veces en que no sirve de nada arreglar las cosas. He tenido una buena vida, de verdad. No tengo quejas, excepto que no podré disfrutar de más tiempo contigo.

–No. Es inaceptable –espeté.

Entonces me miró con una expresión incomprensible. Me tomó la mano. Su piel era tan suave, tan delgada como si fuera papel, pero su tacto fue cálido hasta el final.

–Seamos realistas. Voy a morir.

Sentí que la habitación se cerraba sobre mí, que se inclinaba en una de las esquinas. Durante unos instantes, no pude respirar, ni siquiera podía moverme. Estaba segura de que iba a morirme allí mismo, sobre la mesa de la cocina.

–Los Coldwell ya lo saben. Ya no puedo trabajar más, pero no te preocupes, todavía queda el Fabergé. Espero que, cuando llegue el momento, el Señor sea misericordioso y se me lleve rápidamente, sin sufrir mucho. Pero si sufro, tengo las recetas. Y te tengo a ti...

–Gran, tiene que haber una...

–Debes prometerme algo –dijo–. Sean cuales sean las circunstancias, no me llevarás al hospital. No pienso pasar mis últimos días rodeada de extraños. No hay sustituto para la familia, para aquellos a los que quieres. Ni para las comodidades de un hogar. Si quiero a alguien junto a mi cama, es a ti. ¿Lo entiendes?

Lamentablemente, lo comprendía. Traté por todos los medios de ignorar la verdad, pero ya era imposible. Gran me necesitaba. ¿Qué otra cosa podía hacer?

Aquella noche, Gran dijo que estaba cansada mucho antes de *Colombo*, así que la arropé en su cama y le di un beso de buenas noches en la mejilla. A continuación, limpié las estanterías de la cocina y todos los platos que teníamos, uno por uno. Llorando sin consuelo, saqué brillo a la cubertería de plata, no es que tuviéramos mucha, pero algo sí teníamos. Cuando terminé, toda la cocina olía a limón, pero no podía desembarazarme de la sensación de que la suciedad acechaba en las grietas y hendiduras, y que, a menos que la limpiara, se contagiaría a todas las facetas de nuestra vida.

Todavía no le había confesado a Gran lo del Fabergé y que Wilbur nos había dejado sin un centavo. Que ya no podía pagar la matrícula del centro, incluso que no llegaba a fin de mes. En lugar de eso, hice más turnos en el Regency Grand, trabajé más horas para poder pagarlo todo –incluyendo la comida y las medicinas de Gran para el dolor–. Nos retrasamos en el alquiler, algo que tampoco le mencioné. Cuando me topaba en el rellano con nuestro casero, el señor Rosso, le suplicaba más tiempo y le explicaba que Gran estaba enferma y que no llegábamos solo con mi sueldo.

Mientras tanto, a medida que la salud de Gran iba deteriorándose, yo me dedicaba a leerle folletos de centros de estudios superiores en voz alta junto a su cama, explicándole todos los cursos y talleres que me interesaban, incluso a sabiendas de que nunca llegaría a pisar las aulas. Gran cerraba los ojos, pero la sonrisa en su rostro me decía que estaba escuchando.

–Cuando no esté, utiliza el Fabergé siempre que lo necesites. Si sigues trabajando a media jornada, todavía quedará dinero suficiente para pagar el alquiler durante al menos dos años, y eso sin contar la matrícula. Es todo tuyo, así que úsalo para hacerte la vida más fácil.

–Sí, Gran. Gracias.

He estado soñando despierta y no me he dado cuenta. Estoy en el recibidor, ante la puerta de nuestro piso. La fregona está apoyada contra la pared y estoy abrazando el cojín de la serenidad de Gran. No recuerdo haber dejado la fregona ni haber cogido el cojín. El suelo del parqué está limpio, aunque magullado y lleno de cicatrices a causa de décadas de pisadas, por el desgaste natural de nuestra vida doméstica. Noto la luz sobre mi cabeza, demasiado luminosa, demasiado caliente.

Estoy completamente sola. ¿Cuánto tiempo he estado aquí, en pie? El suelo está seco. Mi teléfono suena. Me inclino sobre la silla de Gran y lo cojo.

–Hola, soy Molly Gray.

Se produce una pausa al otro lado de la línea.

–Molly. Soy Alexander Snow, del hotel. Me alegra saber que ya estás en casa.

–Gracias. Sí, he llegado hace ya un buen rato. La detective me trajo en coche después de interrogarme. He pensado que ha sido muy amable de su parte.

–Quería agradecerte que hayas accedido a hablar con ella. Estoy seguro de que tus apreciaciones ayudarán a la investigación.

Hace una nueva pausa. Oigo su respiración superficial al otro lado de la línea. Aunque no es la primera vez que me telefonea a casa, una llamada del señor Snow es un acontecimiento poco común.

–Molly –empieza a decir–, sé que ha sido un día duro para ti. Lo ha sido para muchos, especialmente para la señora Black. Ha corrido la voz sobre la... sobre el fallecimiento del señor Black. Como podrás imaginar, toda la plantilla está muy angustiada y afectada.

–Sí, ya me lo imagino.

–Sé que mañana es tu primer día libre desde hace semanas y hoy has tenido que soportar muchas cosas. Pero al parecer Cheryl se ha tomado la muerte del señor Black bastante mal. Dice que la experiencia le ha causado un «trauma extremo» y que no podrá venir a trabajar mañana.

–Pero si no ha sido ella la que lo ha encontrado muerto... –protesto.

–Supongo que cada persona tiene una manera de reaccionar al estrés –responde.

–Sí, por supuesto.

–Molly, ¿crees que podrías sustituirla y hacer el turno de la mañana? De nuevo, lo siento mucho...

–Por supuesto –afirmo–. Un día extra de trabajo no va a matarme.

Otra larga pausa.

–¿Eso es todo, señor Snow?

–Sí, eso es todo. Y gracias. Nos vemos mañana por la mañana.

–Seguro que sí. Buenas noches, señor Snow. Que sueñe con los angelitos.

–Buenas noches, Molly.

RGH

Martes

REGENCY GRAND HOTEL

CAPÍTULO 6

Confieso que esta noche he tenido pesadillas. He soñado que el señor Black entraba por la puerta de mi piso, gris y ceniciento, cual muerto viviente. Yo estaba sentada en el sofá viendo *Colombo*. Me volvía hacia él y le decía: «Nadie viene por aquí, nadie desde que murió Gran». Él se empezaba a reír. De mí. Pero yo lo fulminaba con una mirada láser y sus miembros se convertían en polvo, en un cúmulo de finas partículas de carbón que se esparcían por la estancia y penetraban en mis pulmones. Empezaba a atragantarme y a toser.

–¡No! –gritaba–. ¡Yo no le he hecho nada! ¡No he sido yo! ¡Lárguese!

Pero ya era demasiado tarde. Su suciedad ya estaba por todas partes. Me he despertado sin aliento y respirando con dificultad.

Ahora son las seis de la mañana. Es hora de levantarse y espabilar. O al menos de levantarse.

Salgo de la cama y la hago con esmero, colocando cuidadosamente la colcha de Gran para que la estrella del centro señale el norte. Voy a la cocina, donde me pongo el delantal de cachemira de Gran, y preparo té y *crumpets** para una persona. Hay

* Un *crumpet* es una especie de bollo elaborado con harina y levadura, parecido a un panqueque, muy típico del Reino Unido.

demasiado silencio por las mañanas. El áspero chirrido del cuchillo al cortar el bollo tostado me provoca dolor de oídos. Desayuno rápido, me ducho y salgo hacia el trabajo.

Estoy cerrando con llave la puerta del piso cuando oigo que alguien carraspea en el pasillo. El señor Rosso.

Me vuelvo hacia él.

–Hola, señor Rosso. Qué madrugador ha sido hoy.

Espero una mínima muestra de educación, un «buenos días», pero lo único que recibo es:

–Te has retrasado con el alquiler. ¿Cuándo piensas pagar?

Me guardo las llaves en el bolsillo.

–Le pagaré el alquiler de aquí a unos pocos días, hasta el último centavo. Conocía a mi abuela y me conoce a mí. Somos ciudadanas que respetamos la ley y pagamos lo que nos corresponde. Y así lo haré yo. Pronto.

–Eso espero –responde, y a continuación se mete de nuevo en su piso y cierra la puerta tras él.

Ojalá la gente levantara los pies al caminar. Es de lo más desaliñado arrastrar los pies así. Da muy mala impresión.

«Venga, venga, no hay que juzgar a los otros con tanta dureza». La voz de Gran resuena en mi cabeza, un recordatorio de que tengo que ser misericordiosa y compasiva. Es uno de mis defectos: soy demasiado rápida formándome opiniones o siempre pienso que el mundo debe funcionar de acuerdo a mis normas.

«Hay que ser como el bambú. Hay que aprender a doblarse y cimbrearse con el viento».

Doblarse y cimbrearse. No son mis puntos fuertes.

Me dirijo escaleras abajo y salgo del edificio. Decido caminar hasta el trabajo –una excursión de veinte minutos bastante agradable cuando hace buen tiempo, aunque hoy el cielo está melancólico y las nubes amenazan lluvia–. Respiro aliviada nada más veo el ajetreado hotel. Como es mi costumbre, he llegado como una profesional media hora antes de que empiece mi turno.

Saludo al señor Preston en la puerta principal.

–Oh, Molly. No me digas que hoy trabajas...

–Así es. Cheryl llamó anoche para avisar que estaba enferma.

El señor Preston niega con la cabeza.

–Era de esperar. Molly, ¿te encuentras bien? Según he oído, ayer te llevaste un buen susto. Lo siento mucho... Siento mucho que tuvieras que verlo.

Durante un breve instante, un fogonazo de la pesadilla me cruza la mente, mezclado con la visión real del señor Black muerto sobre su cama.

–No lo sienta, señor Preston. No es culpa suya. Pero he de admitir que toda esta situación ha sido un poco... difícil. Mantendré la calma y seguiré adelante. –Se me ocurre algo–. Señor Preston, ¿recibió el señor Black alguna visita ayer, amistosa o... de cualquier otro tipo?

El señor Preston se coloca bien la gorra.

–No que yo sepa. ¿Por qué lo preguntas?

–Ah, por nada. La policía lo investigará, seguro. Especialmente si hay algo fuera de lugar.

–¿Fuera de lugar? –El señor Preston clava unos ojos serios en los míos–. Molly, si alguna vez necesitas algo, cualquier cosa que sea, recuerda a tu viejo amigo el señor Preston, ¿me oyes?

No soy de ese tipo de personas que abusa de la amabilidad de los demás. Seguramente, a estas alturas, el señor Preston ya sabe eso de mí. Tiene una expresión severa en el rostro y frunce el ceño, con una inquietud tan evidente que hasta yo puedo interpretarla.

–Gracias, señor Preston –respondo–. Le agradezco mucho su ofrecimiento. Ahora, si no le importa, estoy segura de que hoy habrá más trabajo de limpieza que de costumbre, vista la cantidad de paramédicos y policías que fueron de aquí para allá durante todo el día de ayer. Me temo que no todas sus botas están tan limpias como las suyas.

El señor Preston inclina la gorra hacia mí y desvía su atención hacia unos huéspedes que tratan, sin mucho éxito, de parar un taxi.

–¡Taxi! –grita, y a continuación se vuelve hacia mí un momento–. Ve con mucho cuidado, Molly. Por favor.

Asiento con la cabeza y subo las escaleras afelpadas de rojo. Empujo las relucientes puertas giratorias y me abro paso entre los huéspedes que entran y salen. En el vestíbulo principal veo al señor Snow junto al mostrador de Recepción. Sus gafas están torcidas y un mechón de su pelo se ha escapado de su peinado engominado hacia atrás, moviéndose de un lado a otro como si fuera un dedo reprobatorio.

–Molly, me alegro de que hayas venido. Gracias –me dice. Sostiene en la mano el periódico de hoy. Resulta difícil pasar por alto el titular: «Aparece el cadáver del poderoso magnate Charles Black en el hotel Regency Grand»–. ¿Lo has leído?

Me tiende el periódico y ojeo el artículo. Relata cómo una camarera encontró al señor Black muerto en su habitación. Mi nombre, gracias a Dios, no se menciona. A continuación, se centra en la familia Black y en la lucha que mantienen sus hijos y su exmujer. «Los rumores de la legitimidad de Propiedades & Inversiones Black llevan circulando durante años, con acusaciones de acuerdos fraudulentos y malversación de fondos que han acallado el poderoso equipo de abogados del señor Black».

A mitad del artículo, veo el nombre de Giselle y leo con más atención. «Giselle Black, la segunda esposa del señor Black, tiene treinta y cinco años menos que él. Es la supuesta heredera de la fortuna Black, que ha sido el origen de disputas familiares durante los últimos años. Después de que se encontrara el cadáver de su marido, Giselle Black abandonó el hotel llevando unas gafas de sol y acompañada por un desconocido. Según afirman varios miembros de la plantilla del hotel, los Black son huéspedes habituales del Regency Grand. Al preguntarle si el señor Black hacía negocios en el hotel, el señor Alexander Snow, su director, declinó hacer comentarios. La detective Stark, que dirige la investigación, afirma que todavía no se ha descartado que la muerte del señor Black no sea un sucio crimen».

Acabo de leer el artículo y le devuelvo el periódico al señor Snow. De repente, al comprender lo que implica esa última línea, me siento inestable, mareada.

–¿Lo entiendes, Molly? Están sugiriendo que este hotel es... es...

–Sucio –sugiero–. Impuro.

–Sí, eso es.

El señor Snow trata de enderezar sus gafas, pero con poco éxito.

–Molly, debo preguntártelo. ¿En algún momento, ahora o en el pasado, has advertido alguna... actividad cuestionable en este hotel, con los Black o con otros huéspedes?

–¿Cuestionable? –digo.

–Infame –explica.

–¡No! –exclamo–. Por supuesto que no. De haberlo hecho, usted hubiera sido el primero en saberlo.

El señor Snow deja escapar un suspiro contenido. Me da pena, por el peso que acarrea: la enorme reputación del hotel Regency Grand descansa sobre sus pequeños hombros.

–Señor, ¿puedo hacerle una pregunta?

–Por supuesto.

–En el artículo se menciona a Giselle Black. ¿Sabe si todavía se hospeda aquí? Quiero decir, ¿en el hotel?

Los ojos del señor Snow miran rápido de derecha a izquierda. Se aleja unos pasos del mostrador de Recepción y de la dotación de pingüinos uniformados con gran elegancia. Con un ademán, me indica que haga lo mismo. Grupos de huéspedes se pasean por el vestíbulo; esta mañana está especialmente muy concurrido. Muchos de ellos llevan periódicos y sospecho que el señor Black debe de ser el tema que todos comentan.

El señor Snow señala hacia un sofá de dos plazas de color esmeralda en una esquina sombría junto a la escalera principal. Vamos hacia allí. Es la primera vez que me siento en uno de esos sofás. Me hundo en su suave terciopelo, en el que, a diferencia del que hay en nuestro piso, no hay muelles que sortear. El señor Snow se acomoda junto a mí y habla en voz baja:

–Respondiendo a tu pregunta, Giselle sigue hospedándose en el hotel, pero no debes decírselo a nadie. No tiene adónde ir, ¿lo comprendes? Y, como podrás imaginar, está muy afectada. La he trasladado a la segunda planta. Sunitha se encargará de su habitación a partir de ahora.

Siento un revoloteo nervioso en el estómago.

–Muy bien –digo–. Será mejor que me vaya. El hotel no va a limpiarse solo.

–Una cosa más, Molly –añade el señor Snow–. Evidentemente, la *suite* de los Black es zona prohibida hoy. La policía todavía está examinando la habitación. Verás que la han precintado y que está bajo custodia policial.

–Y entonces, ¿cuándo se supone que debo limpiar esa *suite*?

El señor Snow me mira durante un buen rato.

–No tienes que limpiarla, Molly. Es lo que trato de decirte.

–Muy bien. Entonces no lo haré. Adiós.

Y con esas palabras me levanto, giro sobre mis talones y me dirijo hacia las escaleras de mármol que llevan al sótano, a las dependencias de Limpieza y Mantenimiento, donde está mi taquilla.

Me recibe mi fiel uniforme, recién limpiado, envuelto en plástico y colgado de la puerta. Es como si toda la conmoción de ayer jamás hubiera ocurrido, como si cada día borrase convenientemente el anterior. Me cambio con rapidez y voy depositando mi ropa en la taquilla. A continuación, cojo el carrito de camarera –el cual, de manera milagrosa, está aprovisionado y equipado por completo (sin duda gracias a Sunshine o Sunitha, y no a Cheryl).

Recorro el laberinto de pasillos demasiado relucientes hasta que llego a la cocina, donde Juan Manuel está rascando las sobras de los desayunos para lanzarlas luego a un cubo enorme de basura y colocar los platos en el lavavajillas industrial. Nunca he estado en una sauna, pero me imagino que debe de producir la misma sensación, excepto por el horrible olor a la miscelánea de desayunos.

Nada más verme, Juan Manuel deja la pistola de agua y me mira con preocupación.

–*Dios te bendiga* –dice, santiguándose–. Me alegro de verte. ¿Estás bien? Me has tenido muy preocupado, señorita Molly.

Me está empezando a irritar que todo el mundo esté tan pendiente de mí hoy. No soy la muerta.

–Estoy bastante bien, gracias, Juan Manuel.

–Pero tú lo encontraste –susurra, con los ojos abiertos como platos–. Muerto.

–Así es.

–No puedo creer que haya fallecido de verdad. Me pregunto lo que implica –dice.

–Pues implica que está muerto.

–Lo que quiero decir es qué implicará para el hotel. –Se acerca unos pasos, tanto que solo nos separa una distancia de medio carrito–. Molly –susurra–, ese hombre, ¿el señor Black? Era muy poderoso. Demasiado poderoso. ¿Quién será el jefe ahora?

–El jefe es el señor Snow –anuncio.

Me mira con extrañeza.

–¿De verdad? ¿Será él?

–Sí –contesto con suma confianza–. El señor Snow es sin duda el jefe de este hotel. Ahora, ¿podemos dejar el tema? Tengo que ir a trabajar, de verdad. Tendré que hacer algunos cambios para esta noche. Acabo de oír que el cuarto piso está bajo custodia policial, y la policía todavía anda por allí. Necesito que te quedes en la habitación 202 hoy, ¿de acuerdo? En la segunda planta, no en la cuarta. Para evitar a la policía.

–De acuerdo. No te preocupes. Me mantendré alejado.

–Y, Juan Manuel, no debería decirte esto, pero Giselle Black sigue hospedada en el hotel, en esa planta. La segunda. Así que ve con cuidado. Hay muchos policías, incluso allí. Tendrás que pasar desapercibido hasta que esta investigación termine. ¿Entendido?

Le paso la tarjeta llavero de la habitación 202.

–Sí, Molly. Entendido. Tú también debes pasar desapercibida, ¿de acuerdo? Me tienes preocupado.

–No hay nada de lo que preocuparse. Será mejor que me vaya.

A continuación, salgo de la cocina y empujo el carrito hacia el ascensor de servicio. Entro y, al instante, noto el aire más fresco y frío. Subo hasta el vestíbulo, donde cada día recojo mi fajo de periódicos del Social.

Incluso desde tan lejos, distingo a Rodney detrás de la barra. Cuando me ve, sale a recibirme.

–¡Molly! ¡Has venido! –Me pone las manos sobre los hombros. Siento como si un torrente de electricidad me recorriera todo el cuerpo–. ¿Estás bien?

–Todo el mundo me pregunta lo mismo. Estoy bien –afirmo–. Quizá un abrazo no me iría mal...

–Por supuesto –dice–. Eres justo la persona que quería ver hoy.

Me estrecha contra su pecho. Yo descanso la cabeza en su hombro y aspiro su aroma.

Ha transcurrido tanto tiempo desde que alguien me abrazó así que ya no recuerdo qué se supone que debo hacer con mis brazos. Opto por envolver la espalda de Rodney con ellos y dejarlos descansar en sus omóplatos, que son incluso más fornidos de lo que había imaginado.

Se aparta demasiado pronto. Justo entonces veo su ojo derecho. Lo tiene hinchado y amoratado, como si le hubieran dado un puñetazo.

–¿Qué te ha ocurrido? –le pregunto.

–Oh, una tontería. Estaba ayudando a Juan Manuel con una bolsa y... me di con la puerta. Pregúntale. Él te lo explicará.

–Deberías ponerte hielo. Parece doloroso.

–Ya está bien de hablar de mí. Lo que quiero oír es cómo estás tú.

Nada más decirlo, echa un rápido vistazo al bar. Grupos de mujeres de mediana edad están desayunando juntas, las cucharillas del té tintinean contra la porcelana, las risas resuenan mientras pasan la mañana antes de acudir a las matinés teatrales. Unas pocas familias se atiborran de pilas de tortitas, preparándose para un día lleno de museos y turismo. Y dos lobos solitarios en viaje de negocios picotean sus desayunos continentales con los ojos pegados a los teléfonos móviles o a los periódicos abiertos ante ellos. ¿A quién está buscando

Rodney? Seguramente, no es a ninguno de estos huéspedes. Pero entonces, ¿a quién?

–Escucha –dice Rodney en voz baja–. He oído que ayer encontraste al señor Black y que te llevaron a comisaría para interrogarte. Ahora no puedo hablar, pero ¿por qué no te pasas cuando termines tu turno? Podemos sentarnos en un reservado y me lo cuentas todo con calma. Hasta el último detalle, ¿vale?

Me toma la mano y me la aprieta. Sus ojos son dos enormes piscinas azules. Está preocupado. Por mí. Durante un instante, me pregunto si va a besarme, pero entonces me doy cuenta de que es una tontería –lo de besar a un compañero de trabajo en medio del bar-restaurante–. Por supuesto, no lo hará. Aunque, de todas maneras, es una pena que no sea así.

–Estaré encantada de que nos veamos más tarde –digo, tratando de sonar despreocupada–. ¿Sobre las cinco? ¿En punto? ¿Es una cita?

–Eh, sí. De acuerdo.

–Pues hasta luego –digo, y empiezo a alejarme.

–No te olvides de los periódicos –advierte.

Toma un fajo del suelo y los deja caer sobre la barra.

–Oh, qué boba soy.

Me alejo, esforzándome para que la pila de periódicos, que he colocado encima del carrito, no se me caiga. Rodney ya está ocupado detrás de la barra, sirviéndole un café a un cliente. Trato de establecer contacto visual con él antes de marcharme, pero es en vano.

No pasa nada. Tendremos mucho tiempo para establecer contacto visual esta noche.

CAPÍTULO 7

La vida es una cosa divertida. Un día puede ser bastante impactante y el siguiente, también. Pero los dos golpes emocionales pueden distar tanto el uno del otro como el día y la noche, como el negro y el blanco, como el bien del mal. Ayer encontré al señor Black muerto; hoy, Rodney me ha pedido salir. Técnicamente, supongo que no «saldremos», sino que nos «quedaremos», porque la cita se desarrollará en nuestro lugar de trabajo. Aunque eso es solo una cuestión semántica. Lo importante es que es una cita.

Han pasado treinta y siete días desde que Rodney y yo tuvimos nuestra última cita. «Lo bueno se hace esperar», decía siempre Gran, y sí, Gran, tenías razón. Justo cuando pensaba que Rodney ya no estaba interesado en mí, me revela que sí lo está. Y el momento es impecable. El día de ayer fue realmente una sacudida para mi sistema. Hoy también es una sacudida, pero una más agradable y excitante. Sirve para demostrar que nunca se sabe qué sorpresas puede depararte la vida.

Empujo el carro por el vestíbulo y me dirijo hacia el ascensor. Un grupo de damas, probablemente en una «salida de chicas», me adelanta. Cierran la puerta del ascensor ante mis narices, algo a lo que ya estoy acostumbrada. La camarera puede esperar. La camarera va la última. Finalmente consigo un ascensor para mí sola y pulso el número cuatro. El botón se ilumina de rojo. Siento inquietud al regresar a la cuarta planta por primera vez desde que encontré al señor Black muerto en su cama. «Cálmate –pienso–. Hoy no tienes que entrar en esa *suite*».

Se oye la campanilla que indica que el ascensor acaba de llegar al piso y las puertas se abren. Salgo con el carrito por delante pero inmediatamente me estrello contra algo. Levanto la mirada y descubro que acabo de toparme con un agente de policía, con los ojos tan pegados al teléfono que ni siquiera se ha dado cuenta de que entorpece la salida del ascensor. Sea la culpa de quien sea, sé perfectamente qué se supone que tengo que hacer. Lo aprendí en uno de los primeros seminarios de capacitación con el señor Snow: el huésped siempre tiene la razón, incluso cuando no esté prestando atención a lo que sea o cause las molestias que cause.

–Le ruego me disculpe, señor. ¿Se encuentra usted bien? –pregunto.

–Sí, estoy bien. Pero mira por dónde vas con esa cosa.

–Gracias por el consejo, agente –respondo mientras maniobro el carrito para sortearlo. Lo que realmente deseo es aplastarle los pies con él, visto que se niega a hacerse a un lado, pero sería inapropiado. Una vez que lo he esquivado, me detengo–. ¿Puedo ayudarlo en algo? ¿Una toalla caliente, quizá? ¿Champú?

–Estoy bien –responde–. Disculpa.

Me rodea y veo cómo se dirige hacia la *suite* de los Black. Hay una cinta de un amarillo chillón en la puerta. El agente se queda junto a ella, de pie, con la espalda apoyada contra la pared y un pie cruzado por encima del otro. A estas alturas ya intuyo que si sigue en esa posición todo el día, dejará una marca que será difícil de borrar. Me encantaría coger el palo de la escoba y sacudirlo para sacarlo de allí, pero qué más da. No me corresponde hacerlo.

Me dirijo hacia el extremo de la planta para empezar mi trabajo en la habitación 407. Me complace encontrarla vacía. Los huéspedes ya se han ido. Hay un billete de cinco dólares en la almohada, el cual recojo y escondo en mi bolsillo, agradeciéndolo en silencio. «Cada centavo cuenta», como decía siempre Gran. Me pongo a reemplazar las sábanas sucias por otras limpias. He de admitir que hoy me tiemblan un poco las manos. De vez en cuando, me acude una imagen fugaz del señor Black a la mente –rostro cetrino, tacto frío– y de todas las cosas que vi después. Una sacudida eléctrica me atraviesa. Aunque no hay motivo para inquietarse. Hoy no es ayer. Hoy es un nuevo día. Trato de calmar los nervios pensando en cosas que me hacen feliz. Y, en este momento, nada me hace más feliz que pensar en Rodney.

Mientras limpio, traigo a la memoria nuestra floreciente relación. Recuerdo cuando empecé a trabajar en el hotel y apenas lo conocía. Cada día, cuando recogía los periódicos para la ronda, trataba de demorarme allí. Poco a poco, con el tiempo, entablamos una relación cordial –¿podría decir jovial?–. Sin embargo, fue un día hace más o menos un mes y medio cuando se cimentó nuestro afecto.

Yo estaba en la tercera planta, limpiando las habitaciones que tenía asignadas. Sunshine se encargaba de una mitad de la planta y yo, de la otra. Entré en la habitación 305, la cual no tenía asignada para aquella ronda, pero, según me habían dicho desde Recepción, estaba vacía y había que limpiarla. Como sabía que no había nadie, ni siquiera me molesté en llamar. Sin embargo, cuando entré con el carrito, me encontré cara a cara con dos hombres bastante imponentes.

Gran me enseñó a juzgar a la gente por sus acciones y no por su apariencia, así que cuando observé a aquellos dos gigantes de cabezas rapadas y desconcertantes tatuajes faciales, de inmediato supuse lo mejor en vez de lo peor. ¿Tal vez esos huéspedes eran un famoso dúo de *rock* del que yo no había oído hablar jamás? O quizá fueran unos famosos tatuadores. O unas celebridades del mundo de la lucha libre. Como soy más de cosas antiguas que de cultura pop, ¿cómo iba a saberlo?

–Ruego me disculpen, señores –dije–. Me han dicho que los huéspedes de esta habitación se habían marchado. Siento muchísimo haberlos molestado.

A continuación, sonreí, tal como mandaba el protocolo, y esperé a que los dos caballeros me contestaran. Pero ninguno de ellos abrió la boca. Había una bolsa de lona de color azul marino sobre la cama. Cuando entré, uno de aquellos gigantes estaba metiendo un aparato, algún tipo de dispositivo o báscula, en su interior. En aquel momento, permanecía inmóvil con el extraño aparato en la mano.

Justo cuando empezaba a sentirme un poco incómoda por aquel silencio prolongado, dos personas salieron del baño a espaldas de los dos hombres. Uno de ellos era Rodney, que llevaba su almidonada camisa blanca arremangada dejando ver sus encantadores antebrazos. El otro era Juan Manuel, que sostenía un paquete envuelto en papel marrón, ¿quizá la bolsa con su almuerzo o su cena? Las manos de Rodney estaban cerradas en forma de puño. Él y Juan Manuel estaban claramente sorprendidos de verme y, si he de ser por completo sincera, yo también me quedé bastante sorprendida al verlos.

–¡Molly, no! ¿Qué haces aquí? –preguntó Juan Manuel–. Por favor, debes irte ahora mismo.

Rodney se volvió hacia él.

–Vaya, ¿así que ahora tú eres el jefe? De repente, ¿estás al mando?

Juan Manuel retrocedió dos pasos y se quedó como embobado, mirándose los pies.

Decidí que era el momento de actuar y apaciguar la desavenencia que había surgido entre ellos.

–Técnicamente hablando, Rodney es el jefe del bar. Lo que significa que, en el sentido puramente jerárquico, es el empleado de mayor rango entre nosotros en este preciso momento. Aunque no olvidemos que todos somos vip, hasta el último de nosotros.

Los dos gigantes pasearon rápidamente la mirada de Rodney a Juan Manuel y a mí varias veces.

–Molly, ¿qué estás haciendo aquí? –dijo Rodney.

–¿No resulta obvio? –respondí–. He venido a limpiar la habitación.

–Sí, eso ya lo he pillado. Pero se suponía que esta habitación no estaría hoy entre tus tareas. Les dije a los de abajo...

–¿A quién? –pregunté.

–Mira, no importa. Esa no es la cuestión.

De repente, Juan Manuel pasó rápidamente ante Rodney y me cogió del brazo.

–Molly, no te preocupes por mí. Ahora ve escaleras abajo y les dices que...

–Eh –intervino Rodney–. Suéltala. Ahora mismo.

No era una sugerencia. Era una orden.

–Oh, estoy bien –dije–. Juan Manuel y yo ya nos conocemos y no me molesta en lo más mínimo.

Fue entonces cuando comprendí exactamente qué estaba sucediendo. Rodney estaba celoso de Juan Manuel. Aquello era una muestra masculina de rivalidad romántica. Lo tomé como muy buena señal, pues revelaba el verdadero alcance de los sentimientos de Rodney hacia mí.

Rodney miró a Juan Manuel de tal manera que dejaba entender su claro descontento, pero entonces dijo algo completamente sorprendente:

–¿Cómo está tu madre, Juan Manuel? Tu familia vive en Mazatlán, ¿verdad? Ya sabes que tengo amigos en México. Buenos amigos. Seguro que estarían encantados de hacerle una visita a tu familia y ver qué tal les va.

Juan Manuel me soltó de inmediato.

–No será necesario –respondió–. Están bien.

–Mejor. Dejémoslo así entonces –replicó Rodney.

«Qué amable de su parte preocuparse por el bienestar de la familia de Juan Manuel», pensé. Cuanto más lo conocía, más se me revelaba su verdadero carácter.

En aquel momento, los dos gigantes hablaron. Yo deseaba que me los presentaran y así poder memorizar sus nombres para referencias futuras, quizá para incluso asegurarme de que les pusieran una chocolatina en el servicio de cortesía nocturno.

–¿Qué demonios está pasando aquí? –le preguntó uno a Rodney.

–¿Quién cojones es esta? –añadió el otro.

Rodney dio un paso al frente.

–No pasa nada. No os preocupéis. Yo lo arreglaré.

–Será mejor que lo hagas. Y cagando leches.

Tengo que decir que el repetido uso de groserías me desconcertó, pero me han entrenado para actuar como una profesional consumada en cualquier situación, con cualquier tipo de personas, sean educadas o groseras, limpias o sucias, malhabladas o bienhabladas.

Rodney se situó justo delante de mí.

–No tendrías que haber visto nada de esto –me dijo en voz baja.

–¿Ver el qué? –pregunté–. ¿El colosal desastre que todos vosotros habéis causado en esta habitación?

–Señora, lo hemos limpiado todo de arriba abajo –dijo entonces uno de los gigantes.

–Bien –respondí–. Han realizado un trabajo por debajo de lo que sería estándar. Como pueden comprobar, hay que pasar el aspirador por la alfombra. Está llena de pisadas por todas partes. ¿Lo ven? ¿Y cómo puede ser que haya un montón de ropa aquí en la puerta y otro allí, en el baño? Parece que haya pasado una manada de elefantes. Eso por no mencionar la mesita. ¿Quién ha estado comiendo dónuts con azúcar glasé sin un plato? Y esas enormes huellas. Sin ánimo de ofender, pero ¿cómo no las han visto? Están por todo el cristal. También tendré que lustrar todos los pomos. –Tomé un espray y papel absorbente de mi carrito y empecé a pulverizarlo encima de la mesa. Limpié aquel desastre en un abrir y cerrar de ojos–. ¿Ven? ¿A que está mucho mejor ahora?

Los gigantes se miraron: sus caras de asombro se reflejaban la una en la otra con las bocas abiertas de par en par. Era evidente que habían quedado impresionados con mis eficientes técnicas de limpieza. Juan Manuel, mientras tanto, estaba claramente incómodo. Seguía mirándose los pies.

Durante un buen rato, nadie pronunció palabra alguna. Algo no iba bien, pero era difícil decir el qué. Rodney fue el que rompió el silencio. Me dio la espalda y se dirigió a sus amigos:

–Molly es... una chica muy especial. ¿Lo veis, verdad? Es... única.

Qué bonito por su parte. Me sentí extremadamente halagada y evité cualquier contacto visual por miedo a sonrojarme.

–Me encantará limpiar la habitación de tus amigos cuando sea –dije–. De hecho, me complacerá hacerlo. Solo tienes que decirme en qué habitación se alojan y pediré que la añadan a mis tareas.

Rodney se dirigió de nuevo a sus amigos:

–¿Veis lo útil que podría ser? Y es discreta. ¿A que sí, Molly? ¿A que eres discreta?

–La discreción es mi lema. Mi objetivo es ser invisible en mi servicio al cliente.

Ambos hombres se acercaron a mí de repente, empujando a Rodney y a Juan Manuel al hacerlo.

–Así que no vas a ir llorando por ahí, ¿verdad? ¿No hablarás?

–Soy una camarera, no una chismosa, muchas gracias. Me pagan para mantener la boca cerrada y para que las habitaciones recobren su estado ideal. Me enorgullezco de hacer mi trabajo y desaparecer sin dejar rastro.

Los dos hombres se miraron y se encogieron de hombros.

–¿Os parece bien? –les preguntó Rodney.

Ellos asintieron y, a continuación, centraron su atención en la bolsa de lona sobre la cama.

–¿Y a ti? –preguntó Rodney a Juan Manuel–. ¿Te parece bien?

Juan Manuel asintió, pero sus labios formaban una línea delgada.

–De acuerdo, Molly –dijo Rodney, observándome con sus penetrantes ojos azules–. Todo irá bien. Haz tu trabajo igual que siempre, ¿vale? Deja este lugar impecable para que nadie sepa que Juan Manuel y sus amigos han estado aquí. Y guarda silencio al respecto.

–Por supuesto. Si me perdonáis, tengo que ponerme a trabajar.

Rodney se acercó.

–Gracias –susurró–. Ya hablaremos de esto más tarde. Quedamos esta noche, ¿vale? Te lo contaré todo.

Era la primera vez que me proponía una cita. Casi no me lo creía.

–¡Me encantaría! –dije–. Así que ¿tenemos una cita?

–Claro, sí. Quedamos en el vestíbulo a las seis. Iremos a algún sitio para hablar en privado.

Y tras aquello, los gigantes cogieron la bolsa de lona, pasaron ante mí y abrieron la puerta de la habitación. Miraron al pasillo, primero a la izquierda y luego a la derecha. A continuación, indicaron con un ademán a Rodney y a Juan Manuel que los siguieran. Los cuatro salieron rápidamente de la habitación.

El resto de aquella mañana transcurrió en una mezcla confusa de actividades. Mientras limpiaba de manera frenética, deseando que llegaran las seis de la tarde, me percaté de repente que había acudido a trabajar con unos pantalones viejos pero que todavía servían y una de las blusas con cuello alto de Gran. Aquello no era en absoluto apropiado, no para una primera cita con Rodney.

Acabé la habitación que estaba limpiando y empujé el carro hacia el pasillo. Fui a buscar a Sunitha, que estaba en el extremo opuesto de la planta.

–Toc, toc –dije, aunque la puerta de la *suite* que limpiaba estaba abierta de par en par. Sunitha interrumpió lo que hacía y me miró–. Necesito salir a hacer un recado. Si Cheryl aparece por aquí, ¿te importaría decirle que... que volveré enseguida?

–Sí, Molly. Ya ha pasado la hora del almuerzo y nunca paras. Tienes derecho a cogerte un descanso, ya lo sabes.

Retomó su labor tarareando.

–Gracias –dije.

Y salí precipitadamente de la habitación, hacia el pasillo y el ascensor. Crucé las puertas giratorias a toda velocidad.

–¿Molly? ¿Va todo bien? –preguntó el señor Preston cuando pasé junto a él.

–¡Fenomenal! –respondí, mientras me alejaba corriendo por la acera.

Doblé la esquina a la carrera hasta una tiendecita ante la que pasaba cada mañana de camino al trabajo. Me encantaba el letrero de color amarillo limón y el maniquí en el escaparate, elegantemente vestido con un nuevo atuendo cada día. No era el típico lugar donde iba a comprar. Estaba pensado para los huéspedes del hotel, no para su camarera.

Puse la mano en el tirador de la puerta y entré. Una dependienta se me acercó al instante.

–Parece que necesita ayuda –dijo.

–Sí –contesté, casi sin aliento–. Necesito un atuendo con urgencia. Tengo una cita esta noche con un sujeto con potencial de intriga romántica.

–Guau –exclamó–. Tienes suerte. La intriga romántica es mi especialidad.

Aproximadamente veinte minutos más tarde, salía de la tienda con una enorme bolsa de color amarillo limón que contenía un top de lunares, una cosa llamada «pantalones vaqueros *skinny*» y un par de zapatos de tacón bajo y estrecho. Casi me desmayé cuando la dependienta anunció el precio total, pero me pareció una transgresión del decoro devolver las prendas cuando ya estaba todo en la bolsa. Aboné la cantidad con la tarjeta de débito y volví corriendo al hotel. Traté de no pensar en el dinero del alquiler que acaba de gastarme y en cómo restituirlo.

Llegué al hotel a las 12:54, justo a tiempo para reemprender mi turno. El señor Preston miró dos veces la bolsa con las compras, pero evitó hacer comentarios. Me apresuré a bajar la escalera de mármol hacia las dependencias de Limpieza y Mantenimiento, donde guardé mis nuevas adquisiciones en la taquilla. Y volví al trabajo sin que Cheryl se enterara de nada.

Aquella tarde, exactamente a las seis, me presenté en el vestíbulo del hotel ataviada con mi nuevo conjunto. Incluso conseguí peinarme un poco con un rizador que encontré en la sección de objetos perdidos y me alisé el pelo igual que le había visto hacerlo a Giselle con la plancha. Cuando Rodney apareció, advertí que sus ojos se posaban sobre mí y pasaban de largo porque no había llegado a reconocerme a primera vista.

–¿Molly? –dijo al aproximarse–. Tienes un aspecto... diferente.

–¿Diferente bueno o diferente malo? –pregunté–. He confiado ciegamente en una dependienta y espero que no me haya engañado. La moda no es uno de mis fuertes.

–Estás... increíble. –Rodney echó un vistazo al vestíbulo–. Salgamos de aquí, ¿vale? Podemos ir al Olive Garden, al final de la calle.

¡Casi no me lo creía! Era el destino. Una señal. El Olive Garden era mi restaurante favorito. Y era también el favorito de Gran. Cada año, por su cumpleaños y para el mío, nos arreglábamos y salíamos a pasar una buena noche juntas, que siempre se completaba con interminable pan de ajo y guarnición de ensalada gratis. La última vez que estuvimos en el Olive Garden, Gran cumplía setenta y cinco. Lo celebramos con dos copas de chardonnay.

–Por ti, Gran, por tus tres cuartos de siglo. ¡Como mínimo, todavía te queda un cuarto más!

–¡Eso, eso!

El hecho de que Rodney hubiera elegido mi restaurante favorito solo podía significar una cosa: que estaba escrito en las estrellas, que estábamos predestinados.

El señor Preston nos miró cuando salimos del hotel.

–Molly, ¿estás bien? –preguntó, ofreciéndome el brazo para que me apoyara al bajar la escalera y detuviera el bamboleo que me provocaban mis nuevos tacones.

Rodney la había bajado a toda prisa y estaba esperando en la acera, consultando su teléfono.

–No se preocupe, señor Preston. De hecho, estoy más que bien.

Una vez que llegamos al último escalón, el señor Preston me habló en voz baja:

–No vas a salir con él, ¿verdad? –me preguntó.

–De hecho, sí –respondí, susurrando–. Así que, si me disculpa.

Le apreté un poco el brazo y a continuación me tambaleé hasta donde Rodney estaba esperando en la acera.

–Lista. Vamos –anuncié.

Rodney empezó a caminar sin alzar la mirada de aquel asunto de última hora tan importante que lo mantenía concentrado en su teléfono. Una vez que nos alejamos del hotel, guardó su móvil y ralentizó el paso.

–Lo siento. El trabajo de un camarero nunca se acaba –se disculpó.

–Eso es muy cierto –convine–. Tienes un trabajo muy importante. Eres una abeja esencial en la colmena.

Esperaba que quedase impresionado ante aquella referencia al seminario de capacitación profesional del señor Snow, pero si lo hizo, no lo demostró.

Durante el camino hacia el restaurante parloteé sobre todos los temas de interés que se me ocurrieron: las ventajas de los plumeros de plumas naturales en comparación con los de plumas sintéticas, mi compañeras camareras, que casi nunca recordaban cómo me llamo, y, por supuesto, el cariño que sentía por el Olive Garden.

Después de lo que me pareció una eternidad, pero que con toda probabilidad fueron dieciséis minutos y medio, llegamos a la puerta del Olive Garden.

–Adelante –dijo Rodney, abriendo educadamente la puerta y cediéndome el paso.

Una joven y atenta camarera nos acomodó en un reservado de lo más romántico en un lateral del restaurante.

–¿Quieres tomar algo? –preguntó Rodney.

–Me encantaría. Tomaré una copa de chardonnay. ¿Me acompañas?

–Yo soy más de cerveza.

La camarera regresó y pedimos nuestras bebidas.

–¿Podemos también pedir la comida? –le preguntó Rodney. A continuación, me miró–. ¿Estás lista?

De hecho, sí, lo estaba. Estaba lista para todo. Pedí lo mismo de siempre.

–El *Tour* de Italia, por favor. Es imposible no acertar con un trío de lasaña, *fettuccine* y pollo a la parmesana –dije a Rodney, esbozando una sonrisa que esperaba que resultara coqueta.

Él miró su carta.

–Espaguetis con albóndigas.

–Sí, señor. ¿Desean guarnición de ensalada gratis y pan de ajo?

–No, así está bien –contestó Rodney, lo que, debo admitir, me decepcionó mínimamente.

La empleada se marchó y nos quedamos solos bajo el cálido y brillante ambiente que creaba el resplandor de la lámpara colgante. Poder observar a Rodney tan de cerca me hizo olvidar el pan de ajo y la ensalada.

Apoyaba los codos sobre la mesa, una falta de modales que podía pasar por alto, puesto que me ofrecía una hermosa vista de sus antebrazos.

–Molly, seguro que te preguntarás qué pasaba hoy. Con esos hombres. En la habitación del hotel. No me gustaría que pensaras algo malo o que empezaras a hablar de lo que viste. Quería tener la oportunidad de explicártelo.

La camarera regresó con nuestras bebidas.

–Por nosotros –dije, sujetando el tallo de mi copa de vino con dos dedos, tal como Gran me había enseñado («Una dama jamás toca el cuerpo, a menos que quiera dejar unas sucias huellas»).

Rodney cogió su jarra de cerveza y la chocó contra mi copa. Debía de tener sed, porque se bebió la mitad antes de depositarla de nuevo sobre el mantel con brusquedad.

–Como te decía... –continuó–. Quería explicarte lo que has visto hoy.

Se detuvo y me observó.

–De verdad que tienes unos ojos azules de lo más arrebatadores –dije–. Espero que no lo encuentres inapropiado por mi parte.

–Qué curioso. Alguien me dijo lo mismo hace poco. De todos modos, esto es lo que quiero que sepas: ¿quiénes son aquellos dos hombres de la habitación? No son amigos míos, sino de Juan Manuel. ¿Lo entiendes?

–Me parece maravilloso –dije–. Me alegro de que haya hecho amigos aquí. Como ya sabrás, toda su familia está en México. Y creo que podría sentirse solo algunas veces. Es algo que puedo entender, porque yo también me he sentido sola alguna vez. Ahora no, por supuesto. En este preciso momento no me siento sola en absoluto.

Tomé un largo y delicioso sorbito de vino.

–Bueno, pues aquí va lo que probablemente no sepas sobre mi amigo Juan Manuel –dijo Rodney–. Ahora mismo es un inmigrante sin documentación. Su permiso de trabajo caducó hace algún tiempo y está trabajando para el hotel bajo mano. El señor Snow no lo sabe. Si se descubriera, echarían a Juan Manuel del país y ya no podría enviar dinero a casa. Ya sabes lo importante que es su familia para él, ¿verdad?

–Sí, lo sé. La familia es muy importante. ¿No estás de acuerdo?

–No tanto. La mía me repudió tiempo atrás –respondió.

Tomó otro trago de cerveza y se limpió la boca con el dorso de la mano.

–Siento mucho oír eso.

No me imaginaba por qué alguien rechazaría la oportunidad de ser familia de un buen hombre como Rodney.

–Bueno, así que ¿esos hombres que viste en la habitación?, ¿la bolsa que llevaban? Era de Juan Manuel, no de esos dos. Y ten por seguro que no era mía. Era de Juan Manuel. ¿Lo pillas?

–Sí, lo entiendo. Todo el mundo carga con una mochila. –Me detuve durante unos generosos instantes para que Rodney entendiera mi astuto doble sentido–. Es una broma –expliqué–. Esos hombres estaban cargando literalmente una mochila, pero a veces la expresión se utiliza también para una carga psicológica. ¿Lo entiendes?

–Sí, ya, claro. La cuestión es que el casero de Juan Manuel averiguó que sus papeles habían expirado. Y lo echó de su piso hace ya algún tiempo. Ahora no tiene techo bajo el que dormir. He estado ayudándolo a solucionar las cosas. Ya sabes, temas legales, porque conozco a gente. Hago lo que puedo para ayudarle a llegar a final de mes. Pero todo esto es un secreto, Molly. ¿Eres buena guardando secretos?

Me miró fijamente y yo me sentí muy privilegiada por convertirme en su confidente.

–Por supuesto que sé guardar un secreto –aseguré–. Especialmente uno tuyo. Tengo una caja con candado cerca de mi corazón para todas tus confidencias –dije, mientras hacia el gesto de cerrar una caja sobre mi pecho.

–Genial –contestó–. Pues entonces aquí van más. Esto funciona así: cada noche, a escondidas, he estado colocando a Juan Manuel en una habitación diferente del hotel para que no tenga que dormir en la calle. Pero nadie debe saberlo, ¿lo entiendes? Si alguien se enterara de lo que hago...

–Te meterías en un buen lío. Y Juan Manuel se convertiría en un sin techo –anuncié.

–Eso es –replicó.

De nuevo, Rodney demostraba lo buena persona que era. Desde la bondad de su corazón, estaba ayudando a un amigo. Me sentí tan conmovida que no fui capaz de pronunciar ninguna palabra.

Por suerte, la camarera regresó y llenó el silencio con la bandeja de mi *Tour* de Italia y los espaguetis con albóndigas de Rodney.

–Buen provecho –dijo.

Di unos pocos bocados extremadamente satisfactorios y después dejé el tenedor en el plato.

–Rodney, estoy muy impresionada contigo. Eres muy buena persona.

Rodney masticaba una albóndiga a dos carrillos.

–Lo intento –dijo sin dejar de comer–. Pero tú podrías ayudarme, Molly.

–¿Ayudarte cómo?

–Cada vez me resulta más complicado saber qué habitaciones del hotel están vacías. Digamos que ciertos colegas encargados de las tarjetas llavero me pasaban la información, pero puede que ahora hayan perdido el interés en mí. Pero tú... tú estás libre de sospechas y sabes qué habitaciones quedan vacías cada noche. Además, como has demostrado hoy, eres muy buena limpiándolo todo. Sería increíble que pudieras decirme qué habitación queda libre por la noche y asegurarte de que eres la que limpia antes y después de que nosotros..., es decir, de que Juan Manuel y sus amigos pasen la noche allí. Ya sabes, solo para asegurarnos de que no queda rastro alguno de su presencia.

Con cuidado, situé los cubiertos en el borde del plato. Tomé otro sorbo de vino. Sentía que la bebida empezaba a afectarme las extremidades y las mejillas, volviéndome liberada y desinhibida, dos sensaciones que no había notado en... bueno, desde que tenía memoria.

–Estaré encantada de ayudarte en lo que pueda –declaré.

Dejó caer su tenedor y me cogió de la mano. La sensación fue agradablemente eléctrica.

–Sabía que podía contar contigo, Molly.

Era un elogio encantador. Me quedé de nuevo sin habla, perdida en aquellos dos lagos azules y profundos.

–Y una cosa más. No le dirás nada a nadie, ¿verdad? De lo que viste hoy. No dirás una palabra, y menos al señor Snow. Ni a Preston. Ni a Chernóbil.

–No es necesario que me lo pidas, Rodney. Lo que estás haciendo es tomarte la justicia por tu mano. Es hacer el bien en un mundo que a menudo está mal. Lo entiendo. Robin Hood tiene que hacer excepciones para poder ayudar a los pobres.

–Sí, ese soy yo. Soy Robin Hood. –Cogió de nuevo su tenedor y se metió una albóndiga entera en la boca–. Molly, podría besarte, de verdad.

–Eso sería maravilloso. ¿Esperamos a que tragues?

Rodney soltó una carcajada y rápidamente engulló el resto de la pasta. Ni siquiera tuve necesidad de preguntar: sabía que se reía conmigo, no de mí.

Confiaba en que nos quedaríamos más rato y tomaríamos postre, pero en cuanto se terminó el plato, pidió la cuenta.

Al salir del restaurante, aguantó la puerta y me cedió el paso. Un perfecto caballero.

–Así que trato hecho, ¿verdad? Un amigo ayuda a otro amigo –dijo una vez en el exterior.

–Sí. Nada más empezar el turno, le diré a Juan Manuel en qué habitación puede quedarse esa noche. Le daré una tarjeta llavero y el número de habitación. Y a primera hora de la mañana siguiente acudiré para limpiar la habitación en la que se hayan quedado él y sus amigos. Todo el mundo sabe que Cheryl siempre llega tarde, así que no se dará ni cuenta.

–Es perfecto, Molly. Eres una chica muy especial.

Sabía por *Casablanca* y *Lo que el viento se llevó* que había llegado el momento. Me aproximé para que me besara. Pienso que Rodney quería besarme en la mejilla, pero moví la cabeza para darle a entender que no me oponía a un beso en la boca. Por desgracia, la conexión estuvo un poco desalineada, aunque mi nariz no quedó completamente decepcionada ante aquella muestra inesperada de afecto.

En aquel momento en que Rodney iba a besarme, no me importaba dónde aterrizaran sus labios. De hecho, excepto el beso, no me importaba nada en absoluto, ni la mancha de salsa en su cuello ni que cogiera su móvil justo después. Ni siquiera el pequeño trozo de albahaca que tenía entre los dientes.

CAPÍTULO 8

Mi turno casi ha terminado. Los recuerdos de nuestra primera cita han conseguido que el día transcurra más rápido y han amplificado mi anticipación de la cita que tenemos esta noche. También me han ayudado a evitar los recuerdos de ayer. En la mayor parte, he conseguido mantener los saltos atrás a raya. Solo he recordado al señor Black, muerto en su cama, en una ocasión y, por algún motivo desconocido, de repente, ha aparecido el rostro de Rodney con el cuerpo del señor Black, como si estuvieran hermanados, relacionados inextricablemente.

Menuda tontería. ¿Cómo podría imaginarlos con esa conexión, cuando existen en polos opuestos de tantos espectros: viejo versus joven, muerto versus vivo, malo versus bueno? Sacudo la cabeza para borrar esa imagen asquerosa. Y como si fuera un Telesketch, una buena sacudida es lo único que necesito para limpiar la mente.

Los otros pensamientos intrusivos que tengo hoy son sobre Giselle. Sé que sigue en el hotel, pero no sé dónde, en qué habitación de la segunda planta. Me pregunto cómo se encontrará con todo ese asunto de su marido muerto. ¿Está contenta con este giro de los acontecimientos? ¿O triste? ¿Se siente aliviada por haberse librado de él o preocupada por su futuro? ¿Qué posibilidades tiene de heredar algo? Si los periódicos no se equivocan, es la supuesta beneficiaria de la fortuna de la familia, pero la primera esposa del señor Black y sus hijos seguro que tendrán algo que decir. Y si he aprendido algo de cómo funciona el dinero, es que suele sentirse atraído por aquellos que han nacido con él y se aparta de aquellos que más lo necesitan.

Me preocupa bastante qué ocurrirá con ella.

Es el problema con las amistades. A veces sabes cosas que no deberías; a veces cargas con sus secretos en su lugar. Y, a veces, esa carga pasa factura.

Son las cuatro y media de la tarde, solo falta media hora para que me encuentre con Rodney en el Social para nuestra cita. Nuestra segunda cita. ¡Todo un progreso!

Recorro el pasillo con el carrito para avisar a Sunshine de que ya he terminado con mis habitaciones, incluida la que utilizó Juan Manuel la pasada noche.

–¡Qué rápida eres, señorita Molly! –exclama Sunshine–. A mí todavía me quedan unas cuantas.

Me despido de ella y, a continuación, paso ante el agente de policía de camino al ascensor, aunque este apenas repara en mi presencia. Bajo hasta el sótano. Me quito el uniforme de camarera y me pongo la ropa de calle: unos vaqueros y una blusa con estampado de flores; no es exactamente lo que habría elegido para una cita con Rodney, pero no puedo gastarme más dinero en tacones y lunares. Además, si él es en verdad buena persona, juzgará el interior, no la cáscara.

A las cinco menos cinco me encuentro en la planta baja ante el Social, esperando al lado de la señal de POR FAVOR, TOME ASIENTO y buscando a Rodney con la mirada. Desde la parte trasera del restaurante repara en mí y se acerca.

–Justo a tiempo.

–Me enorgullezco de ser puntual –respondo.

–Vamos a un reservado de los del fondo.

–Privacidad. Sí, me parece apropiado.

Cruzamos el restaurante hasta el reservado más alejado, y también el más romántico.

–Qué tranquilo está esto ahora –digo, mirando las sillas vacías y a las dos camareras charlando en su puesto porque apenas se atisba un cliente.

–Sí, hace un rato no estaba así. Había un montón de policías. Y de reporteros.

Echa un vistazo a nuestro alrededor y después me mira. Su ojo a la funerala tiene mejor aspecto que esta mañana, pero todavía está hinchado.

–Escucha, siento mucho lo que te ocurrió ayer, lo de encontrarte al señor Black y todo eso. Además, te llevaron a comisaría. Ha tenido que ser todo muy intenso.

–Fue un día bastante fuera de lo común. El de hoy está yendo mucho mejor –declaro–. Especialmente ahora –añado.

–Así que cuéntame: cuando estuviste en comisaría, confío en que no saliera nada sobre Juan Manuel.

Es un comentario que me desconcierta.

–No. Eso no tiene nada que ver con el señor Black –respondo.

–Claro, por supuesto que no. Pero ya sabes: los policías pueden ser unos entrometidos. Solo quería asegurarme de que seguía a salvo. –Se pasa los dedos por su pelo grueso y ondulado–. ¿Puedes decirme qué ocurrió? ¿Qué viste ayer en esa *suite*? –me pregunta–. Quiero decir, estoy seguro de que te asustaste mucho y quizá te ayudaría sacarlo. Ya sabes, ponerlo en palabras, contárselo a un amigo.

Alarga la mano y me roza la mía. Es increíble la mano humana, la cantidad de calidez que puede transmitir. Desde que

Gran no está, he echado de menos el contacto físico. Solía hacer esto mismo exactamente, poner su mano sobre la mía para que afloraran los sentimientos y hablara. Su mano me decía que, pasara lo que pasara, todo iría bien.

–Gracias –le digo a Rodney. Me sorprende una necesidad de llorar que surge de la nada. La reprimo mientras le relato el día de ayer–. Todo daba a entender que iba a ser una jornada normal hasta que fui a acabar de limpiar la habitación de los Black. Entré y vi que el salón estaba sucio. Se suponía que solo tenía que ocuparme del baño, pero entonces fui hacia el dormitorio para ver si también estaba desordenado y allí estaba, sobre la cama. Pensé que estaba echándose una siesta, pero... según se vio, estaba muerto. Del todo.

Ante esto, Rodney acerca la otra mano, con lo que acuna la mía con ambas.

–Oh, Molly –dice–. Qué horror. Y... ¿viste algo en la habitación? ¿Algo fuera de lugar o sospechoso?

Le cuento lo de la caja fuerte abierta, lo del dinero desaparecido, junto a la escritura que había visto en el bolsillo de la americana del señor Black aquella misma mañana.

–¿Y ya está? ¿Nada más fuera de lo normal?

–De hecho, sí, hay algo más.

Le cuento lo de las pastillas de Giselle, esparcidas por el suelo.

–¿Qué pastillas?

–Giselle tiene un frasco sin etiqueta. Y estaba volcado al lado del señor Black.

–Mierda. Me tomas el pelo.

–No.

–¿Y dónde estaba Giselle?

–No lo sé. No estaba en la *suite*. Por la mañana parecía bastante disgustada. Sé que estaba planeando salir de viaje, porque vi los billetes de avión que sobresalían de su bolso.

Cambio de postura, apoyando con coquetería el mentón en la mano, como si fuera una actriz de una película clásica.

–Lo del viaje, ¿se lo dijiste a los policías? ¿Y lo de las pastillas?

Me estoy impacientando con este interrogatorio, aunque sé que la paciencia es una virtud, una virtud que, entre otras, espero que Rodney me atribuya.

–Les dije lo de las pastillas –confieso–. Pero no quise contarles mucho más. Para ser sincera, y confío en que me guardarás el secreto, Giselle ha sido más que una huésped. Ella..., bueno, la considero como una amiga. Y estoy bastante preocupada por ella. La naturaleza de las preguntas de la policía era...

–¿Qué? ¿Cómo era?

–Parecía que sospecharan. De ella.

–Pero el señor Black murió por causas naturales, ¿no?

–La policía estaba casi segura de que sí. Pero no al cien por cien.

–¿Te preguntaron algo más? ¿Sobre Giselle? ¿Sobre mí?

Siento que algo se revuelve en mis entrañas, como si un dragón que estaba durmiendo se despertara de su letargo.

–Rodney –digo, con un matiz en la voz que nunca consigo esconder–, ¿por qué me iban a preguntar por ti?

–Sí, qué tontería –admite–. No tengo ni idea de por qué lo he dicho. Olvídalo.

Aparta las manos y nada más lo hace, deseo que vuelva a ponerlas donde estaban.

–Supongo que estoy preocupado. Por Giselle. Por el hotel. Por todos nosotros, de verdad.

Justo en ese momento tengo la sensación de que quizá se me esté escapando algo. Cada año, por Navidad, Gran y yo colocábamos un cartón en la sala de estar y hacíamos un rompecabezas juntas mientras escuchábamos villancicos por la radio.

Cuanto más difícil era el rompecabezas, más contentas estábamos. Y estoy sintiendo lo mismo que sentía cuando Gran y yo nos encontrábamos con el desafío que presentaba un rompecabezas realmente difícil. Tengo la impresión de no estar colocando bien las piezas.

En ese preciso momento caigo en la cuenta.

–Has dicho que no conocías mucho a Giselle. ¿Es eso correcto?

Rodney suspira. Sé lo que significa: lo he exasperado, pese a que no tenía esa intención.

–¿No puede un tipo preocuparse por alguien que parece buena persona? –pregunta.

Hay un cierre agudo en la manera en que pronuncia las consonantes que me recuerda a Cheryl cuando trama algo poco higiénico.

Debo corregir el rumbo antes de ahuyentar a Rodney del todo.

–Lo siento –digo, sonriendo de oreja a oreja e inclinándome hacia él–. Tienes todo el derecho del mundo a preocuparte. Es tu manera de ser. Te preocupan los demás.

–Exacto. –Lleva la mano hacia el bolsillo trasero de su pantalón y saca el móvil–. Molly, apúntate mi número.

Me estremezco de emoción y se disipa cualquier tipo de duda.

–¿Quieres que tenga tu número de móvil?

Lo he conseguido. He limado asperezas. He encarrilado de nuevo nuestra cita.

–Si ocurre algo, como que la policía vuelva a molestarte o que te hagan demasiadas preguntas, dímelo. Allí estaré.

Saco mi móvil e intercambiamos los números. Cuando escribo mi nombre en su teléfono, me siento inclinada a añadir algo que me identifique. «Molly, camarera y amiga», tecleo.

Incluso agrego un emoticono con forma de corazón al final, a modo de declaración de intenciones.

Le devuelvo el teléfono con manos nerviosas. Espero que lo mire y vea el corazón, pero no lo hace.

Justo en ese momento, el señor Snow entra en el restaurante. Veo que se dirige hacia la barra, coge unos papeles y, a continuación, se marcha. En el asiento de delante, Rodney baja la cabeza. No debería avergonzarse por permanecer en su lugar de trabajo aunque su turno haya terminado. El señor Snow dijo que eso era señal de un empleado excelente.

–Escucha, tengo que irme –anuncia Rodney–. ¿Me llamarás si ocurre algo?

–Lo haré –prometo–. Te contactaré por teléfono sin dudarlo un segundo.

Se levanta del reservado y yo lo sigo. Atravesamos el vestíbulo y las puertas giratorias. El señor Preston está justo en la entrada.

Lo saludo y él inclina el ala de su gorra.

–Eh, ¿hay algún taxi por aquí? –dice Rodney.

–Por supuesto –responde el señor Preston. Va hacia la calle, silba y llama a un taxi con un gesto. Cuando el vehículo se detiene, el señor Preston abre una de las puertas traseras–. Venga, sube, Molly.

–No, no –replica Rodney–. El taxi es para mí. Tú vas a... otro sitio, ¿verdad, Molly?

–Voy hacia el este –anuncio.

–Perfecto. Yo voy hacia el oeste. ¡Buenas noches!

Rodney se sube y el señor Preston cierra la puerta. Mientras el taxi se aleja, Rodney me saluda con el brazo por la ventana.

–¡Te llamaré! –le grito.

El señor Preston sigue junto a mí.

–Molly. Ten cuidado con ese.

–¿Con Rodney? ¿Por qué? –pregunto.

–Porque ese, querida niña, es una rana. Y no todas las ranas se convierten en príncipes.

CAPÍTULO 9

Camino con paso rápido hacia casa, llena de energía y lleno el estómago de mariposas por el rato que he pasado con Rodney. Pienso en el poco caritativo comentario del señor Preston sobre las ranas y los príncipes. Se me pasa por la cabeza lo fácil que es juzgar mal a las personas. Incluso un hombre tan recto como el señor Preston puede equivocarse. A excepción de su suave torso, Rodney carece completamente de cualidades anfibias. Mi principal esperanza es que, aunque no sea una rana, sí acabe por convertirse en el príncipe de mi propio cuento de hadas.

Me pregunto cómo debe ser la etiqueta en lo que a llamadas telefónicas se refiere, cuánto tiempo debo esperar antes de marcar el número de Rodney. ¿Debería llamarlo de inmediato para agradecerle nuestra cita o esperar hasta mañana? ¿Quizá podría enviarle un mensaje? Mi única experiencia con estos asuntos fue con Wilbur, que odiaba hablar por teléfono y utilizaba los mensajes de texto para correspondencia relacionada con quehaceres domésticos o con horarios: «Llegada estimada: 19:03»; «Plátanos a la venta: 0,49 céntimos. Compra mientras queden». Si Gran todavía estuviera aquí, le pediría consejo, pero eso ya no es una opción.

Al aproximarme a mi edificio, advierto una figura familiar de pie ante la puerta principal. Durante un momento, creo que es una alucinación, pero al acercarme, compruebo que de verdad es ella. Lleva sus enormes gafas de sol y su bonito bolso amarillo.

–¿Giselle? –digo cuando me acerco.

–Oh, gracias a Dios, Molly. Qué contenta estoy de verte.

Antes de que pueda responder, me arrastra hacia ella y me abraza. Me quedo sin palabras, básicamente porque apenas puedo respirar. Me suelta y se coloca las gafas en la cabeza, con lo que ahora puedo ver sus ojos enrojecidos.

–¿Puedo entrar?

–Por supuesto –respondo–. No puedo creer que estés aquí. Me... Me alegro tanto de verte.

–No tanto como yo a ti.

Rebusco en los bolsillos, tratando de encontrar las llaves. Cuando abro la puerta y la invito a pasar, me tiemblan un poco las manos.

Ella entra con cautela en el vestíbulo y lo observa todo. Unos folletos y papeles arrugados ensucian el suelo, rodeados de huellas embarradas y colillas de cigarrillos –qué hábito más feo–. Su rostro refleja la repulsa que le provoca el desorden, tanto que hasta yo puedo interpretarlo a las claras.

–Qué lamentable, ¿verdad? Ojalá todos los inquilinos contribuyeran a mantener la entrada limpia. Creo que el piso de Gran..., bueno, mi piso, te parecerá mucho más higiénico.

La guío hacia las escaleras.

Giselle levanta la vista en dirección a los peldaños que se ciernen sobre nosotras.

–¿En qué piso vives? –pregunta.

–En el quinto.

–¿Podemos tomar el ascensor?

–Lo siento. No hay.

–Guau –exclama, pero me sigue y empezamos a subir las escaleras, incluso con esos tacones tan altos que lleva.

Alcanzamos el rellano del quinto y me adelanto para abrir la puerta contraincendios, que está rota. Al empujarla, suelta un crujido. Giselle cruza el umbral y llegamos a mi planta. De repente me doy cuenta de la iluminación tenue y de las bombillas fundidas, del papel pintado despegado y de lo andrajosos que son estos pasillos. Por supuesto, el señor Rosso, mi casero, nos oye y elige este preciso momento para asomar la cabeza de su apartamento.

–Molly –dice–. Por tu abuela, que en paz descanse, ¿cuándo vas a pagarme lo que me debes?

Noto que una ráfaga de calor me invade el rostro.

–Esta semana. Se lo aseguro. Cobrará.

Me imagino metiendo su cabeza bulbosa dentro de un enorme cubo rojo lleno de agua con jabón.

Giselle y yo seguimos caminando. Cuando lo dejamos atrás, ella pone los ojos en blanco de manera cómica, lo que me supone un gran alivio; me preocupaba que de repente tuviera mala opinión de mí por no pagar el alquiler. Pero está claro que no piensa eso.

Introduzco la llave en la cerradura y abro la puerta temblando.

–Adelante –digo.

Giselle entra y mira a su alrededor. Yo accedo tras ella, sin saber muy bien dónde ponerme. Cierro la puerta y deslizo el pestillo oxidado. Ella contempla las pinturas de Gran en la entrada, unas damas con un cesto de mimbre descansando a la orilla de un río y comiendo exquisiteces. Advierte la vieja silla de madera junto a la puerta, sobre la que reposa el cojín de punto de cruz de Gran. Lo coge con las dos manos. Sus labios se mueven al leer la plegaria de la serenidad.

–Vaya, qué interesante –dice.

De repente, allí mismo, junto a la entrada, su rostro se contrae en una mueca y sus ojos se llenan de lágrimas. Abraza el cojín contra su pecho y empieza a sollozar.

Mis temblores empeoran. Estoy completamente perdida. ¿Qué hace Giselle en mi casa? ¿Por qué está llorando? ¿Y qué se supone que tengo que hacer yo?

Dejo las llaves sobre la silla vacía.

«Lo único que puedes hacer es dar lo mejor de ti misma», oigo que Gran dice en mi cabeza.

–Giselle, ¿estás disgustada porque el señor Black está muerto? –pregunto. Pero enseguida recuerdo que a la mayoría de la gente no le gusta que le hablen de manera tan directa–. Perdona –me disculpo, tratando de corregirme–. Lo que quiero decir es que te acompaño en el sentimiento.

–¿Qué sentimiento? –me pregunta entre sollozos–. No lo siento para nada. Para nada en absoluto.

Devuelve el cojín a su lugar, le da una palmada y, a continuación, respira hondo.

Yo me quito los zapatos, limpio la suela con el trapo del armario y los guardo.

Ella me observa.

–Oh –exclama–. Supongo que también tendría que descalzarme.

Se quita unos zapatos negros y lustrosos con las suelas rojas y unos tacones tan altos que no tengo ni idea de cómo ha podido subir los cinco pisos. Con una seña, me indica que le alcance el trapo.

–No, no. Eres mi huésped –objeto.

Tomo sus zapatos, una delicia de refinamiento y líneas puras, y los guardo en el armario. Ella contempla nuestro reducido espacio, alzando la mirada y advirtiendo los descascarillados en el techo de la sala de estar, donde unas manchas circulares se licuan desde el piso superior.

–No hagas caso de las apariencias –advierto–. No puedo controlar el comportamiento de los de arriba.

Asiente y, a continuación, se seca las lágrimas que resbalan por sus mejillas.

Salgo disparada hacia la cocina, cojo un clínex y se lo traigo.

–Un pañuelo para que no caiga al suelo.

–Oh, cielos, Molly –contesta–. Tienes que dejar de decir eso cuando la gente se siente mal. Lo pueden malinterpretar.

–Yo solo quería decir...

–Ya sé lo que querías decir. Pero otra gente, no.

Me quedo callada durante unos instantes, asimilando lo que me acaba de decir, guardando la lección en el cofre de mi mente.

Seguimos en el recibidor. Yo me he quedado inmóvil en el mismo sitio, sin saber qué hacer o qué decir. Ojalá Gran estuviera aquí...

–Ahora llega la parte en la que me invitas a pasar a la sala de estar –anuncia Giselle–. Y me dices que me ponga cómoda o algo así.

Siento de nuevo las mariposas en el estómago.

–Lo siento –me disculpo–. No solemos... No suelo tener compañía muy a menudo. O nunca. Gran solía invitar a algunos amigos selectos de vez en cuando, pero desde que murió, por aquí no ha habido mucho movimiento.

No le digo que es la primera invitada que traspasa el umbral de la puerta en nueve meses, aunque es la pura verdad. También es la primera invitada a la que agasajo yo sola. Se me ocurre algo.

–Mi abuela siempre decía: «Una buena taza de té cura todos los males y, si no lo hace, tómate otra». ¿Te apetece una?

–Claro –dice–. Casi no me acuerdo la última vez que me tomé un té.

Salgo corriendo hacia la cocina para poner el hervidor en marcha. Desde el umbral, veo que Giselle se pasea por la sala de estar. Estoy contenta de que sea martes; justo anoche pasé la fregona. Al menos, sé que el suelo está perfectamente limpio. Giselle se dirige a las ventanas, al otro extremo de la estancia. Acaricia el ribete con volantes de las cortinas de Gran, que ella misma cosió mucho tiempo atrás.

Mientras pongo el té en la tetera, Giselle se desplaza hacia la vitrina de las curiosidades de Gran. Se acuclilla para admirar la colección de animales en miniatura de Swarovski y después examina las fotos enmarcadas que hay encima de la vitrina. Su presencia aquí me hace sentir ligeramente incómoda, pero también me provoca vértigos y mareos. Aunque tengo plena confianza en que el piso está limpio, no está arreglado del modo en que una mujer de la posición de Giselle Black estaría acostumbrada. No sé qué estará pensando. Quizá la horrorice mi manera de vivir. Esto no tiene nada que ver con el hotel. No es grandioso. A mí siempre me ha parecido bien, pero quizá ella no piense lo mismo. Es un pensamiento molesto.

Asomo la cabeza desde la cocina.

–Por favor, ten por seguro que siempre mantengo el nivel más alto de higiene en este piso. Desafortunadamente, con el sueldo de camarera, no puedo comprar objetos extravagantes o seguir las tendencias decorativas actuales. Estoy convencida de qué mi casa te parece anticuada y pasada de moda. ¿Tal vez un poco... añeja y deteriorada?

–Molly, no tienes ni idea de lo que me parecen las cosas. En realidad, no sabes mucho sobre mí. ¿Te crees que siempre he vivido como ahora? ¿Sabes de dónde vengo?

–De Martha's Vineyard –asevero.

–No, eso es lo que Charles le dice a todo el mundo. En verdad, soy de Detroit. Y no de los barrios bonitos. Este lugar me recuerda a mi hogar. Es decir, a mi hogar de años atrás. Adonde vivía antes de verme obligada a apañármelas yo sola. Antes de huir para no volver a mirar atrás.

Desde la cocina, veo que se inclina para examinar una foto de Gran y mía de hace más de quince años. Yo tenía diez. Gran nos apuntó a una clase de cocina. En esa instantánea, las dos llevamos unos gorros de chef muy cómicos. Gran se ríe, pero yo estoy muy seria. Recuerdo que toda aquella harina espolvoreada sobre nuestra mesa de trabajo me irritó. La tenía por todo el delantal y las manos. Giselle coge la foto que está junto a esa.

–Guau –exclama–. ¿Es tu hermana?

–No. Es mi madre. Es una foto de hace muchos años.

–Eres igualita que ella.

Soy muy consciente de nuestro parecido, especialmente en esa foto. Lleva el pelo moreno por encima del hombro, enmarcando su cara de galleta. A Gran le encantaba esa foto. La llamaba «el dos por uno», porque le recordaba a la hija que perdió y a la nieta que ganó.

–¿Dónde vive tu madre ahora?

–No vive. Está muerta, como mi abuela.

El agua está hirviendo. Apago el hervidor y la vierto en la tetera.

–Los míos también fallecieron –confiesa–. Por eso me fui de Detroit.

Coloco la tetera en la mejor y única bandeja de plata de Gran, junto a dos tazas de porcelana y dos cucharas pulidas, un azucarero de cristal tallado con dos asas y una jarrita de época para la leche. Todos estos objetos conservan recuerdos: Gran y yo irrumpiendo en tiendas de segunda mano o rebuscando en cajas abandonadas en el exterior de la hilera de austeras mansiones en la calle de los Coldwell.

–Siento mucho lo de tu madre –dice Giselle–. Y lo de tu abuela.

–No tienes por qué. No tuviste nada que ver.

–Ya lo sé, pero es lo que suele decirse. Como has hecho tú en la puerta. Dijiste que sentías lo de Charles. Me diste el pésame.

–Pero el señor Black murió ayer y mi madre lo hizo hace muchos años.

–Eso no importa. Es lo que se suele decir.

–Gracias. Por la explicación.

–De nada. Siempre que quieras.

Le agradezco de verdad sus consejos. Sin Gran, la mayoría del tiempo me siento como una ciega en un campo de minas. Estoy tropezándome constantemente con incorrecciones que se esconden bajo la superficie de las cosas. Pero con Giselle por aquí, me siento como si llevara una coraza y me flanquease una guardia armada. Una de las razones por las que me encanta trabajar en el Regency Grand es porque hay un reglamento de conducta. Puedo confiar en la formación del señor Snow para saber cómo actuar, qué decir, cuándo, cómo y a quién. Es un alivio contar con indicaciones claras.

Llevo la bandeja del té a la sala de estar. Traquetea entre mis manos. Giselle se sienta en la peor zona del sofá, donde los muelles sobresalen un poquito, aunque Gran los cubrió con una manta de ganchillo. Me siento a su lado.

Sirvo dos tazas de té. Tomo la mía, la que tiene el reborde dorado y está decorada con cadenas de margaritas. Entonces me apercibo de mi error.

–Disculpa, ¿prefieres esta taza o la otra? Yo suelo coger la de las margaritas. Gran cogía la de la escena de campiña inglesa. Soy un poco esclava de la costumbre.

–Ni que lo digas –responde Giselle, cogiendo la taza de Gran.

Se sirve dos cucharadas colmadas de azúcar y un poco de leche. Remueve el contenido. Nunca se ha ocupado de las tareas domésticas, eso seguro. Sus manos son suaves y sin defectos, sus uñas largas y pintadas con un esmalte rojo sangre.

Giselle toma un sorbito.

–Escucha, ya sé que te estarás preguntando qué hago aquí.

–Estaba preocupada por ti y estoy contenta de que hayas venido –confieso.

–Molly, ayer fue el peor día de mi vida. Los policías no dejaron de agobiarme. Me llevaron a comisaría. Me interrogaron como si fuera una mera criminal.

–Temía que pasara. No te lo mereces.

–Ya lo sé. Pero ellos, no. Me preguntaron si, como beneficiaria potencial de la fortuna de Charles, me había impacientado. Les dije que hablaran con mis abogados, pero no tengo ninguno. Charles se ocupaba de todo eso. Cielos, ha sido horrible, yo, acusada de una cosa así. Y entonces, en cuanto llegué al hotel, la hija de Charles, Victoria, me llamó.

De repente, un escalofrío me recorre el cuerpo. Cojo la taza de té y tomo un sorbo.

–Ah, sí, la accionista con el cuarenta y nueve por ciento.

–Eso era antes. Ahora posee más de la mitad de todo, que es lo que su madre siempre ha querido. «Mejor no mezclar mujeres y negocios», dice siempre Charles. Según él, las mujeres no pueden ocuparse del trabajo sucio.

–Eso es ridículo –suelto, pero enseguida me corrijo–. Lo siento. No está bien hablar mal de los muertos.

–No pasa nada. Se lo merece. De todos modos, su hija soltó cosas mucho peores por teléfono. ¿Sabes cómo me llamó? El parásito Prada de su padre, su error de la mediana edad, eso por no mencionar lo de asesina. Estaba tan enfadada que su madre le quitó el teléfono. Con toda la calma del mundo, la señora Black, la primera señora Black, me dijo: «Le pido disculpas en nombre de mi hija. Todos reaccionamos de modo diferente al dolor». ¿Puedes creerlo? Y mientras, la lunática de su hija seguía gritando en segundo plano que me vigile la espalda.

–No tienes por qué preocuparte de Victoria –digo.

–Oh, Molly, eres tan ingenua. No tienes ni idea de la crueldad y brutalidad que hay ahí afuera. Todo el mundo quiere hundirme. No importa que sea inocente. Me odian. ¿Y por qué? La policía sugirió que trataba a Charles con violencia. ¡Yo! ¡Increíble!

Observo con atención a Giselle. Recuerdo el día que me contó lo de las amantes del señor Black, estaba tan enfadada que quería matarlo. Pero lo que se piensa y lo que se hace son cosas diferentes. Completamente diferentes. Y si alguien lo sabe, esa soy yo.

–La policía cree que maté a mi propio marido –declara.

–Si sirve de algo, yo sé que no lo hiciste.

–Gracias, Molly.

Sus manos tiemblan como las mías. Deposita la taza de té sobre la mesa.

–Jamás he entendido cómo una mujer decente como la ex de Charles ha podido criar a una hija tan bruja.

–Igual Victoria ha salido a su padre –sugiero.

Recuerdo los moratones de Giselle y cómo ocurrieron. Mis dedos aprietan la delicada asa de la taza. Si sigo agarrándola tan fuerte, se hará añicos. «Respira, Molly, respira».

–El señor Black no se portó bien contigo –continuo–. Era, según mi opinión, una manzana podrida.

Giselle baja la mirada hacia el regazo. Se alisa los bordes de su falda de seda. Es perfecta. Parece que una estrella de cine de la edad de oro acabara de salir de la tele de Gran y, como por arte de magia, se hubiera sentado a mi lado en el sofá. Este pensamiento me parece más probable que el hecho de que Giselle esté aquí de verdad, que sea real, que una famosa como ella haya trabado amistad con una humilde camarera.

–Charles no siempre me trató bien, pero me quería a su manera. Y yo lo quería a mi manera. De verdad.

Sus ojos verdes se llenan de lágrimas.

Pienso en Wilbur, en cómo robó el Fabergé. El cariño que sentía por él se transformó al instante en amargura y rencor. Si no hubiese habido consecuencias, lo habría cocinado en una cuba de lejía. Y Giselle, que tiene motivos suficientes para odiar a Charles, se empeña en decir que lo amaba. Qué curioso cómo la gente reacciona de manera diferente a estímulos similares.

Tomo un sorbo de té.

–Tu marido te era infiel. Y te pegaba.

–Guau. ¿Seguro que no quieres decir las cosas tan directamente, tal como son?

–Acabo de hacerlo –digo.

Asiente.

–Cuando conocí a Charles, pensé que mi vida estaba solucionada. Pensé que por fin había encontrado a alguien que me cuidaría, que lo tenía todo y que me adoraba. Me hacía sentir especial, como si fuera la única mujer del mundo. Las cosas fueron bien durante un tiempo. Hasta que dejaron de hacerlo. Y ayer tuvimos una discusión enorme justo antes de que aparecieras para limpiar la *suite*. Le dije que estaba cansada de nuestra vida, cansada de ir de ciudad en ciudad, de hotel en hotel, todo por sus «negocios». Le dije: «¿Por qué no podemos instalarnos en algún sitio, en la mansión de las islas Caimán, por ejemplo, y disfrutar de la vida como hace la gente normal?».

»Nadie sabe esto, pero antes de casarnos me hizo firmar un acuerdo prenupcial, así que ninguno de sus activos y propiedades me pertenecen. Ninguno de ellos. Me dolió que no confiara en mí, pero lo firmé como una idiota. Desde aquel momento, todo empezó a ser diferente entre nosotros. En el preciso instante en que nos casamos, dejé de ser especial. Y él era libre de darme lo que quisiera y también de quitármelo en cualquier momento. Eso es exactamente lo que ha estado haciendo durante nuestros dos años de matrimonio. Si mi comportamiento le complacía, me colmaba de regalos: diamantes, zapatos de diseño, viajes exóticos..., pero era un hombre celoso. Si me reía demasiado con el chiste de algún tipo en una fiesta, me castigaba. Y el castigo no se limitaba a cerrar el grifo. –Giselle se lleva una mano a la clavícula–. Tendría que haberlo sabido. Y mira que me lo advirtieron.

Giselle se detiene, se levanta del sofá y se dirige al recibidor en busca de su bolso. Hurga en su interior y su mano emerge con dos pastillas. Deja de nuevo el bolso en la silla junto a la puerta, vuelve a sentarse, se mete las pastillas en la boca y se las traga con un poco de té.

–Ayer le pregunté a Charles si podía reconsiderar nuestro acuerdo prenupcial o, al menos, poner a mi nombre la villa en las Caimán. Llevábamos casados dos años; ya tendría que confiar en mí, ¿no? Todo lo que quería era un lugar al que escapar cuando la presión fuera insoportable. Le dije: «Puedes continuar haciendo crecer tu negocio si es lo que quieres, tu imperio Black. Pero al menos dame la escritura de la villa. Con mi nombre en ella. Un lugar que pueda decir que es mío. Un hogar».

Pienso en los billetes de avión que vi en su bolso. Si el viaje era para ella y el señor Black, ¿por qué solo eran de ida?

–Se abalanzó sobre mí nada más oír la palabra «hogar» –continúa Giselle–. Dijo que todo el mundo le mentía, que todo el mundo trataba de robarle el dinero, que todos se aprovechaban de él. Estaba borracho e iba por la habitación bramando que yo era igual que su exmujer. Me llamó un montón de cosas: especuladora, cazafortunas, puta barata... Se puso tan furioso que se sacó la alianza y la lanzó a la otra punta de la habitación. Dijo: «¡Muy bien, como tú quieras!». A continuación, abrió la caja fuerte, rebuscó en su interior, se metió un papel en el bolsillo del traje y después salió de la habitación hecho una furia.

Sabía de qué papel hablaba. Lo había visto en su bolsillo: la escritura de la villa en las Caimán.

–En ese preciso momento llegaste tú, ¿te acuerdas, Molly?

Claro que lo recordaba: el señor Black me empujó como si fuera otro molesto obstáculo humano en su camino.

–Siento que mi comportamiento fuera tan extraño. Pero ahora ya sabes por qué.

–No pasa nada –digo–. El señor Black fue mucho más descortés que tú. Y para ser sincera, pensé que estabas triste, no enfadada.

Giselle sonríe.

–¿Sabes una cosa, Molly? Entiendes muchas más cosas de lo que la gente cree.

–Sí –digo.

–Pero no me importa lo que piensen de ti. Eres la mejor.

Puedo sentir que me sonrojo con el halago. Antes de que tenga oportunidad de preguntar qué piensa la gente de mí, una extraña transformación ocurre en Giselle. Sea lo que sea lo que contengan las pastillas que se acaba de tomar, el cambio sucede con rapidez. Es como si pasara de sólido a líquido ante mis ojos. Sus hombros se relajan y la expresión de su rostro se suaviza. Recuerdo cuando Gran estaba enferma y cómo los medicamentos le aliviaban el dolor justo del mismo modo, al menos durante un rato, cómo su cara pasaba de una mueca rígida y glacial a una de éxtasis y paz tan clara que incluso yo me daba cuenta al instante. Esas pastillas hacían magia con Gran. Hasta que dejaron de hacerlo. Hasta que no fueron suficientes. Hasta que nada fue suficiente.

Giselle se vuelve para mirarme y se sienta con las piernas cruzadas en el sofá, envolviéndolas con la manta de Gran.

–Fuiste tú la primera que encontró a Charles, ¿verdad?

–Fui yo, sí.

–¿Y te llevaron a comisaría? Es lo que he oído.

–Correcto.

–¿Y qué les dijiste?

Se lleva una mano a los labios y mordisquea la piel de su dedo índice. Quiero decirle que morderse las uñas es una costumbre muy fea y que arruinará su hermosa manicura, pero me contengo.

–Le conté lo que vi a la detective. Cómo entré en la *suite* para hacer que recobrara su estado ideal, cómo me percaté de que quizá estuviera ocupada, cómo entré en el dormitorio y me encontré al señor Black tumbado en la cama. Y también que, al examinarlo de cerca, me di cuenta de que estaba muerto.

–¿Y había algo raro en la *suite*?

–Había estado bebiendo –señalo–. Algo que me temo no es nuevo en el señor Black.

–No te falta razón... –confirma Giselle.

–Pero... tus pastillas. Normalmente están en el baño y las encontré en la mesita. El frasco estaba abierto y algunas habían caído sobre la alfombra.

Todo su cuerpo se tensa.

–¿Cómo?

–Sí, y algunas las habían pisoteado y se habían metido entre los pelos de la alfombra, lo que supone un problema para las que limpiamos la *suite* después.

Ojalá no se mordiera las uñas como si fueran una mazorca de maíz.

–¿Algo más? –pregunta Giselle.

–La caja fuerte estaba abierta.

Giselle asiente.

–Claro. Normalmente la dejaba cerrada y jamás me dio el código. Pero ese día cogió lo que tenía que coger y se marchó furibundo sin cerrarla.

Toma su taza de té y da un sorbo educado.

–Molly, ¿le contaste algo a la policía sobre Charles y yo? ¿Sobre nuestra... relación?

–No –respondo.

–¿Les dijiste algo... sobre mí?

–No escondí la verdad –confieso–. Pero tampoco se la ofrecí en bandeja.

Giselle me observa durante un breve instante y, a continuación, se inclina hacia delante y me da un abrazo que me pilla por sorpresa. Puedo oler su caro perfume. ¿No resulta interesante que el lujo tenga un olor inconfundible, tanto como el miedo o la muerte?

–Molly, eres una persona muy especial. Lo sabes, ¿verdad?

–Sí, lo sé. Ya me lo han dicho antes.

–Eres una buena persona y una buena amiga. Creo que yo no lograré ser en la vida tan buena como tú. Pero quiero que sepas algo: ocurra lo que ocurra, no pienses ni por un momento que no te aprecio.

Se aparta de mí y se pone en pie de un brinco. Unos minutos antes estaba relajada y esbelta; ahora está como sobrecargada.

–¿Qué vas a hacer ahora que el señor Black está muerto?

–No mucho. La policía no me deja ir a ningún lado hasta que dispongan de los informes de toxicología y la autopsia. Si un tipo rico aparece muerto, evidentemente su esposa es quien se lo cargó. No les cabe en la cabeza que haya muerto por causas naturales, por el estrés al que se sometía a sí mismo y a todos los que lo rodeaban. Ese mismo estrés del que su esposa trataba de alejarlo para que no cayera redondo y no se levantara.

–¿Es eso lo que crees que ocurrió, que cayó redondo y murió, sin más?

Giselle suspira. En sus ojos brotan las lágrimas.

–Un corazón puede dejar de latir por tantos motivos...

Se me hace un nudo en la garganta. Pienso en Gran, en su buen corazón y en cómo se detuvo.

–¿Seguirás alojándote en el hotel hasta que lleguen los informes? –pregunto.

–No hay otra alternativa. No tengo otro lugar adonde ir. Apenas puedo poner el pie en la calle sin que los periodistas me acosen. No poseo nada, ninguna propiedad. No tengo nada que sea mío y solo mío, Molly. Ni siquiera un piso de mierda como este. –Parpadea–. Vaya, lo siento. ¿Ves? No eres la única que mete la pata de vez en cuando.

–Tienes razón. No te lo tengo en cuenta.

Alarga el brazo y me pone una mano en la rodilla.

–Molly, no voy a saber lo que dispone el testamento de Charles durante un tiempo. Lo que significa que no voy a saber qué va a ser de mí durante un tiempo. Hasta entonces me alojaré en el hotel. Al menos, allí la cuenta está ya pagada. –Se detiene y me mira–. ¿Cuidarás de mí? Quiero decir, en el hotel. ¿Serás mi camarera? Sunitha es muy simpática y todo eso, pero no es lo mismo. Tú eres como una hermana para mí, ¿lo sabías? Una hermana que a veces dice cosas sin sentido y a la que le gusta demasiado quitar el polvo, pero una hermana al fin y al cabo.

Me siento halagada por lo que Giselle piensa de mí, porque ve más allá de lo que ven los demás, porque me considera como... familia.

–Será un honor cuidarte –aseguro–. Si al señor Snow le parece bien.

–Genial. Se lo diré cuando vuelva.

Se levanta, se dirige hacia la puerta y coge su bolso amarillo. Regresa al sofá y saca un fajo de dinero, un fajo que me resulta demasiado familiar. De él extrae dos billetes nuevecitos de cien dólares y los deposita en la bandeja de plata del té de Gran.

–Para ti –anuncia–. Te los has ganado.

–¿Cómo? Giselle, es mucho dinero.

–Ayer no te di propina, así que considéralo como la propina de ayer.

–Pero si no terminé de limpiar la habitación...

–Eso no fue culpa tuya. Quédatelos. Y hagamos como que jamás hemos mantenido esta conversación.

Estoy convencida de que no voy a poder olvidar esta conversación en mi vida, pero no lo digo en voz alta.

Ella se dispone a salir, pero entonces se detiene y se vuelve para mirarme.

–Una cosa más, Molly. Tengo que pedirte un favor.

De inmediato me pregunto si estará relacionado con el planchado o con la lavandería, así que me quedo totalmente sorprendida por lo que me dice.

–¿Crees que puedes volver a entrar en nuestra *suite*? Ahora mismo está acordonada, pero me dejé una cosa dentro y necesito recuperarla a toda costa. La escondí en el extractor del baño.

Eso explicaría el torpe ruido que se oía ayer cuando Giselle se duchaba.

–¿Qué quieres que recupere?

–Mi pistola –dice con una voz neutral y tranquila–. Estoy en peligro, Molly. Con Charles fallecido, soy vulnerable. Todo el mundo quiere hundirme. Necesito protección.

–Entiendo –respondo, aunque, en realidad, su petición me produce un gran desasosiego.

Siento que se me forma un nudo en la garganta, siento que el mundo empieza a dar vueltas a mi alrededor. Recuerdo el consejo del señor Snow: «Cuando un huésped pide algo fuera de tu alcance, considéralo un reto. No lo desestimes. ¡Atrévete a lograrlo!».

–Haré lo que pueda... –digo, pero las palabras se me atragantan– por recuperar tu... objeto.

Permanezco en posición de firmes ante ella.

–Que Dios te bendiga, Molly Maid –dice, abrazándome de nuevo–. No hagas caso de lo que te dice la gente. No eres un bicho raro. Ni un robot. Y no olvidaré esto en mi vida. Ya lo verás, te lo juro. No lo olvidaré.

Se apresura hacia la puerta principal, recupera sus deslumbrantes zapatos de tacón del armario y se los pone. Se ha dejado la taza de té sobre la mesa, en lugar de llevarla a la cocina como habría hecho Gran. Sin embargo, no se le ha olvidado su bolso amarillo, que le cuelga del hombro. Abre la puerta, me lanza un beso y me dice adiós con la mano.

Una idea me asalta de repente.

–Espera. –Está a mitad del pasillo, casi a punto de llegar a las escaleras–. Giselle, ¿cómo supiste dónde encontrarme? ¿Cómo conseguiste la dirección de mi casa?

Da media vuelta.

–Oh, me la dio alguien del hotel.

–¿Quién? –pregunto.

Giselle desvía la mirada.

–Hum... No me acuerdo. Pero no te preocupes. No voy a molestarte todo el tiempo ni nada de eso. Y gracias, Molly. Por el té. Por la charla. Por ser tú.

Y con estas palabras, desliza de nuevo las gafas de sol sobre su nariz, abre la puerta contraincendios y se marcha.

RGH

Miércoles

REGENCY GRAND HOTEL

CAPÍTULO 10

A la mañana siguiente, suena el despertador. Es el sonido del cacareo de un gallo. Incluso pese a los meses que ya han pasado, todavía oigo las pisadas de Gran por el pasillo, el suave golpeteo de sus nudillos en mi puerta.

«¡Levántate y espabila, mi niña! Es un nuevo día». Pisadas, pisadas, pisadas mientras se afana en la cocina preparando el té y los *crumpets* con mermelada.

Pero no, no es real. Es solo un recuerdo. Pulso la tecla del despertador que silencia el cacareo y lo primero que hago es coger el móvil para comprobar si Rodney me ha enviado un mensaje durante la noche. Mensajes: cero.

Coloco los dos pies planos sobre el parqué. Qué más da. Hoy iré a trabajar y veré a Rodney. Lo tantearé. Encarrilaré nuestra relación. Ayudaré a Giselle porque es una amiga que me necesita. Sabré qué tengo que hacer.

Me desperezo y salgo de la cama. Antes de nada, quito las sábanas y la manta para hacer la cama con esmero.

«Si vas a hacer algo, hazlo bien».

Muy cierto, Gran. Empiezo con la sábana superior, sacudiéndola bien y poniéndola de nuevo en la cama. Tuc, tuc. Esquinas de hospital. A continuación, me ocupo de la colcha de Gran, alisándola cuidadosamente y apuntando la estrella hacia el norte, como siempre. Sacudo las almohadas y las coloco contra el cabezal, en un ángulo perfecto de cuarenta y cinco grados, dos montículos bien mulliditos con ribetes de ganchillo.

Me dirijo a la cocina a prepararme mis *crumpets* y el té. En cada bocado, escucho el áspero sonido de mis dientes contra el crujiente de los bollos. ¿Por qué cuando Gran estaba viva nunca oía los horribles sonidos que hago?

Oh, Gran. Cuánto le gustaban las mañanas. Solía canturrear y trajinar en la cocina. Nos sentábamos en nuestra mesa para dos y, como una paloma al sol, gorjeaba y gorjeaba mientras picoteaba el desayuno.

«Hoy me ocuparé de la biblioteca de los Coldwell, Molly. ¡Oh, Molly, ojalá pudieras verla! Un día tengo que pedirle al señor Coldwell que me deje traerte. Es una habitación suntuosa, llena de cuero oscuro y nogal pulido. Y hay tantos libros. Y aunque parezca mentira, apenas la pisan. Me encantan esos libros, como si fueran míos. Y hoy toca limpiar el polvo. Permíteme decir que es un tanto difícil lo de limpiar el polvo de los libros. No puedes quitarlo soplando como he visto que hacen otras doncellas. Eso no es limpiar, Molly. Simplemente, es mover la suciedad de sitio...».

Y así continuaba, charlando y charlando, preparándonos a ambas para el día.

Me oigo sorber ruidosamente el té. Qué asco. Doy otro mordisco al *crumpet* y me siento llena. Pese a que sé que es un desperdicio horrible, tiro el resto. Lavo los platos y me encamino hacia el baño para tomar una ducha. Desde que Gran murió, por las mañanas voy más rápida porque quiero salir del piso tan pronto como pueda. Las mañanas son muy duras sin ella.

Estoy lista. Y allá voy; cruzo el umbral de la puerta y recorro el pasillo hasta el piso del señor Rosso. Llamo con los nudillos con determinación. Lo oigo al otro lado de la puerta. Clic. Se abre.

Allí está, en pie, cruzado de brazos.

–Molly –dice–. Son las siete y media. Será mejor que sea algo bueno.

Sostengo el dinero en la mano.

–Señor Rosso, aquí tiene doscientos dólares para el alquiler.

–El alquiler son ochocientos, ya lo sabes –dice, suspirando y negando con la cabeza.

–Sí, está en lo cierto. Tanto en la suma que le debo como en que lo sé. Y conseguiré el resto del alquiler al final del día. Tiene mi palabra.

Más negativas con la cabeza y fanfarronadas.

–Molly, si no fuera por lo mucho que respetaba a tu abuela...

–Al final del día. Ya verá –le garantizo.

–Al final del día. De lo contrario, tomaré medidas, Molly. Te echaré.

–Eso no será necesario. ¿Puede darme un recibo como prueba de que he pagado doscientos dólares?

–¿Ahora? Qué cara más dura. ¿Y qué te parece si te lo doy mañana, una vez que lo hayas pagado todo?

–Es un compromiso razonable. Gracias, señor Rosso. Que tenga un buen día.

Con estas palabras, doy media vuelta y me voy.

Llego al trabajo antes de las nueve. Como siempre, hago el camino a pie para evitar un gasto innecesario en transporte. El señor Preston se encuentra en el peldaño superior de la entrada del hotel, de pie detrás de su podio. Está hablando por teléfono. Cuando me ve, deja el auricular y sonríe.

En el vestíbulo se ve ajetreo, más del habitual. Hay varias maletas ante las puertas giratorias que esperan a que alguien las traslade al depósito de equipajes. Los huéspedes se afanan de aquí para allá, entrando y saliendo, muchos de ellos tomando fotografías y comentando que si el señor Black esto, que si el señor Black aquello. Escucho la palabra «asesinato» en más de una ocasión, y la pronuncian de tal manera que suena como un día de feria o un nuevo y excitante sabor de helado.

–Buenos días, señorita Molly –saluda el señor Preston–. ¿Estás bien?

–Estoy bastante bien.

–Espero que ayer llegaras sana y salva a casa.

–Así lo hice. Gracias.

El señor Preston carraspea.

–Ya sabes, Molly, que si tienes problemas, cualquiera, el que sea, puedes contar con el viejo señor Preston.

Su frente se arruga de un modo extraño.

–Señor Preston, ¿está usted preocupado?

–No diría tanto. Pero solo quiero que... frecuentes buenas compañías. Y que sepas que, en caso de necesidad, estaré aquí para ayudarte. Solo tienes que hacerme una pequeña señal y lo sabré. Tu abuela era una buena mujer. La apreciaba mucho y se portó muy bien con mi querida Mary. Estoy seguro de que no te está resultando fácil sin ella.

Cambia el peso de su cuerpo de un pie a otro. Durante un momento no parece el señor Preston, el imponente portero, sino un niño grande.

–Agradezco su oferta, señor Preston. Pero estoy bastante bien.

–De acuerdo –responde, e inclina su gorra.

Justo entonces, una familia con tres chiquillos a remolque y seis maletas requiere su atención. Sale en su ayuda antes de que pueda despedirme adecuadamente.

Me abro paso a través de la multitud de huéspedes, empujo las puertas giratorias y entro en el vestíbulo. Bajo las escaleras y voy directa a las dependencias de Limpieza y Mantenimiento. Mi uniforme está colgado en la puerta de la taquilla, limpio y envuelto en el plástico protector. Introduzco el código en el candado y la puerta de la taquilla se abre. En la estantería superior está el reloj de Giselle, con toda esa arena de un lugar exótico y lejano, todo ese latón dorado y brillante que grita esperanza en la oscuridad. Noto una presencia junto a mí. Doy media vuelta y me encuentro con Cheryl, que me observa desde detrás de la puerta de la taquilla, con una expresión severa y decaída –en otras palabras, su cara de siempre.

Pruebo con un tono alegre y optimista.

–Buenos días. Espero que ya te encuentres mejor y que ayer pudieras descansar –digo.

–Molly –dice, lanzando un suspiro–, dudo mucho que puedas imaginarte qué supone tener lo que yo tengo. Sufro problemas intestinales. Y el estrés no ayuda. Estrés causado por que descubran a un hombre muerto en mi lugar de trabajo. Estrés que provoca disfunción gastrointestinal.

–Lamento que te encontraras mal.

Confío en que, después de esto, se marchará, pero no lo hace. Se queda ahí, de pie, bloqueándome el camino. El envoltorio de plástico de mi uniforme hace unos ruidos inquietantes cuando ella se apoya.

–Qué pena lo de los Black –dice.

–Querrás decir lo del señor Black –respondo–. Sí, es de lo más espantoso.

–No, me refiero a que es una pena que ahora ya no tendrás sus propinas, ahora que el señor Black está muerto.

Su cara me recuerda a un huevo, igual de sosa y anodina.

–De hecho, creo que la señora Black todavía se aloja en el hotel –objeto.

Cheryl da un bufido.

–Sunitha se encarga ahora de Giselle y de su nueva habitación. Bajo mi supervisión, por supuesto.

–Por supuesto –convengo.

Es un truco para robar las propinas, pero no durará mucho tiempo. Giselle hablará con el señor Snow y le pedirá que sea yo quien cuide de ella. Así que, de momento, me muerdo la lengua.

–La policía ya ha terminado de examinar la anterior *suite* de los Black –anuncia Cheryl–. La han dejado patas arriba. Menudo desorden. Tendrás que esforzarte para dejarla tal como estaba. Tampoco es que los policías den muchas propinas. Yo me ocuparé de los Chen de ahora en adelante. No quiero cargarte de trabajo.

–Qué amable por tu parte. Gracias, Cheryl.

Se queda allí durante unos instantes más, fisgoneando en mi taquilla. Veo que observa el reloj de Giselle. Quiero sacarle los ojos porque lo mira con tanta envidia que lo está mancillando. Es mío. Es mi regalo. De mi amiga. Mío.

–Disculpa –digo, y cierro la puerta de la taquilla de golpe.

Cheryl se estremece.

–Será mejor que me vaya. Tengo que empezar a trabajar.

Ella murmura algo ininteligible mientras yo recojo el uniforme y me encamino hacia el vestuario.

Una vez que ya estoy uniformada y he aprovisionado el carro, me dirijo al vestíbulo principal. Distingo al señor Snow en Recepción. Parece cubierto de escarcha, como si fuera un dónut de chocolate con cobertura de azúcar glas derritiéndose en un día caluroso. Con una seña, me pide que me acerque.

Con cuidado, dejo pasar a las hordas de huéspedes delante de mí y mi carrito, inclinando la cabeza ante cada uno de ellos pese a que no me hacen ni caso. «Usted primero, señor/

señora», una y otra vez. Me toma un buen rato surcar la corta distancia que separa el ascensor del mostrador de Recepción.

–Ruego me disculpe, señor Snow. Es un día muy ajetreado –digo cuando llego al mostrador.

–Molly, me alegro de verte. Gracias de nuevo por haber venido a trabajar ayer. Y hoy. Muchos empleados no dudarían en utilizar los recientes acontecimientos como excusa y fingirían estar enfermos. Escurrirían el bulto.

–Yo nunca haría eso, señor Snow. «Cada abeja obrera tiene su papel en la colmena». Me lo enseñó usted.

–¿De verdad?

–Así es. Formaba parte del discurso que dio el año pasado durante la jornada de capacitación profesional. El hotel es una colmena y cada uno de sus empleados, una abeja. Todos y cada uno de nosotros somos indispensables para que haya miel.

El señor Snow mira a mis espaldas hacia el concurrido vestíbulo, que requiere un poco de atención. Un niño ha olvidado su jersey en una de las sillas de respaldo alto. Una bolsa de plástico abandonada vuela a ráfagas por encima del suelo de mármol y luego vuelve a bajar, mientras que un mozo ocupado pasa de largo, arrastrando una maleta que chirría.

–Qué mundo más extraño, Molly. Ayer estaba preocupado por las posibles cancelaciones y que el hotel quedara vacío después de los recientes y desafortunados acontecimientos. Pero hoy ha ocurrido todo lo contrario. Hemos tenido más reservas. Hay grupos de señoras que se presentan en manadas a tomar el té solo para fisgonear. Todas nuestras salas de eventos han sido reservadas para el mes que viene. Parece que el mundo está lleno de detectives aficionados. Todos creen que pueden entrar tan frescos en el hotel y resolver el misterio del fallecimiento prematuro del señor Black. Mira a los de Recepción. Apenas dan abasto.

Tiene razón. Los pingüinos de detrás del mostrador pulsan con fuerza sus pantallas y vociferan órdenes a los *valets*, a los mozos y al portero.

–El Regency Grand se ha puesto de moda –afirma el señor Snow–. Y todo gracias al señor Black.

–Qué interesante –comento–. Justo estaba pensando cómo un día puede ser tan sumamente sombrío y el día siguiente parecer una bendición. En esta vida, nunca se sabe lo que nos espera a la vuelta de la esquina, ya sea un hombre muerto o tu próxima cita.

El señor Snow se lleva la mano a la boca y tose. Espero que no se esté resfriando. Se acerca y, al hablar, lo hace en un susurro:

–Escucha, Molly. La policía ya ha acabado de inspeccionar la *suite* de los Black. Confío en que no hayan descubierto nada desagradable.

–Si lo han hecho, lo limpiaré. Cheryl me dijo que hoy tengo que empezar por allí. Me pondré manos a la obra enseguida, señor.

–¿Cómo? Le indiqué expresamente a Cheryl que se encargara ella misma. No tenemos prisa por ocupar esa habitación. Necesitamos que todo se extinga un poco, por decirlo de alguna manera. No quiero causarte más estrés del que ya has soportado.

–No pasa nada, señor Snow –aseguro–. Me produce más estrés saber que la *suite* está sumida en el caos. Me sentiré mucho mejor cuando esté todo ordenado y limpio, como si nadie hubiera muerto en esa cama.

–Chist –dice el señor Snow–. No asustemos a los huéspedes.

Es justo entonces cuando me doy cuenta de que ya no estoy hablando en voz baja.

–Le ruego me disculpe, señor Snow –susurro. Y a continuación, en voz alta, para que pueda oírlo cualquier persona que haya estado escuchándonos, añado–: Voy a empezar mi ronda por una *suite* al azar, no una en particular, sino alguna de las que tengo asignadas.

–Sí, sí –dice el señor Snow–. Entonces será mejor que te vayas, Molly.

Y así lo hago, eludiendo a los muchos huéspedes que se cruzan en mi camino hacia el Social, donde voy a recoger los periódicos matutinos y, con un poco de suerte, ver a Rodney.

Cuando llego, está detrás de la barra, sacándole brillo a los tiradores de latón. Siento que la calidez me invade en el preciso instante en que mis ojos se posan en él.

Rodney se gira hacia mí.

–Ah, hola –saluda, esbozando una sonrisa que sé que es solo para mí, mía y solo mía.

Sostiene un trapo de cocina en las manos, uno blanco nuclear, inmaculado.

–No te llamé –digo–. Ni te escribí un mensaje. Me imaginé que podríamos esperar a hablar en persona, como lo estamos haciendo ahora. Pero quiero que sepas que, de no haber seguido el protocolo esperado, me hubiera encantado enviarte un mensaje o llamarte a cualquier hora, del día o de la noche. Solo tienes que decirme tus expectativas y yo me adapto. No supondrá problema alguno.

–Guau –responde–. De acuerdo entonces. –Se tira el trapo limpio y blanco por encima del hombro –. Entonces, ¿hiciste algo interesante anoche?

Me acerco a la barra. Esta vez, me aseguraré de hablar en susurros.

–No te lo creerías.

–Pruébame –replica Rodney.

—¡Giselle vino a verme! ¡A mi casa! Estaba esperando en el exterior cuando llegué. ¿Puedes creértelo?

—Uf, menuda sorpresa —dice, pero con un tono extraño, como si no se sorprendiera en absoluto.

Toma un vaso de cristal y empieza a pasar el trapo. Aunque toda la cristalería se esteriliza adecuadamente abajo, en la cocina, está limpiando posibles manchas olvidadas. Agradezco su compromiso con la perfección. Es una maravilla de hombre.

—Y bien, ¿qué quería Giselle? —pregunta.

—Bueno, eso es un secreto entre amigas.

Hago una pausa, echo un vistazo hacia el concurrido restaurante para asegurarme de que no nos prestan atención. Nadie nos está mirando.

—¿Estás nerviosa? ¿Te asustan las pistolas? —pregunta.

Hay una sonrisa juguetona en su rostro y creo de verdad que está coqueteando conmigo. La simple idea me catapulta el corazón a una síncopa doble.

—Es gracioso que digas eso —respondo.

Antes de que pueda pensar en añadir algo más, Rodney suelta:

—Tenemos que hablar de Juan Manuel.

La culpa se adueña de mí.

—Oh, por supuesto.

He estado tan concentrada en Rodney y en el entusiasmo que me provoca nuestra floreciente relación que he olvidado a Juan Manuel. Resulta evidente que Rodney es mucho mejor persona que yo, siempre pensando en los otros primero y poniéndose él en último lugar. Es un recordatorio de cuánto tiene por enseñarme, de todo lo que me queda todavía por aprender.

—¿En qué puedo ser de ayuda? —pregunto.

—He oído que la policía se ha ido y que la *suite* de los Black está vacía. ¿Es eso cierto?

–Confirmado –aseguro–. De hecho, no estará disponible para los huéspedes durante un tiempo. Lo primero que voy a hacer hoy es limpiarla.

–Eso es perfecto –dice Rodney, depositando un vaso ya limpio y cogiendo otro–. Pienso que la *suite* de los Black es, ahora mismo, el lugar más seguro para Juan Manuel. Los polis se han ido; la habitación no se ocupará de momento, aunque no será por falta de huéspedes con interés. ¿Has visto cómo está esto hoy? Todas las señoras de mediana edad de la ciudad que tienen gatos y son aficionadas a las series de misterio están paseándose por el vestíbulo con la esperanza de ver a Giselle o vete tú a saber qué. Siendo honesto, me parece patético.

–Te prometo una cosa: ningún metomentodo curioso pisará esa *suite* –garantizo–. Tengo un trabajo que hacer y pienso hacerlo. Una vez que la habitación esté limpia, te avisaré y Juan Manuel podrá quedarse allí.

–Genial –dice Rodney–. ¿Puedo pedirte un último favor? Juan Manuel me dio su bolsa para pasar la noche. ¿Te importaría dejarla en la *suite*, debajo de la cama o en algún lugar así? Le diré que está allí.

–Claro. Cualquier cosa por ti. Y por Juan Manuel.

Rodney recoge la familiar bolsa de lona azul marino, que está al lado de un barril de cerveza, y me la alcanza.

–Gracias, Molly. Tía, ojalá todas las mujeres fueran tan increíbles como tú. La mayoría son mucho más complicadas.

Mi corazón, que ya late a doble velocidad, se ilumina y remonta el vuelo.

–Rodney, me estaba preguntando... ¿Crees que podemos ir a tomar un helado juntos algún día? A menos que te gusten los rompecabezas. ¿Te gustan los rompecabezas?

–¿Los rompecabezas?

–Sí, los rompecabezas.

–Hum... Si esas son las opciones, soy más de helado. Estoy un poco ocupado estos días, pero sí, podemos salir un día de estos. Claro.

Recojo la bolsa de Juan Manuel, me la cuelgo al hombro y empiezo a alejarme.

–Molly... –Oigo. Doy media vuelta–. Te olvidas de los periódicos.

Estampa un fajo enorme sobre la barra y yo lo coloco entre mis brazos.

–Gracias, Rodney. Eres muy amable.

–Oh, ya lo sé –dice, guiñándome un ojo.

A continuación, me da la espalda y se ocupa de una camarera y su pedido.

Después de este encuentro locamente delicioso, me dirijo escaleras arriba. Voy casi flotando, pero en cuanto llego ante la puerta de la antigua *suite* de los Black, la gravedad de la memoria me clava en el suelo. Han pasado dos días desde la última vez que estuve en esta *suite*. La puerta parece más grande, más imponente. Inspiro y espiro, tratando de reunir el aplomo necesario. A continuación, utilizo mi tarjeta llavero para entrar y tiro del carrito. La puerta se cierra con un clic.

La primera cosa que percibo es el olor, o más bien su ausencia –ninguna mezcla del perfume de Giselle con la loción para el afeitado del señor Black–. Mientras inspecciono el escenario, veo que todos los cajones de todos los muebles están abiertos. Los cojines del canapé yacen desparramados por el suelo, con las cremalleras abiertas. Han espolvoreado la mesa del salón en busca de pruebas dactilares y la han dejado tal cual, como huellas pilladas in fraganti. El resultado en la superficie se asemeja bastante a las pinturas con las manos que me obligaban a hacer en la guardería, pese a que odiaba mancharme los dedos con pintura. Un rollo de cinta perimetral de color amarillo cáustico yace abandonado en el suelo, delante de la puerta del dormitorio.

Respiro hondo de nuevo y me adentro en la *suite*. Me quedo de pie bajo el umbral de la puerta del dormitorio. La cama está desnuda, sin sábanas ni funda de colchón. Me pregunto si la policía se las ha llevado. Eso significa que me quedaré corta en mi recuento de ropa de cama y que tendré que justificar la pérdida ante Cheryl. Han arrojado las almohadas aquí y allá, les han sacado las fundas y las manchas que hay en ellas me fulminan con la mirada como si fueran grotescas dianas. Solo hay tres almohadas, no cuatro.

De repente me siento un poco mareada. Me apoyo en el marco de la puerta para no perder el equilibrio. La caja fuerte está abierta, pero ahora no hay nada dentro. Han vaciado los armarios que contenían toda la ropa del señor Black y de Giselle. Y los zapatos del señor Black que estaban en su lado de la cama han desaparecido. También han espolvoreado las mesitas, y unas desagradables huellas se marcan en el polvo que han dejado. Quizá algunas sean mías.

Las pastillas ya no están, incluso las que estaban pisoteadas en el suelo, que dan la impresión de haberse volatilizado. De hecho, las alfombras y el suelo parecen lo único que han limpiado como es debido. Quizá la policía ha pasado el aspirador para absorber todas las pistas: las microfibras y partículas de las vidas privadas de los Black, todas atrapadas en los límites de un sencillo filtro.

Siento un estremecimiento que me recorre todo el cuerpo, como si el mismísimo señor Black, bajo la forma de un vapor fantasmagórico, me empujara a un lado. «Aparta». Recuerdo los moratones en los brazos de Giselle, «las cosas a veces no van tan bien entre Charles y yo». Ese hombre inaguantable me derribaba como si fuera un bolo cada vez que se cruzaba conmigo en la *suite* o en el pasillo, como si fuera un insecto o una plaga que debía ser aplastada. Lo veo en mi mente, una criatura infame, de ojos pequeños y brillantes, que fumaba un puro nauseabundo y maloliente.

Siento un pálpito furioso en las sienes. ¿Adónde va a ir Giselle ahora? ¿Qué se supone que va a ser de ella? Me pregunto lo mismo de mí. El señor Rosso me ha amenazado de nuevo esta mañana. «O pagas el alquiler o te echo». Mi casa, este trabajo. Es todo lo que tengo. Siento el cosquilleo de las lágrimas, unas lágrimas que ahora mismo no puedo permitirme.

«La felicidad siempre llega a los que trabajan y se esfuerzan. Conciencia limpia, vida limpia y decente».

Gran siempre acude al rescate.

Hago caso a su consejo. Me apresuro a regresar adonde está el carrito y me pongo unos guantes de goma. Pulverizo con desinfectante las superficies de cristal, las ventanas, los muebles. Limpio todas las huellas, todo rastro de los intrusos que han estado en esta habitación. A continuación, froto las paredes hasta hacer desaparecer las rozaduras y la suciedad que estoy segura de que no estaban aquí antes de que vinieran esos torpes detectives. Cubro el colchón de blanco inmaculado. Hago la cama, dejando que las sábanas recién lavadas se hinchen y ondeen. Pomos limpios, servicio de café abastecido, vasos limpios y tapas de papel sobre ellos para garantizar su limpieza. Trabajo de memoria; mi cuerpo se mueve solo de tantas veces que he hecho esto, tantos días, tantas habitaciones, tantos huéspedes que se confunden en una bruma. Me tiemblan las manos al pulir el espejo dorado ante la cama. Debo concentrarme en el presente, no en el pasado. Froto y froto hasta que me devuelve un reflejo perfecto y resplandeciente de mí misma.

Solo queda un rincón por limpiar en el dormitorio de los Black: la sombría esquina al lado del guardarropa de Giselle.

Cojo el aspirador y lo paso una y otra vez por la alfombra de esa zona. Examino de cerca las paredes y les doy a ambas un buen repaso con desinfectante. Ya está. Borrado.

Inspecciono mi trabajo y veo que la *suite* ha recobrado su estado ideal. En el aire flota un agradable olor a limón.

«Es la hora».

He evitado el baño, pero ya no puedo hacerlo por más tiempo. También lo han dejado sumido en un completo desorden. Faltan las toallas, los pañuelos e incluso el papel higiénico... Todo esfumado. Hay polvo de huellas dactilares en el espejo y alrededor del lavamanos. Rocío y pulverizo, pulo y repongo. En esta pequeña estancia, que, debido a su función debe desinfectarse con mayor ahínco, el aroma acre de la lejía es tan fuerte que me escuecen las fosas nasales. Pulso el interruptor del extractor y oigo ese golpeteo familiar. Rápidamente, lo apago.

«Es la hora».

Me quito los guantes de goma y los tiro en el cubo de basura del carrito. Cojo la pequeña escalera de mano que llevo encima y la sitúo justo debajo del extractor. Me subo. La tapa salta con facilidad. Me ayudo de dos horquillas para sacarla del todo. Con cautela deposito la tapa al lado del lavamanos. Vuelvo a subir a la escalera y levanto el brazo hacia el oscuro hueco del extractor, hacia lo desconocido, hasta que toco el frío metal con las yemas de los dedos. Saco el objeto y lo sostengo con las dos manos. Es más pequeño de lo que creía, negro y de líneas puras, pero sorprendentemente pesado. Sólido. La empuñadura es granulosa, como si fuera papel de lija o la lengua de un gato. El cañón es suave, con un brillo placentero. Prístino. Pulido. Limpio.

La pistola de Giselle.

Nunca en mi vida he tenido algo así entre las manos. Parece viva, aunque sé que no es posible.

¿Cómo voy a culparla? Si yo fuera ella, si me hubieran tratado de la manera en que lo hizo el señor Black y todos los demás, bueno... no es de extrañar. Puedo apreciarlo: un poder entre las manos que inmediatamente me hace sentir más segura, invencible. Y, aun así, ella no usó este arma. No la usó contra su marido.

¿Adónde irá ahora? ¿Qué será de ella? ¿Y qué será de mí? Siento que la gravedad de la habitación cambia, que el peso de todo lo que hay en ella me aplasta los hombros. Dejo la pistola en el lavamanos, subo de nuevo a la escalera y vuelvo a colocar la tapa del extractor. Bajo los escalones, cojo de nuevo el arma y la llevo al salón, perfectamente acoplada al cuenco que forman mis manos. ¿Qué voy a hacer con ella? ¿Cómo se la haré llegar a Giselle?

Entonces se me ocurre cómo. Dicen que ver la televisión es una actividad inútil, pero puedo afirmar que he aprendido más de una lección de *Colombo*.

«Escondida a la vista».

Con cuidado, deposito la pistola en la mesa de cristal y voy a mi carrito. Saco la bolsa de lona de Juan Manuel. Regreso al dormitorio, donde deslizo la bolsa debajo de la cama. Después, vuelvo al salón.

Dirijo la atención hacia el aspirador, tieso, firme y preparado junto a mí. Abro la cremallera de la bolsa y saco el filtro lleno de suciedad. Cojo uno nuevo de mi carrito y deslizo la pistola en su interior. Coloco el nuevo filtro en sus entrañas. Cierro la cremallera. «Ojos que no ven, corazón que no siente». Empujo el aspirador hacia delante y hacia atrás. Mi secreta y silenciosa amiga no hace ni un solo ruido.

Recojo el filtro sucio y, cuando estoy a punto de tirarlo en el cubo de basura de mi carrito, un grumo de polvo cae y aterriza pesadamente en la alfombra con un golpe sordo. Bajo la mirada hasta mis pies, hacia la alfombra, ahora manchada de polvo y suciedad. En medio del nido de porquería, algo brilla. Me pongo en cuclillas y recojo el objeto. Lo limpio. Pesado, de oro, con diamantes y otras joyas incrustadas. Un anillo. El anillo de un hombre. La alianza del señor Black. Justo ahí, en la palma de mi mano.

«El Señor da y el Señor quita».

Cierro la mano. Es como si mis plegarias hubiesen recibido respuesta.

«Gracias, Gran», digo para mis adentros.

Porque justo en ese momento sé qué tengo que hacer.

CAPÍTULO 11

La pistola está guardada en el aspirador. La alianza está cuidadosamente envuelta y remetida en la copa izquierda de mi sujetador, justo al lado de mi corazón.

Limpio tantas habitaciones como puedo, tan rápido como puedo, utilizando siempre que puedo la escoba manual en lugar del aspirador. En cierto momento me topo con Sunitha en el pasillo. Se sorprende al verme, algo que no es muy habitual.

–Oh, lo siento mucho –dice.

–Sunitha, ¿va todo bien? –le pregunto–. ¿Has hecho corto en suministros?

–Tú lo encontraste –me dice, agarrándome del brazo–. Muerto. Eres muy buena chica. Ten cuidado. A veces, un lugar parece limpio como una patena, como la nieve fresca, pero no lo está. No es más que un truco. ¿Lo entiendes?

De forma automática pienso en cómo Cheryl limpia los lavamanos con los trapos del inodoro.

–Lo entiendo perfectamente, Sunitha. Tenemos que ser pulcros y transparentes.

–No –sisea–. Debes tener más cuidado. La hierba es verde, pero está llena de serpientes.

Y tras esto lanza una toalla al aire, hacia su montón de ropa sucia. Me mira con una expresión que no consta dentro del repertorio que comprendo. ¿Qué le ocurre? Antes de que pueda preguntárselo, se marcha empujando el carrito y entra en la siguiente habitación.

Trato de olvidar este encuentro tan extraño. Me concentro en acabar lo más pronto posible para salir unos minutos antes del almuerzo. Voy a necesitar de todos los minutos posibles.

«Es la hora».

Empujo mi carro hacia el ascensor y espero a que llegue. En tres ocasiones, las puertas se abren y los huéspedes me miran fijamente, sin hacer el más mínimo movimiento para dejarme entrar, incluso cuando hay espacio suficiente. La camarera va la última.

Finalmente, las puertas se abren y el ascensor está vacío. Lo tengo para mí sola durante todo el trayecto hasta el sótano. Me apresuro a salir con mi carrito y, al doblar la esquina hacia mi taquilla, casi me choco con Cheryl.

–¿Dónde vas con tanta prisa? ¿Y cómo has podido acabar todas las habitaciones tan rápido? –me pregunta.

–Soy eficiente –replico–. Perdona, pero no puedo entretenerme. Tengo que hacer un recado durante la hora del almuerzo.

–¿Un recado? Pero si normalmente trabajas durante la hora del almuerzo... –dice Cheryl–. ¿Cómo piensas mantener tu Nivel de Productividad Excepcional y Excelente si te dedicas a ir de aquí para allá durante la hora del almuerzo?

Estoy muy orgullosa de mi Nivel de Productividad Excepcional y Excelente. Cada año, me concede un Certificado de Excelencia de manos del mismísimo señor Snow. Cheryl nunca completa su cuota de habitaciones diarias y mi excelencia lo compensa.

Sin embargo, al mirar a Cheryl, advierto algo en su expresión que siempre ha estado allí pero que hoy interpreto a la perfección: la curva de su labio superior, el desprecio y... algo más. En mi cabeza oigo la voz de Gran aconsejándome sobre los abusones de la escuela.

«No dejes que te toquen las narices».

En aquel momento, solo comprendí el sentido literal. Ahora lo entiendo. En mi mente, las piezas encajan.

–Cheryl –empiezo a decir–, soy perfectamente consciente de mi derecho legal a tomarme un descanso y así voy a hacerlo hoy. Y cualquier otro día que lo desee. ¿Te parece bien o debería consultarlo con el señor Snow?

–No, no –responde–. Está bien. En ningún momento he sugerido nada... ilegal. Pero regresa a la una.

–Así lo haré.

Con estas palabras, paso zumbando por su lado y me marcho. Aparco el carro justo delante de mi taquilla, cojo el monedero, vuelvo corriendo al ascensor y salgo por la bulliciosa puerta principal del hotel.

–¿Molly? –me llama el señor Preston–. ¿Adónde vas?

–¡Regresaré en una hora!

Cruzo la calzada y dejo atrás la cafetería justo delante del hotel. A continuación, doblo la esquina y me interno en una calle lateral. El tráfico va más lento aquí y también hay menos gente en la acera. Mi destino se encuentra a unos diecisiete minutos. Siento el calor que me sube al pecho y las piernas que me queman mientras las obligo a seguir adelante. Pero no me importa. Como a Gran le gustaba decir, «querer es poder».

Paso ante un despacho en una planta baja en el que los trabajadores, reunidos y sentados en filas, están escuchando a un hombre trajeado que hace gestos exagerados delante de un atril. Tras él hay una pantalla con unos gráficos y tablas. Sonrío para mis adentros. Sé perfectamente qué se siente al ser una orgullosa empleada que tiene la suerte de asistir a una formación. Estoy impaciente por que llegue el próximo seminario de capacitación profesional del señor Snow, dentro de un mes.

Nunca he entendido por qué algunos miembros de la plantilla se quejan de estos eventos, como si de alguna manera se los impusieran, como si la superación personal y la oportunidad de recibir una educación gratuita en materia de servicio al cliente e higiene hotelera no constituyera un beneficio de trabajar en el Regency Grand. Me entusiasman dichas oportunidades, sobre todo teniendo en cuenta que no pude cumplir mi sueño de sacarme el curso de gestión hotelera. Este es un pensamiento negativo, uno poco grato. Como un fogonazo, el rostro de Wilbur aparece en mi mente y tengo el deseo repentino de darle un puñetazo. Pero no puedes darle un puñetazo a una idea. Y de poderse, tampoco cambiaría nada.

Mi estómago se queja mientras camino. No he traído almuerzo; esta mañana no preparé nada, puesto que tengo muy pocas cosas en los estantes de la cocina, hasta el punto de que casi no he desayunado. Durante mi ronda esperaba encontrarme con unas tostadas perfectamente intactas y quizá un tarrito sin abrir de mermelada desechados en la bandeja del desayuno delante de alguna habitación, puede que incluso alguna pieza de fruta, que hubiese lavado y guardado discretamente. Pero no; los huéspedes de hoy apenas me han dejado nada.

En total, mis propinas ascienden a 20,45 dólares, lo que ya es algo, pero no lo suficiente como para aplacar a un casero enfadado o llenar una nevera con algo que no sea un par de artículos escasos y elementales. Da lo mismo.

«La miel se hace en el panal. Las abejas tienden a la miel».

Esta vez es la voz del señor Snow la que resuena en mi cabeza. En el último seminario de capacitación profesional trató un tema de máxima importancia: el poder de la «mentalidad de colmena» para obtener una mayor productividad. Yo tomé apuntes en un cuaderno recién estrenado y nuevecito y los he estado repasando con detenimiento. En su charla de una hora de duración, el señor Snow habló del trabajo en equipo utilizando una analogía de lo más fascinante.

–Imaginad que el hotel es una colmena –dijo, observando a su plantilla por encima de sus gafas de búho. Yo prestaba mucha atención a sus palabras–. E imaginad que vosotros sois las abejas.

En mi libreta escribí: «Imagina que eres una abeja».

–Somos un equipo, una unidad, una familia, una colonia –continuó el señor Snow–. Cuando adoptamos una mentalidad de colmena, significa que todos trabajamos por el bien común, por el bien común del hotel. Como las abejas, reconocemos la importancia del hotel, nuestra colmena. Tenemos que protegerlo, limpiarlo, cuidarlo, porque sabemos que, sin él, no habría miel.

En mi libreta: «hotel = colmena; colmena = miel».

En aquel punto, la charla del señor Snow dio un giro inesperado.

–Bien –dijo, agarrándose con las dos manos al podio ante él–. Ahora veamos la jerarquía de la colmena y la importancia de que todas las abejas, sin importar el rango, trabajen al máximo de sus «abejilidades». Hay abejas supervisoras... –En ese momento se alisó la corbata–. Y también hay obreras. Hay abejas que prestan servicio a otros de forma directa y hay abejas que lo hacen de forma indirecta. Pero ninguna abeja es más importante que otra, ¿lo entendéis?

El señor Snow apretó las manos hasta convertirlas en puños para indicar la importancia de este último punto. Yo garabateaba frenéticamente, registrando cada palabra lo mejor que podía. De repente, el señor Snow me señaló.

–Por ejemplo, tomemos a una camarera. Podría ser cualquier camarera, en cualquier lugar. Pero en el hotel es nuestra obrera perfecta. Se afana, trabaja duro y tiene lista cada celda para la llegada de la miel. Es un trabajo que requiere esfuerzo físico. Es pesado y repetitivo hasta el aborrecimiento, pero, pese a ello, se enorgullece de él; lo hace bien, un día tras otro. Su trabajo es, en gran medida, invisible. Pero ¿la hace eso inferior a los zánganos o la reina? ¿La hace eso menos importante para la colmena? ¡No! La verdad es que, sin la obrera, no tendríamos colmena. ¡No podríamos funcionar sin ella!

El señor Snow golpeó el podio para remarcar su razonamiento. Observé a mi alrededor y vi muchas miradas posadas sobre mí. Sunshine y Sunitha, que estaban sentadas en la fila de delante, se habían dado la vuelta y estaban sonriéndome y haciéndome señas. Cheryl, unos asientos más allá, estaba recostada con los ojos convertidos en una pequeña ranura y los brazos cruzados. Rodney y algunas de las camareras del Social estaban detrás de mí, y cuando miré por encima del hombro, empezaron a murmurarse cosas, riéndose de algún chiste que con toda seguridad no habría entendido.

A derecha y a izquierda, empleados a los que conocía (pero que nunca me habían dirigido la palabra) me miraban.

El señor Snow prosiguió:

–Tenemos mucho que mejorar en esta empresa. Y cada vez soy más consciente de que nuestra colmena no siempre funciona como una unidad. Creamos miel para que nuestros huéspedes la disfruten pero, en ocasiones, la capa de arriba, la más dulce, no se distribuye equitativamente. Algunas veces, nuestra colmena se ve deslustrada al usarse de forma deshonesta, para beneficio personal, en lugar de hacerlo para el bien común...

Al oír esto, Cheryl tuvo un molesto ataque de tos que me obligó a dejar de tomar notas. Me volví una vez más y vi que Rodney se hundía en la silla.

–Mi trabajo es –continuó diciendo el señor Snow– recordaros que estáis por encima de todo eso, que debemos esforzarnos juntos y apuntar más alto. Que nuestra colmena puede ser la mejor, la más limpia, la más digna y la más lujosa del mundo entero. Pero necesitamos cohesión y cooperación. Necesitamos compromiso con la mentalidad de colmena. Os estoy pidiendo que ayudéis a la colonia, por la colonia. Quiero que os concentréis en una profesionalidad prístina. En un equilibrio refinado. ¡Quiero que saneéis este sitio!

En ese momento me levanté de un brinco. Confiaba plenamente en que toda la plantilla admiraría la gloriosa conclusión del señor Snow y empezaría a aplaudir de forma espontánea. Pero fui la única que lo hizo. Era la única en pie, en una sala en absoluto y completo silencio. Sentí como si me convirtiera en una estatua. Sabía que era mejor sentarme, pero no podía. Estaba inmóvil. Clavada.

Permanecí así durante un buen rato. El señor Snow se quedó en el podio durante un par de minutos. A continuación, se ajustó las gafas, recogió su discurso y volvió a su despacho. Una vez que se hubo marchado, mis colegas se removieron en las sillas y empezaron a hablar entre ellos. Sus susurros me rodearon. ¿De verdad pensaban que no los oía?

Molly la Mutante.

Rumba la Robot.

La Bicho Raro de la Formalidad.

Finalmente, los pingüinos de Recepción y los mozos, las camareras y los *valets* se levantaron y empezaron a desfilar en grupitos. Yo me quedé donde estaba hasta convertirme en la última abeja de la sala.

–¿Molly? –Escuché a mis espaldas. Noté una mano familiar que me agarraba del brazo–. Molly, ¿estás bien?

Me volví y me encontré con el señor Preston. Examiné su

rostro en busca de alguna pista. ¿Era amigo o enemigo? A veces me ocurre. Durante unos breves instantes me quedo paralizada porque todo lo que he aprendido ha desaparecido. Se ha borrado.

–No se refería a ti –dijo.

–¿Cómo? –respondí.

–Lo que ha dicho el señor Snow sobre que la colmena se ve deslustrada, sobre que algunos empleados se quedan con la parte de arriba. No se refería a ti, Molly. En este hotel ocurren cosas, cosas que ni siquiera yo puedo entender del todo. Pero tú no debes preocuparte por eso. Todo el mundo sabe que das lo máximo cada día.

–Pero no me respetan. Creo que a mis colegas no les caigo bien en absoluto.

Sostenía su gorra con una mano. Suspiró y bajó la mirada hacia ella.

–Yo te respeto. Y me caes muy bien.

Cuando alzó la vista y me observó, sus ojos irradiaban calidez. De alguna manera, aquella mirada me desbloqueó y volví a sentir las piernas.

–Gracias, señor Preston –dije–. Creo que debería volver al trabajo. La colmena nunca descansa, ya sabe.

Me alejé de él y regresé directamente a mi ronda. Eso ocurrió hace meses. Ahora estoy ante un escaparate, a unas manzanas del hotel. Mis piernas se han bloqueado de nuevo, igual que aquel día.

De hecho, ya he entrado en el establecimiento. Le he mostrado el botín al dependiente; me ha dado un precio. He aceptado. En el lugar donde estaba antes, en la copa de mi sujetador, al lado de mi corazón, ahora hay un grueso fajo de billetes envueltos en un pañuelo.

Compruebo la hora en el teléfono. Toda la transacción, incluido el trayecto hasta aquí, me ha tomado veinticinco minutos, lo que supone cinco minutos menos de mi estimación original, lo que significa que estaré de vuelta al trabajo aproximadamente cinco minutos antes de la una, momento en que, como me ha recordado con amabilidad Cheryl, empieza mi segundo turno.

Mi estómago se revuelve, como si el dragón que habita en su interior acabara de dar un coletazo y hubiese lanzado un embate de ácido. Quizá no debería haberlo hecho; quizá no sea lo correcto.

De reojo, veo mi reflejo en el cristal. Recuerdo el rostro cetrino boca abajo del señor Black, los moratones que infligió, el dolor que ha causado.

El monstruo de mi estómago se hace un ovillo y se acuesta.

«Lo hecho hecho está».

Una sensación de ligereza me recorre el cuerpo de la cabeza a los pies. Respiro hondo, llenándome de aire. Me maravillo ante mi reflejo en el cristal: una camarera en un vestido camisero blanco y limpio con el cuello almidonado. Reajusto mi postura. Me yergo de tal manera que Gran se enorgullecería de mí.

En el escaparate, detrás de mi reflejo, están los objetos que se ofrecen: un saxofón reluciente en una caja de terciopelo rojo; unas herramientas eléctricas bastante pesadas, con los cables perfectamente doblados en ochos y atados con gomas elásticas; unos móviles viejos y bastante usados y, en una vitrina, varias joyas. En el centro de ella hay una reciente adquisición: un anillo, el anillo de un hombre, una alianza, con diamantes y otras joyas incrustadas, reluciente, un objeto de indudable e inhabitual lujo, un hermoso tesoro.

Al tenderme la suma acordada, juraría que el dependiente se ha compadecido de mí. Los labios apretados. La sonrisa que no era tal. Estoy empezando a entender las sutilezas de las sonrisas, su cornucopia de significados. Almaceno en un estante de mi mente un diccionario de sonrisas en orden alfabético.

–Siento que las cosas no hayan ido como esperabas. Con tu novio, ya sabes –me ha dicho el dependiente.

–¿Con mi novio? –he replicado–. Al contrario. Por primera vez desde hace mucho tiempo, las cosas van bien con él. De hecho, van más que bien.

CAPÍTULO 12

Recorro a paso ligero el trayecto de vuelta al hotel, comprobando a menudo qué hora es. Mi progreso es satisfactorio. Ahora es la una menos cinco y me falta poco para llegar al hotel; mis cálculos han sido casi exactos. Estoy un poco sonrojada por la caminata y el fajo de billetes junto a mi corazón está ligeramente húmedo, pero no tiene importancia.

Al parecer, el hotel se ha despejado un poco desde la mañana; hay menos huéspedes por las inmediaciones. El señor Preston está solo en su podio de portero. Cuando ve que me acerco, se aparta de él, con las manos extrañamente pegadas a los lados. Lo saludo y subo a toda prisa las escaleras, pero el señor Preston me regaña antes de que llegue a su posición.

–Molly –susurra con voz tensa–. Vete a casa.

Me detengo en el tercer escalón. Su expresión es rara, como si necesitara urgentemente una pausa para ir al baño.

–Señor Preston, no puedo irme a casa ahora. Estoy en mitad de mi turno.

–Molly –dice de nuevo en voz baja–. Utiliza la puerta trasera. Por favor.

–¿Está usted bien, señor Preston? ¿Necesita ayuda?

Justo entonces todo encaja: la ausencia de huéspedes en la entrada principal; el señor Preston, de pie y muy formal tras el podio, sus extrañas órdenes susurradas. Tras los cristales de las puertas giratorias distingo al señor Snow y, junto a él, a una figura sombría y amenazadora. La detective Stark.

–Querida niña, no entres ahí –insiste el señor Preston.

–No pasa nada –aseguro, mientras subo los peldaños que me faltan hasta el rellano–. Unas cuantas preguntas más no me harán ningún daño.

Empujo las puertas. Antes de poner el pie en el vestíbulo, el señor Snow y la detective Stark me bloquean el paso. Hay algo que no me gusta en la postura de ella, con los brazos doblados y las manos extendidas, como si yo fuera una alimaña a la que está decidida a cazar antes de que salga volando. Por el rabillo del ojo veo a Cheryl, a unos carros de distancia, aunque también ella me parece diferente. Es la primera vez que la veo sonreír con sinceridad, y su mirada es expectante y entusiasta.

–Disculpen –digo al señor Snow y a la detective Stark–. No debo entretenerme. Lo que queda de mi turno empieza en más o menos tres minutos.

–Me temo que eso no va a suceder –anuncia la detective Stark.

Busco con la mirada al señor Snow, pero este apenas se atreve a mirarme a los ojos. Lleva las gafas torcidas. Unas gotas de sudor se le han formado en las sienes.

–Molly, la detective va a llevarte de nuevo a comisaría para hacerte más preguntas.

–¿Y no puedo responder aquí y después retomar mi trabajo? Tengo mucho que hacer hoy.

–Eso no será posible –anuncia la detective Stark–. Hay dos maneras de hacer las cosas: la fácil y la difícil. Y la fácil siempre resulta ser la mejor.

Es un comentario interesante, pero también es del todo erróneo. En mi profesión, la manera fácil es la negligente y no resulta la mejor en absoluto. Pero como estamos en el hotel y eso técnicamente convierte a la detective en un huésped, seré educada y me morderé la lengua.

Observo de nuevo a mi alrededor y advierto que en el vestíbulo se está congregando más gente. No están pululando y yendo de aquí para allá como hacen normalmente. Han formado pequeños grupos: al lado del mostrador de Recepción, en los sillones, en el descansillo de mármol de la imponente escalera principal. Por extraño que parezca, se mantienen en posición estática. Y están callados. Todos observan en una dirección. Sus frías miradas se clavan en mí.

–Bien, detective Stark, acepto la manera fácil. –Miro al señor Snow y añado–: Pero solo por esta vez.

La detective Stark me cede el paso y atravieso las puertas giratorias con ella pegada a las espaldas. Al pasar, miro hacia atrás y veo que todos los ojos me observan partir.

El señor Preston está al otro lado de la puerta, en el rellano de las escaleras.

–Ven –dice, tomándome del codo–. Permíteme que te ayude, Molly.

Estoy a punto de decirle que no pasa nada, que me encuentro perfectamente, pero al mirar hacia abajo, hacia el final de las escaleras, la alfombra roja empieza a formar una ola que me provoca vértigos. Me agarro fuerte al brazo del señor Preston. Es cálido. Reconfortante.

Alcanzamos el final de la escalera.

–Es hora de irnos –anuncia la detective Stark.

–Molly, cuídate mucho –me aconseja el señor Preston.

–Siempre lo hago –respondo, sin realmente creerlo.

CAPÍTULO 13

El trayecto en coche transcurre en silencio. En esta ocasión, voy sentada en la parte trasera del coche patrulla en lugar de en el asiento del copiloto. No me gusta estar aquí atrás. La tapicería de vinilo chirría cada vez que hago el más mínimo movimiento. Un cristal antibalas separa a la detective Stark de mí. Está manchado con huellas dactilares mugrientas y salpicaduras de sangre de color marrón oscuro.

«Imagina que estás en el asiento trasero de una limusina de camino a la ópera».

Gran me recuerda que esta custodia, este arresto, es solo un estado mental, que siempre hay una salida. Junto las manos sobre el regazo y respiro hondo. Me dedicaré a contemplar el paisaje a través de la ventanilla. Sí, me concentraré en eso.

Llegamos a la comisaría en lo que parece cuestión de segundos. Una vez en el interior, la detective Stark me conduce a la misma sala blanca en la que me interrogaron en la primera ocasión. Cuando vamos hacia allí, percibo más miradas: agentes sin uniforme me contemplan boquiabiertos; algunos de ellos asienten, no hacia mí, sino hacia la detective Stark. Yo mantengo la cabeza bien alta.

–Toma asiento –ordena la agente.

Me siento en la misma silla que en la primera ocasión y la detective Stark lo hace frente a mí. Cierra la puerta. Esta vez, no me ofrece café, ni siquiera agua, lo que es una pena, porque no me importaría beber un poco de agua, aunque sé que de pedirla, me la traerán en uno de esos infames vasos de poliestireno.

«Hombros atrás, barbilla arriba, respira».

La detective Stark no ha pronunciado ninguna palabra. Sigue ahí sentada, frente a mí, observándome. El ojo de la cámara de la esquina también me mira y parpadea.

Soy la primera en romper el hielo:

–¿En qué puedo serle de ayuda, detective Stark?

–¿Que en qué puedes serme de ayuda? Bueno, Molly Maid, puedes empezar por decirme la verdad.

–Mi abuela solía decir que la verdad es subjetiva. Pero a mí nunca me ha parecido así. Yo creo que la verdad es absoluta –respondo.

–Entonces estamos de acuerdo en algo –declara la detective Stark.

Se inclina hacia delante y apoya los codos en la mesa blanca llena de arañazos que nos separa. Ojalá no lo hiciera. No me gusta la gente que apoya los codos en la mesa. Pero no digo nada.

Está lo suficientemente cerca como para que pueda ver las diminutas motas doradas en los iris de sus ojos azules.

–Ya que hablamos sobre verdades –continúa–, me gustaría compartir contigo los resultados del informe de toxicología del señor Black. Todavía no disponemos de la autopsia, pero pronto la tendremos. Se encontró droga en el cuerpo del señor Black, la misma que estaba en su mesita y esparcida sobre el suelo del dormitorio.

–El medicamento de Giselle –digo.

–¿Medicamento? Benzodiacepina, combinada con otras drogas ilegales.

Tardo unos instantes en modificar la imagen que tengo de Giselle en el mostrador de una farmacia a una de ella adquiriendo algo ilícito en una sórdida callejuela. Algo no cuadra. No tiene sentido.

–De todos modos –continúa la detective Stark–. No fueron las pastillas lo que lo mataron. Tenía grandes cantidades en su cuerpo, pero no tanto como para acabar con él.

–Y entonces, ¿qué cree que lo mató?

–Todavía no lo sabemos. Pero te aseguro que llegaremos hasta el final –asevera–. El informe completo de la autopsia determinará si las petequias hemorrágicas las provocó un paro cardiaco o si sucedió algo más siniestro.

Todo vuelve como un fogonazo. La sala empieza a girar. Veo al señor Black, su piel gris y firme, los pequeños moratones como cabezas de aguja alrededor de sus ojos, su cuerpo rígido y sin vida. Después de llamar a Recepción, alcé la mirada. Y me vi reflejada en el espejo colgado a los pies de la cama.

De repente, noto un sudor frío y siento como si fuera a desmayarme.

La detective Stark aprieta los labios, esperando el momento propicio.

–Si sabes algo –dice finalmente–, ahora tienes la oportunidad de ponerte del lado de los buenos. ¿Entiendes que el señor Black era un hombre muy importante, un vip?

–No –declaro.

–¿Cómo? –suelta la detective Stark.

–No creo que existan personas más importantes que otras. Todos lo somos a nuestra manera, detective. Por ejemplo, yo soy una humilde camarera de un hotel sentada aquí con usted, y aun así, soy sin duda muy importante por alguna razón. De lo contrario, no me habría traído hasta aquí.

La detective Stark me escucha con atención. Analiza cada palabra que digo.

–Permíteme preguntarte algo –dice–. ¿No te fastidia? Ser una camarera, quiero decir. Limpiar lo que ensucian los ricos. Ocuparse de sus líos y de su desorden.

Estoy impresionada por esta línea de interrogatorio. No es lo que me esperaba cuando me escoltaron hasta aquí.

–Sí –respondo con sinceridad–. A veces me fastidia. Especialmente cuando los huéspedes son descuidados. Cuando se olvidan de que sus acciones tienen un impacto en las demás personas, cuando me tratan como si no importara.

La detective Stark no pronuncia palabra alguna. Sigue con los codos apoyados en la mesa, lo que continúa sacándome de quicio, pese a que solo se considera una falta de etiqueta cuando se hace durante una comida.

–Bien, ahora permítame que sea yo la que le pregunte algo –digo–. ¿Y a usted? ¿Le molesta?

–¿Que si me molesta el qué?

–Limpiar lo que han dejado los ricos. Ocuparse de sus líos.

La agente recula como si la cabeza de Hidra acabara de escupirle y un centenar de serpientes sisearan en su cara. Sin embargo, me complace ver que ha retirado los codos de la mesa.

–¿Es eso lo que piensas? ¿Que mi trabajo como detective de policía es limpiar después de que haya muerto un hombre?

–Lo que trato de decir es que, al fin y al cabo, no somos tan diferentes.

–Ah, ¿no?

–Usted quiere que este desbarajuste se limpie y yo también. Ambas buscamos un final limpio a esta desafortunada situación. Un regreso a la normalidad.

–Lo que yo estoy buscando es la verdad, Molly. Cómo murió el señor Black. Y en estos momentos también quiero saber la verdad sobre ti. En las últimas cuarenta y ocho horas hemos descubierto ciertos detalles bastante interesantes. En nuestra conversación del otro día afirmaste no conocer especialmente a Giselle Black. Pero, según se ha demostrado, eso no es cierto.

No pienso darle la satisfacción de retraerme. Giselle es mi amiga. Nunca he tenido una amiga como ella en el pasado y soy plenamente consciente de lo fácil que sería perderla. Recapacito sobre la mejor manera de protegerla y de, al mismo tiempo, no faltar a la verdad.

–Giselle ha confiado en mí en el pasado. Eso no significa que la conozca tan bien como me gustaría. Sin duda, el señor Black tenía su genio. Resultaba difícil no advertir los moratones de Giselle. Me confesó que era él quien se los causaba.

–Eres consciente de que hemos hablado con otros empleados del hotel, ¿verdad?

–No esperaba menos, por supuesto. Estoy segura de que habrán sido de gran ayuda en su investigación –respondo.

–Nos han contado muchas cosas. No solo sobre Giselle y el señor Black. Sino sobre ti.

Siento que se me retuerce el estómago. Sin duda, quienquiera que haya hablado con la detective Stark habrá sido justo, ¿incluso si no soy plato de su gusto? Y si la agente ha consultado al señor Snow, al señor Preston o a Rodney, habrá recibido un informe reluciente de mi conducta como empleada y de mi formalidad en general.

Una idea se me pasa por la cabeza. Cheryl. Ayer estuvo «enferma», aunque probablemente no tanto como para no recorrer el camino hasta esta comisaría.

Como si me leyera el pensamiento, la agente dice:

–Molly, hemos estado hablando con Cheryl, tu supervisora.

–Espero que fuera de ayuda –respondo, aunque tengo serias dudas.

–Le preguntamos si había limpiado alguna vez la *suite* de los Black en alguna de sus pernoctaciones en el hotel. Dijo que sí, que durante una temporada limpió la habitación contigo, que era su manera de mantener el control de calidad y marcar a sus camareras.

El ácido se empieza a formar en mi estómago.

–Era su manera de birlar las propinas que iban destinadas a las personas que hacían su trabajo y no a aquellas que se dedicaban a mirar –declaro.

La agente ignora lo que acabo de decir.

–Cheryl declaró haber observado una relación de amistad entre tú y Giselle, un tipo de afinidad especial que era bastante poco corriente entre una huésped y una camarera, particularmente en tu caso, porque, según me han dicho, no tienes amigos.

Sabía que Cheryl me vigilaba, pero nunca había imaginado hasta qué punto. Antes de responder, me tomo un instante para ordenar mis ideas.

–Giselle agradecía mis servicios –digo–. Esa era la base de nuestra relación.

–Dime una cosa: ¿recibiste alguna vez propinas de manos de Giselle? ¿O grandes cantidades de dinero?

–Ella y el señor Black me daban buenas propinas –respondo.

No voy a entrar en detalles sobre las incontables ocasiones en las que Giselle depositó un billete nuevecito de cien dólares en la palma de mi mano para agradecerme que limpiara la habitación. Y tampoco voy a mencionar su visita la pasada noche a mi piso ni el caritativo regalo económico que me ofreció. Eso es solo asunto mío.

–¿Alguna vez Giselle te dio algo que no fuera dinero?

Amabilidad. Amistad. Ayuda. Confianza.

–Nada fuera de lo corriente –digo.

–¿Nada de nada?

La detective Stark rebusca en su bolsillo y saca una llave pequeña. Abre un cajón de la mesa que nos separa. Saca el reloj de arena, el reloj de arena de Giselle, su precioso regalo. La detective lo deposita sobre la mesa.

Siento una repentina ola de calor en el rostro.

–Cheryl le ha dado acceso a mi taquilla. Es mi taquilla, mi espacio privado. Eso no está bien. No está bien invadir la privacidad de una persona, tocar sus cosas sin su permiso.

–Las taquillas son propiedad del hotel, Molly. Por favor, recuerda que eres solo una empleada del hotel, no la dueña. Y ahora dime: ¿estás lista para confesar la verdad sobre tú y Giselle?

La verdad sobre Giselle y yo es algo que apenas entiendo. Es tan extraño como que una tortuga adopte a un bebé de rinoceronte. ¿Cómo se supone que voy a explicárselo?

–No sé qué decirle –digo.

–Entonces, permíteme que yo te diga algo –contesta la detective Stark, recuperando con los codos el terreno sobre la mesa–. Te estás convirtiendo en una potencial sospechosa para nosotros con bastante rapidez. ¿Entiendes lo que eso significa?

Detecto cierto aire de condescendencia. Me he topado con esto antes: gente que asume que soy completamente idiota porque no comprendo cosas que ellos entienden con facilidad.

–Te estás convirtiendo en vip, Molly –añade la detective Stark–. Y no en una vip del tipo bueno. Has demostrado que eres capaz de dejarte detalles importantes en el tintero, de modelar la verdad según te convenga. Voy a preguntártelo una vez más: ¿estás en contacto con Giselle Black?

Recapacito de nuevo y me veo capaz de responder a la pregunta con un ciento por ciento de honestidad.

–En la actualidad no estoy en contacto con Giselle, aunque, según me han dicho, continúa alojándose en el hotel.

–Por tu bien, esperemos que sea verdad. Y confiemos en que la autopsia demuestre una muerte natural. Hasta entonces, no puedes dejar el país ni tratar de evitarnos en ningún modo. No estás arrestada.

–Ciertamente, espero que no. ¡No he hecho nada malo!

–¿Tienes un pasaporte vigente?

–No.

La detective inclina la cabeza.

–Si mientes, lo averiguaré. Puedo rastrear nuestras bases de datos, ¿sabes?

–Y cuando lo haga, descubrirá que no tengo pasaporte porque nunca en mi vida he salido del país. También descubrirá que soy una ciudadana modelo y que carezco de antecedentes penales.

–No vayas a ningún sitio, ¿de acuerdo?

Es precisamente este tipo de lenguaje el que siempre me confunde.

–¿Puedo ir a casa? ¿Puedo ir a comprar? ¿Al baño? ¿Y a trabajar?

La agente suspira.

–Sí, claro que puedes ir a casa y a todos los sitios que vas normalmente. Y sí, puedes ir a trabajar. Lo que trato de decirte es que estaremos vigilándote.

Otra vez.

–¿Vigilándome mientras hago qué? –pregunto.

Sus ojos me fulminan.

–Lo que sea que escondes, a quien sea que tratas de proteger. Lo averiguaremos. He aprendido algo en mi trabajo, y es que puedes esconder la suciedad durante algún tiempo, pero, a la larga, todo sale a la superficie. ¿Lo entiendes?

–¿Me está preguntando si entiendo de suciedad? –Manchas en pomos. Pisadas en los suelos. Aros de polvo en las mesas. El señor Black muerto sobre la cama–. Sí, detective. Entiendo de suciedad mucho mejor que la mayoría de la gente.

CAPÍTULO 14

Son las tres y media cuando la detective Stark me da permiso para abandonar la sala blanca. Me dirijo sola hacia la puerta de la comisaría. Esta vez no hay paseo de cortesía en coche. No he comido desde esta mañana y me aguanto con una taza de té.

Mi estómago ruge. El dragón se despierta. Tengo que detenerme unos segundos en la acera frente a mi edificio para no desmayarme.

Es mi engaño, y no el hambre, el que está perjudicando tanto mis nervios. Es el hecho de no haberlo contado todo sobre Giselle, de no haber dicho todo lo que oculto en mi corazón. Eso es lo que me tiene en este estado.

«La franqueza no es agravio».

Puedo ver el rostro de Gran, con una mueca torcida provocada por la decepción, el día que regresé a casa a los doce años y me preguntó qué tal me había ido la jornada. Le dije que había sido un día normal y que no tenía nada que contar. También eso fue una mentira. La verdad era que me había escapado a la hora del almuerzo, lo que distaba mucho de ser normal. La escuela había llamado a Gran. Le confesé por qué lo había hecho. A la hora del patio, mis compañeros de clase habían formado un círculo a mi alrededor y me habían ordenado que me revolcara en el barro y que me lo comiera, y yo había obedecido mientras ellos no dejaban de golpearme. Eran profundamente creativos a la hora de atormentarme y aquella iteración no era excepcional.

Cuando acabó aquel calvario, me dirigí a la biblioteca y me pasé horas en el baño sacándome la mugre del rostro y de la boca, frotando para quitar la tierra de debajo de mis uñas. Observé con satisfacción cómo las pruebas del delito giraban y desaparecían por el desagüe. Estaba completamente segura de que iba a salirme con la mía, que Gran nunca lo descubriría.

Pero lo descubrió. Y después de que le confesara que me acosaban, solo me hizo una pregunta:

–Mi niña, ¿y por qué no dijiste la verdad desde el principio? ¿A tu profesora? ¿A mí? ¿A quien fuera?

A continuación, se puso a llorar y me abrazó tan fuerte que no pude contestarle. Pero tenía una respuesta. Sí. No dije la verdad porque la verdad dolía. Lo que había pasado en la escuela era bastante malo, pero que Gran supiera de mi sufrimiento significaba que ella también experimentaría el dolor que yo sentía.

Ese es el problema con el dolor. Se contagia como si fuera una enfermedad. Se transmite de la persona que lo sintió por primera vez a aquellos que más quieres. La verdad no es siempre el ideal más elevado; a veces, hay que sacrificarla para que el dolor no alcance a tus seres queridos. Hasta los niños, de forma intuitiva, lo saben.

Mi estómago se calma. La firmeza regresa. Cruzo la calle y entro en el edificio. Subo las escaleras de dos en dos hasta mi planta y voy directa hacia la puerta del señor Rosso. Rescato el fajo de billetes que he guardado junto a mi corazón. Durante todo el tiempo que he estado en comisaría, he sido consciente de que lo llevaba, pero en lugar de molestarme, lo he notado más bien como un escudo protector.

Golpeo la puerta con ímpetu. Oigo como el señor Rosso recorre el pasillo arrastrando los pies y después, el chirrido de la cerradura. Aparece el rostro de mi casero, rubicundo y bulboso. Sostengo los billetes en la mano.

–Aquí tiene el resto del alquiler de este mes –anuncio–. Como puede comprobar, me parezco a mi abuela. Soy una mujer de palabra. –El señor Rosso se apodera del dinero y lo cuenta–. Está todo, pero aprecio su diligencia.

Cuando termina de contarlo, asiente con lentitud.

–Molly, evitemos tener que pasar por esto cada mes, ¿vale? Ya sé que tu abuela ha fallecido, pero tienes que pagar el alquiler a tiempo. Debes llevar una vida un poco más ordenada.

–Soy muy consciente de lo que me dice –respondo–. Y en lo que se refiere al orden, es mi voluntad expresa vivir una vida lo más ordenada posible. Pero el mundo está lleno de caos aleatorio que a menudo frustra mis intentos. ¿Puede hacerme un recibo por el pago completo, por favor?

El señor Rosso suspira. Sé lo que eso significa. Está exasperado, lo que no me parece justo. Si alguien me pusiera un fajo de billetes en las manos, no quepa duda de que no suspiraría de este modo. Estaría más que agradecida.

–Rellenaré el recibo esta noche y te lo daré mañana –me dice.

Preferiría tener ese recibo en mi mano *tout suite*, pero lo postergo.

–De acuerdo. Gracias. Y que tenga unas buenas noches.

El señor Rosso ni siquiera se despide con un educado «Tú también».

Me dirijo hacia mi puerta y giro la llave. Cruzo el umbral y la cierro. Nuestro hogar. Mi hogar. Tal como lo dejé esta mañana. Limpio. Ordenado. Inquietantemente silencioso, pese a la voz de Gran en mi cabeza.

«En la vida, hay momentos en que debemos hacer cosas que no queremos. Pero tenemos que hacerlas igualmente».

Por lo general, en el preciso momento en que cierro la puerta siento un gran alivio. Aquí estoy segura. No hay expresiones que interpretar. Ni conversaciones que descodificar. No hay peticiones. Ni exigencias.

Me quito los zapatos, los limpio y los guardo con esmero en el armario. Doy un par de palmadas al cojín de la serenidad de Gran, en la silla junto a la puerta. En la sala de estar, tomo asiento en el sofá y trato de ordenar mis ideas. Estoy hecha un lío, incluso aquí, en la paz de mi propia casa. Sé que tengo que decidir qué pasos voy a dar a continuación. ¿Tendría que llamar a Giselle? ¿O quizá a Rodney, en busca de consejo y apoyo? ¿Al señor Snow, para disculparme por mi ausencia esta tarde, por no haber cumplido con mi cuota diaria de habitaciones? Sin embargo, con solo pensarlo me siento abrumada.

Me noto decaída, de una manera en que no me había sentido desde hace un tiempo, al menos no desde lo de Wilbur y el Fabergé, al menos no desde el día que murió Gran.

Hoy, en aquella estancia más iluminada de lo necesario, la detective Stark me ha cargado con la culpa, tratándome como si fuera una especie de delincuente común cuando yo no soy nada de eso. Todo lo que deseo es volver la cabeza y encontrar a Gran, sentada a mi lado en el sofá, diciéndome: «Mi niña, no te apures. La vida sabe poner las cosas en su sitio».

Me dirijo a la cocina y pongo agua a hervir. Me tiemblan las manos. Abro la nevera y la encuentro casi vacía: solo quedan un par de *crumpets*, que debería guardar para el desayuno de mañana. Encuentro unas pocas galletas en el estante y las dispongo con cuidado en un plato. Cuando el agua hierve, me hago el té y añado dos azucarillos para compensar la falta de leche. Me he propuesto saborear cada mordisco de galleta, pero, en lugar de eso, me encuentro devorándolas con avidez y dando grandes tragos de té allí mismo, en la encimera de la cocina. Me termino la taza antes de darme cuenta. Al instante, siento que el té funciona. Una cálida energía invade de nuevo mi cuerpo.

«Cuando todo falla, ponte a limpiar».

Es buena idea. Nada me sube más el ánimo que una buena sesión de limpieza. Lavo mi taza de té, la seco y la guardo. En la sala de estar, compruebo que a la vitrina de Gran no le vendría mal un poco de atención. Abro con cuidado las puertas de cristal y extraigo todos sus preciosos tesoros: una colección de animales de Swarovski, cada figurita pagada con el sudor de su frente durante las horas extra en la mansión de los Coldwell. También hay cucharas, la mayoría de plata, encontradas en tiendas de segunda mano a lo largo de los años. Y las fotos: Gran y yo haciendo un pastel; Gran y yo en un parque, delante de una fuente; Gran y yo en el Olive Garden, brindando con dos copas de chardonnay en alto. Y la única foto en la que no salimos nosotras, sino mi madre de joven.

La cojo, con las manos todavía inestables. Tengo que concentrarme mientras quito el polvo y limpio el marco de cristal. Si se me resbala de los dedos, el marco caerá y el cristal se romperá en mil astillas mortales. Me arrodillo para estar más cerca del suelo. Así es más seguro. Aguanto el marco con las dos manos, examinando la imagen de mi madre. Estoy rodeada por todas las cosas bonitas de Gran.

De improviso surge otro recuerdo, no uno reciente, sino uno sobre el que no he pensado desde hace mucho tiempo. Debía de tener más o menos trece años. Llegué a casa después de la escuela y me encontré a Gran arrodillada en el suelo, casi como estoy yo ahora. Era jueves –«El polvo hay que quitar sin rechistar»– y ya se había puesto con la tarea; tenía toda su colección esparcida a su alrededor, y un trapo y esta foto de mi madre en las manos. En cuanto crucé el umbral, supe que algo no iba bien. Gran presentaba un aspecto desaliñado. Sus cabellos, que siempre llevaba en unos rizos perfectos, estaban despeinados. Se veían manchas en sus mejillas y tenía los ojos hinchados.

–¿Gran? –pregunté incluso antes de limpiarme las suelas de los zapatos–. ¿Estás bien?

Ella no contestó. Se limitó a observarme con una mirada perdida y glacial. Al cabo de unos instantes dijo:

–Mi niña, te lo diré tal cual. Tu madre. Está muerta.

Sentí que me quedaba pegada al suelo en el punto en que me encontraba. Sabía que mi madre estaba en algún lugar del mundo, pero, para mí, era una figura tan abstracta como la reina. Para mí era como si hubiese muerto años atrás. Pero para Gran significaba mucho, y eso era lo que me preocupaba.

Cada año, cuando se acercaba el Día de la Madre, Gran realizaba tres peregrinaciones diarias al buzón. Esperaba que hubiera una tarjeta de mi madre. En años anteriores, dichas tarjetas habían aparecido, firmadas con un garabato tembloroso. Gran se ponía siempre muy contenta.

–Ah, mi pequeña sigue viva en algún lugar –decía.

Pero, durante años, Día de la Madre tras Día de la Madre, las tarjetas no llegaron y Gran estaba triste durante el resto del mes. Yo trataba de compensarlo despilfarrando algunos ahorros en la felicitación más grande y alegre que encontraba, añadiendo un «Abuela» en vez de «Madre» y rellenando el interior con equis y oes uniformemente espaciadas, y con corazones rosas y rojos que yo misma coloreaba con mucho cuidado para no salirme de la silueta.

Cuando Gran me dijo que mi madre había muerto, no fue mi propio dolor el que experimenté. Fue el suyo.

No dejaba de llorar, algo tan poco propio de ella que me alteró.

Fui corriendo a su lado y le puse una mano en la espalda.

–Lo que necesitas es una buena taza de té –traté de animarla–. No hay casi nada en este mundo que no pueda curar una taza de té.

Salí disparada hacia la cocina y, con manos temblorosas, puse agua a hervir. Oía a Gran, que sollozaba en el suelo de la sala de estar. Cuando el agua estuvo lista, preparé dos tazas perfectas y las llevé a la sala de estar en la bandeja de plata de Gran.

–Bueno, ¿por qué no nos sentamos en el sofá?

Pero Gran no se movió. El trapo del polvo seguía en su mano, hecho una bola.

Me abrí camino por aquella carrera de obstáculos que conformaban sus tesoros y me hice un hueco junto a ella en el suelo. Dejé la bandeja a un lado, cogí las dos tazas de té y las coloqué ante nosotras. Posé de nuevo la mano en el hombro de Gran.

–¿Gran? –dije–. ¿Quieres sentarte? ¿Quieres tomar una taza de té conmigo?

Mi voz temblaba. Estaba aterrorizada. No había visto en mi vida a Gran tan débil y afectada, tan frágil como un pajarillo.

Al final, Gran se incorporó. Se secó los ojos con el trapo del polvo.

–Oh –dijo–. Té.

Gran y yo nos quedamos así, sentadas en el suelo, tomando el té rodeadas de figuritas Swarovski y cucharas de plata. La foto de mi madre estaba junto a nosotras, la invitada ausente.

Cuando Gran volvió a hablar, había recuperado su voz habitual, serena y firme:

–Mi niña, siento haberme disgustado tanto. Pero no te preocupes, ahora estoy mucho mejor.

Tomó un pequeño sorbo de té y me sonrió. No era su sonrisa habitual. Solo llegaba a la mitad de su cara.

Una pregunta me vino a la cabeza.

–Mi madre... ¿preguntó alguna vez por mí?

–Pues claro que lo hizo, niña. Cuando le daba por llamar, era a menudo para preguntar por ti. Yo la ponía al día, claro. Tanto como podía mientras se mantenía a la escucha. A veces no era mucho tiempo.

–¿Porque estaba indispuesta? –quise saber.

Era la palabra que Gran solía utilizar para explicar el motivo por el que mi madre se había marchado.

–Sí, porque estaba terriblemente indispuesta. Cuando me llamaba, solía hacerlo desde las calles. Pero cuando dejé de darle dinero, dejó de llamar.

–¿Y mi padre? –pregunté–. ¿Qué le sucedió?

–Como ya te he dicho muchas veces, era una manzana podrida. Traté de hacer que tu madre se diera cuenta. Incluso acudí a viejos amigos para que me ayudaran a convencerla, pero no sirvió de nada. –Gran hizo una pausa y tomó otro sorbo de té–. Mi niña, tienes que prometerme que jamás te mezclarás con drogas.

Sus ojos se llenaron de lágrimas.

–Lo prometo, Gran.

No sabía qué más decir, así que me acerqué a ella y la abracé. Sentí que se agarraba a mí de un modo completamente diferente. Fue la primera y única vez que sentí que la estaba abrazando yo, en lugar de ella a mí.

Cuando nos separamos, no sabía cuáles eran los modales correctos.

–Gran, ¿qué es lo que siempre dices, que cuando todo falla, ponte a limpiar?

Gran asintió.

–Mi niña, eres un tesoro. Eso es lo que eres. ¿Hacemos frente a este desorden juntas?

Y con aquellas palabras, Gran estuvo de vuelta. Quizá lo fingiera, pero mientras ordenábamos sus bagatelas recién desempolvadas y las colocábamos de nuevo en la vitrina, gorjeaba y parloteaba como si fuera un día cualquiera.

Después de aquello, nunca volvimos a hablar de mi madre.

Y aquí estoy yo ahora, en el mismo lugar en que estaba aquel día, rodeada por una colección de recuerdos. Pero esta vez estoy increíblemente sola.

–Gran –digo hacia la habitación vacía–, creo que estoy en un lío.

Coloco las fotografías en la parte superior de la vitrina. Limpio el polvo de todos y cada uno de los tesoros de Gran y los guardo sanos y salvos detrás del cristal. Me quedo de pie ante la vitrina, contemplando su contenido. No sé qué hacer.

«Quien tiene un amigo tiene un tesoro».

Hasta ahora me las he arreglado sola, pero quizá sea el momento de pedir ayuda.

Me dirijo hacia la puerta principal, donde he dejado el teléfono. Lo cojo y marco el número de Rodney.

–Hola, Rodney –saludo–. Espero que no sea un mal momento.

–No, todo bien –asegura–. ¿Qué pasa? Te he visto irte del hotel con la policía. Todo el mundo habla de ello, dicen que estás metida en un lío.

–Siento decir que, en este caso en concreto, quizá los rumores sean correctos.

–¿Qué quería la policía?

–La verdad –explico–. Sobre mí. Sobre Giselle. El señor Black no murió por sobredosis. No exactamente.

–Oh, gracias a Dios. ¿Y de qué murió?

–Todavía no lo saben. Pero lo que está claro es que sospechan de mí. Y quizá también de Giselle.

–Pero... tú no les dijiste nada de ella, ¿verdad?

–No mucho.

–Ni tampoco mencionaste a Juan Manuel ni nada de eso, ¿no?

–¿Qué tiene que ver él con todo esto?

–Nada. Nada de nada. Así que... ¿por qué me has llamado?

–Rodney, necesito ayuda.

Se me quiebra la voz y me cuesta mantener la compostura.

Rodney guarda silencio durante unos instantes y a continuación pregunta:

–¿Fuiste tú quien... mató al señor Black?

–¡No! Por supuesto que no. ¿Cómo podrías pensar que...?

–Lo siento, lo siento. Olvida que lo he dicho. ¿Y por qué estás en un lío?

–Giselle me hizo volver a la *suite* porque había olvidado algo. Una pistola. Quería recuperarla. Y ella es mi amiga, así que...

–Dios mío. –Se produce una pausa al otro lado de la línea–. De acuerdo.

–¿Rodney?

–Sí, aquí estoy –dice–. Así que... ¿dónde está ahora esa pistola?

–En mi aspirador. Al lado de mi taquilla.

–Tenemos que recuperar esa pistola. Tenemos que hacerla desaparecer –anuncia Rodney.

Noto la inquietud en su voz.

–¡Sí! ¡Eso es! –exclamo–. Oh, Rodney, siento involucrarte en esto. Y, por favor, si la policía te pregunta algo, tienes que decirles que no soy mala persona, que no le haría daño a nadie.

–No te preocupes, Molly. Yo me ocuparé de todo.

Siento que una ráfaga de gratitud me invade el pecho, amenazando con salir en forma de lágrimas y sollozos, pero no voy a permitir que eso ocurra por si Rodney lo encuentra inapropiado. Quiero que esta experiencia nos una, no que nos separe. Respiro hondo y me contengo.

–Gracias, Rodney. Eres un buen amigo. Más que eso, diría. No sé qué haría sin ti.

–Te cubro las espaldas –dice.

Pero hay más. Temo que, cuando escuche el resto, se aleje de mí para siempre.

–Hay otra... cuestión –comienzo a decir–. La alianza del señor Black. La encontré en la *suite*. Y, bueno... Me resulta muy difícil de admitir, pero recientemente he tenido ciertos apuros económicos. Hoy he llevado el anillo a una tienda de empeños para poder pagar el alquiler.

–¿Que... que hiciste qué?

–Está en el escaparate de una tienda del centro.

–Esto es increíble. De verdad que es increíble –responde.

Por su tono, me da la sensación de que casi se está riendo, como si fueran las mejores noticias del mundo. No lo encontrará gracioso, ¿verdad? Me sorprendo al pensar que las carcajadas y las risas son como las sonrisas. La gente las utiliza para expresar un sinfín de emociones desconcertantes.

–He cometido un terrible error –confieso–. Nunca pensé que volverían a interrogarme. Creía que ya habían terminado conmigo. Si la policía descubre que he empeñado la alianza del señor Black, parecerá que lo he matado para obtener un beneficio económico. ¿No lo ves?

–Claro que lo veo –dice Rodney–. Vaya, esto es... increíble. Escucha, todo va a salir bien. Déjalo todo en mis manos.

–¿Harás desaparecer la pistola? ¿Y el anillo? No debería haberlo cogido. No estuvo bien. ¿Lo comprarás de nuevo y te asegurarás de que nadie lo vea? Te devolveré el dinero algún día. Tienes mi palabra.

–Molly, como ya te he dicho, déjalo todo en mis manos. ¿Estás en casa?

–Sí.

–Esta noche no salgas, ¿de acuerdo? No vayas a ninguna parte.

–Nunca lo hago, Rodney –aseguro–. No sé cómo agradecértelo.

–Para eso están los amigos, ¿no? Para sacarse de apuros.

–Correcto. Para eso están los amigos. –Hago una pausa y, a continuación, añado–: ¿Rodney?

Estoy a punto de decirle que quiero ser más que una amiga para él, pero ya es demasiado tarde. Ha colgado sin despedirse. Lo he metido en un buen lío y no quiere perder ni un minuto.

Cuando todo esto termine, me lo llevaré a un *Tour* de Italia con todos los gastos pagados. Nos sentaremos en nuestro reservado en el Olive Garden, bajo el cálido resplandor de la lámpara colgante, y comeremos montañas de ensalada y pan, seguidos de un universo de pasta, todo coronado por un bufé de postres dulces. De algún modo, cuando todo esto termine, la cuenta será para mí.

Pagaré por todo esto. Sé que lo haré.

RGH

Jueves

REGENCY GRAND HOTEL

CAPÍTULO 15

A la mañana siguiente estoy en el hotel, y sé que voy retrasada, muy retrasada. Ya puedo trabajar y esforzarme al máximo, ya puedo limpiar un montón de habitaciones porque sé que no soy capaz de mantener el ritmo. Acabo una habitación y una puerta de obsidiana al final del pasillo, como si fuera unas enormes fauces abiertas, me conduce a la siguiente habitación. Hay suciedad por todas partes –arenilla enterrada entre el pelo de todas las alfombras, surcos en todos los espejos, manchurrones de grasa en las mesas de cristal y unas huellas dactilares de aspecto sangriento por todas las sábanas deshechas–. De repente, estoy subiendo la gran escalera del vestíbulo, desesperada por marcharme. Mis manos se aferran como garras a las serpientes doradas de los pasamanos y resbalan al tocarlas. Los pequeños ojos de los reptiles me miran con aire familiar y, a continuación, pestañean y cobran vida bajo mis dedos. A cada paso que doy, una nueva serpiente se despierta: Cheryl, el señor Snow, Wilbur, los dos gigantes tatuados, el señor Rosso, la detective Stark, Rodney, Giselle y, finalmente, el señor Black.

–¡No! –grito.

Entonces oigo que alguien llama a la puerta. Me incorporo sobresaltada, con el corazón desbocado.

–¿Gran? –respondo.

Entonces, como cada mañana, lo recuerdo. Estoy sola en el mundo.

Toc. Toc. Toc.

Compruebo el teléfono. No son ni las siete de la mañana, así que la alarma todavía no ha sonado. ¿Quién en su sano juicio llama a mi puerta a estas horas? Entonces recuerdo al señor Rosso, que me debe el recibo del alquiler.

Me obligo a salir de la cama y me pongo las zapatillas.

–¡Ya voy! ¡Un momento! –grito.

Me sacudo la pesadilla de encima y recorro el pasillo hasta la puerta principal. Deslizo el pestillo y, a continuación, giro el cerrojo y abro la puerta de par en par.

–Señor Rosso, aunque le agradezco de verdad que me traiga...

Pero me detengo de golpe a media frase, porque no es el señor Rosso el que está en la puerta.

Un imponente y joven agente de policía, con las piernas abiertas, bloquea el paso de la luz. Detrás de él hay dos policías más: un hombre de mediana edad que podría salir perfectamente en *Colombo* y la detective Stark.

–Oh, disculpen. No voy vestida como es debido –digo.

Me aferro al cuello del pijama, que era de Gran –de franela rosa con un sinfín de teteras multicolor–. No es manera de dar la bienvenida a unos invitados, incluso a unos que han sido lo suficientemente maleducados como para presentarse sin avisar a estas horas de la mañana.

–Molly –empieza a decir la detective Stark, dando un paso adelante y colocándose ante el joven agente–. Quedas detenida por posesión ilegal de un arma de fuego, posesión de drogas y homicidio en primer grado. Tienes derecho a permanecer en silencio. Cualquier cosa que digas podrá utilizarse en tu contra. Tienes derecho a llamar a un abogado y a que esté presente durante los interrogatorios.

La cabeza me da vueltas. El suelo se balancea bajo mis pies. Unas diminutas teteras giran y giran ante mis ojos.

—¿Alguien quiere una taza de...?

Pero no puedo terminar la pregunta, porque se me nubla la vista.

La última cosa que recuerdo son mis rodillas convirtiéndose en mermelada y el mundo volviéndose negro.

Cuando recupero la consciencia, estoy en un calabozo, tumbada sobre un diminuto catre gris. Recuerdo haber abierto la puerta del piso, mi sorpresa ante la lectura de mis derechos como si fuera una serie de televisión. ¿Ha sido real? Me incorporo poco a poco. Contemplo la pequeña habitación con barrotes. Sí, todo es real. Estoy en una celda, probablemente en el sótano de la misma comisaría que he visitado en dos ocasiones para que me interrogaran.

Tomo aliento un par de veces y me obligo a guardar la calma. Huele a sequedad y polvo. Todavía llevo el pijama, lo que me sorprende, puesto que es un atuendo de lo más inadecuado para esta situación. El catre en el que estoy sentada está manchado con lo que Gran llamaría «suciedad insalvable» —sangre y unos círculos de color amarillo que pueden ser muchas cosas que no quiero ni imaginar—. Este catre es un ejemplo de un objeto perfectamente útil que tendría que desecharse de inmediato porque simplemente no hay manera de que recobre su estado ideal.

Me pregunto qué nivel de higiene tiene el resto de la celda. Se me ocurre que trabajar como limpiadora de un lugar así debe ser mucho peor que el de camarera de hotel. Imagino la plétora de bacterias y suciedad que se ha acumulado aquí durante años. No, no puedo pensar en eso.

Pongo los pies con las zapatillas en el suelo.

«Da gracias por lo que tienes».

Lo que tengo. Estoy a punto de empezar, pero cuando bajo la mirada hacia las manos veo que están mancilladas. Manchadas. Tengo unas marcas negras y oscuras de tinta en cada dedo. Entonces lo recuerdo. Mientras estaba tumbada en el catre de esta celda estrecha e infestada de gérmenes, dos agentes de policía guiaron mis dedos hacia un secante de tinta negra como el carbón. Ni siquiera tuvieron la decencia de permitir que me lavara las manos al finalizar, pese a que lo pedí. Después de eso, no recuerdo mucho más. Quizá volví a desmayarme. Es difícil saber cuánto tiempo ha transcurrido. Podrían haber sido cinco minutos o cinco horas.

Antes de que pueda pensar en nada más, el joven agente que vi ante la puerta de mi piso aparece al otro lado de los barrotes.

–Ya te has despertado –dice–. Estás en comisaría, ¿lo entiendes? Te has desmayado en la puerta de tu casa y aquí dentro. Te hemos leído tus derechos. Estás detenida. Por múltiples cargos. ¿Lo recuerdas?

–Sí.

No puedo recordar exactamente por qué me han arrestado, pero con casi toda seguridad tendrá relación con la muerte del señor Black.

La detective Stark aparece tras el joven agente. Ahora lleva ropa de calle, aunque eso no consigue disminuir el miedo que siento en el preciso instante en que su mirada se cruza con la mía.

–Yo me ocupo –anuncia–. Molly, acompáñame.

El joven agente hace girar una llave en la puerta de la celda y espera a que salga.

–Gracias –le digo al pasar ante él.

La detective Stark abre el camino. Detrás de mí, va el joven agente, con lo que me encajonan. Me escoltan por un pasillo donde hay otras tres celdas. Trato de no mirar en su interior, pero es en vano. Por el rabillo del ojo veo a un hombre de rostro cetrino y llagado, que se agarra a los barrotes de la celda. Frente a él, una joven con la ropa rasgada está tumbada sobre el catre, llorando.

«Da gracias por lo que tienes».

Subimos unos peldaños. Evito tocar los pasamanos, que están cubiertos de suciedad y mugre. Al final, llegamos a la ya familiar sala en la que he estado dos veces. La detective Stark enciende las luces.

–Siéntate –me ordena–. Has estado aquí tantas veces que ya debes sentirte como en casa.

–Esto no tiene nada que ver con mi casa –digo, con la voz afilada, cortante y aguda.

Me siento en la silla coja tras la mesa blanca y sucia, con cuidado de no apoyarme en el respaldo. Siento los pies fríos pese a las zapatillas forradas.

El joven agente entra con un café en un espantoso vaso de poliestireno, dos minienvases monodosis de leche y una magdalena en un plato de cartón. Y una cuchara de metal. Lo deposita todo sobre la mesa y después se marcha. La detective Stark cierra la puerta tras él.

–Come –me dice–. No queremos que te vuelvas a desmayar.

–Muy amable –replico, porque se supone que cuando alguien te ofrece comida, debes dar las gracias. No creo que lo haga por amabilidad, pero apenas importa. Me muero de hambre. Mi cuerpo reclama comer. Lo necesito para continuar, para aguantar lo que viene.

Tomo la cuchara y le doy la vuelta. Hay una masa seca de materia gris en la parte de abajo. La deposito inmediatamente donde estaba.

–¿Quieres leche con el café? –me pregunta la detective Stark, que se ha sentado frente a mí al otro lado de la mesa.

–Solo un poco, gracias.

Coge el minienvase, lo abre y lo vierte en el vaso.

–¡No! –grito al ver que toma la repugnante cuchara y se dispone a removerlo–. Lo prefiero sin mezclar.

Ella me lanza una de esas miradas suyas que cada vez me resultan más fáciles de interpretar: burla y asco. Me tiende el vaso de poliestireno, que hace ese sonido chirriante tan horroroso al cogerlo. No puedo evitar que me dé dentera.

La detective Stark empuja el plato con la magdalena y me lo acerca.

–Come –dice de nuevo; no es una invitación, sino una orden.

–Muchísimas gracias.

Le quito el envoltorio a la magdalena y, a continuación, la parto en cuatro trozos iguales. Me llevo un cuarto a la boca. Cereales con pasas. Mis magdalenas preferidas: densas y ricas en nutrientes, con explosiones aleatorias de dulzor. Es como si la detective Stark conociera mis gustos, aunque, por supuesto, no es así. Solo Colombo lo habría averiguado.

Trago el bocado y bebo un par de sorbos de café amargo.

–Delicioso –afirmo.

La detective Stark suelta una risotada. Creo que es una risotada de verdad. No se podría decir de otra manera. Se cruza de brazos. Esto podría significar que tiene frío, pero lo dudo. Desconfía de mí, y el sentimiento es mutuo.

–Comprendes que hemos presentado cargos contra ti, ¿verdad? Por posesión ilegal de armas de fuego, por posesión de drogas y por homicidio en primer grado –anuncia.

Casi me atraganto con el café.

–Eso es imposible –aseguro–. No le he hecho daño a un alma en mi vida, y menos aún he asesinado a alguien.

–Mira, pensamos que mataste al señor Black. O que tuviste algo que ver. O que sabes quién lo hizo. El informe de la autopsia ha llegado. Es concluyente, Molly. No fue un infarto. Lo asfixiaron. Por eso murió.

Me meto otro trozo de magdalena en la boca y me concentro en masticar. Es recomendable masticar cada bocado de diez a veinte veces. Gran solía decir que es bueno para la digestión. Empiezo a contar mentalmente.

–En el hotel, cuando haces las camas, ¿cuántas almohadas dejas? –me pregunta la detective Stark.

Evidentemente sé la respuesta, pero tengo la boca llena. Sería de mala educación responderle ahora mismo.

–Cuatro –declara la detective antes de que esté lista para contestar–. Cuatro almohadas por cama. Lo he verificado con el señor Snow y otras camareras. Pero solo había tres almohadas sobre la cama del señor Black cuando llegué a la escena del crimen. ¿Qué ocurrió con la cuarta almohada, Molly?

Seis, siete, ocho. Trago el bocado y estoy a punto de hablar, pero antes de hacerlo, la detective golpea con las dos manos la mesa que nos divide, lo que casi me hace dar un brinco.

–¡Molly! –brama–. Acabo de insinuar que has matado a un hombre a sangre fría con una almohada, y tú te quedas ahí, comiéndote tan tranquila una magdalena.

Hago una pausa para regular mi pulso, que está desbocado. No estoy acostumbrada a que me griten o a que me acusen de atroces crímenes. Lo encuentro de lo más desconcertante. Sorbo el café para calmar los nervios. Y a continuación, hablo:

–Se lo diré con otras palabras, detective. Yo no maté al señor Black. Y le puedo asegurar que no lo asfixié con una almohada. Y para que conste, es imposible que estuviera en posesión de drogas. Nunca he visto ni he probado ninguna en mi vida. Para que conste también, fueron las que mataron a mi madre. Y casi matan a mi abuela al romperle el corazón.

–Nos has estado mintiendo, Molly. Sobre tu conexión con Giselle. Ella nos ha contado que frecuentabas la *suite* de los Black mucho después de haber terminado de limpiar y que mantenías conversaciones de carácter personal con ella. También nos ha dicho que cogiste dinero de la cartera del señor Black.

–¿Cómo? ¡Es un malentendido! Giselle seguro que ha querido decir «aceptar». Ella me daba el dinero. –Paseo la mirada desde la detective hacia la cámara que parpadea en la esquina de la habitación–. Giselle siempre me daba unas propinas generosas sin que yo pidiera nada. Era ella la que cogía dinero de la cartera del señor Black, no yo.

Los labios de la detective Stark son una delgada línea recta. Yo me aliso el pijama y me enderezo.

–Después de todo lo que he dicho, ¿el único punto que quieres aclarar es ese?

Los ángulos rectos de la habitación empiezan a combarse y doblarse. Respiro hondo para calmarme, esperando a que la mesa vuelva a tener esquinas en lugar de curvas.

Es demasiada información y no soy capaz de procesarlo todo. ¿Por qué la gente no se limita a decir lo que en realidad quieren decir? Comprendo que ha hablado con Giselle otra vez, pero me parece imposible pensar que Giselle me haya dejado mal. No haría una cosa así, no a una amiga.

Me empiezan a temblar las manos y un estremecimiento me recorre todo el cuerpo. Alargo el brazo hacia el vaso de poliestireno y casi se me cae cuando me apresuro a llevármelo a los labios.

Tomo rápidamente una decisión.

–Tengo algo que aclarar –digo–. Es cierto que Giselle se confió a mí y que yo la considero, la consideraba, mi amiga.

Siento no habérselo dejado completamente claro en nuestras conversaciones anteriores.

La detective Stark asiente.

–¿No habérmelo dejado completamente claro? Ya... ¿Hay algo más que decidieras «no dejar completamente claro»?

–Sí. De hecho, sí lo hay. Mi abuela siempre decía que si no tienes nada bueno que decir sobre una persona, es mejor no decir nada. Y esta es la razón por la que apenas dije nada del señor Black. Pero debe saber que el señor Black estaba bastante lejos de la imagen de magnífico vip que todo el mundo tiene de él. Quizá debería investigar a sus enemigos. Ya le dije que lastimó físicamente a Giselle. Era un hombre muy peligroso.

–¿Lo bastante peligroso como para que le dijeras a Giselle que estaría mejor sin él?

–Yo nunca he...

Pero me detengo en mitad de la frase porque, en realidad, sí he pronunciado esas palabras. Ahora lo recuerdo. En aquel momento lo pensaba de verdad, y sigo pensándolo.

Me lleno la boca con un trozo de magdalena. Es un alivio tener una razón legítima para no hablar. Regreso a la norma de Gran sobre la manera de masticar. Uno, dos, tres...

–Molly, he estado hablando con muchas colegas tuyas. ¿Sabes cómo te describen?

Detengo la cuenta y niego con la cabeza.

–Dicen que eres una persona difícil. Reservada y distante. Meticulosa. Un auténtico bicho raro. Una rarita. Y cosas mucho peores.

Alcanzo el número diez en la cuenta y trago, aunque no surte efecto a la hora de aliviar el nudo que se me ha formado en la garganta.

–¿Sabes que más me dijeron algunas de tus colegas sobre

ti? –continúa la detective Stark–. Afirmaron que podían imaginarte con toda claridad matando a alguien.

Cheryl, por supuesto. Solo ella podría decir algo tan atroz.

–No me gusta hablar mal de la gente –respondo–, pero ya que usted me está presionando, Cheryl Green, jefa de camareras, limpia los lavamanos con los trapos de los inodoros. Y no es ningún eufemismo. Es literal. Llama para decir que está enferma cuando se encuentra en perfecto estado. Espía y fisgonea el interior de las taquillas de la otra gente. Y roba las propinas. Si es capaz de robar y cometer crímenes sanitarios, ¿hasta qué punto podría llegar?

–¿Y hasta qué punto podrías llegar tú, Molly? Robaste la alianza del señor Black y la empeñaste.

–¿Cómo? No la robé. La encontré. ¿Quién le ha dicho eso?

–Cheryl te siguió hasta la casa de empeños. Sospechaba que tramabas algo. Encontramos el anillo en el escaparate, Molly. El dependiente dio una descripción que concuerda contigo perfectamente: alguien que pasa desapercibida hasta que habla. El tipo de persona fácil de olvidar en la mayoría de las circunstancias.

Mi pulso está desbocado. No consigo pensar con claridad. Esto refleja mal mi manera de ser y me veo obligada a repararlo.

–No debería haber empeñado ese anillo. Mentalmente, apliqué la regla incorrecta, la de «quien lo encuentra se lo queda», cuando debería haber utilizado la de «no hagas a los demás lo que no quieres que te hagan a ti». Me arrepiento de esa elección, pero eso no me convierte en una ladrona.

–Has robado otras cosas –asegura la detective.

–No lo he hecho –digo, cruzándome de brazos para remarcar mi desdén en un lenguaje postural que expresa con claridad mi indignación.

–El señor Snow te ha visto robar comida de bandejas abandonadas. Y pequeños envases de mermelada.

Siento que se me cae el estómago a los pies, como ocurre cuando el ascensor del hotel se estropea. No sé qué supone más humillación, que el señor Snow me haya visto hacerlo o que nunca me lo haya mencionado.

–Dice la verdad –admito–. He recuperado desechos de comida, comida que habría terminado en la basura de cualquier modo. Esto es «quien no malgasta, no pasa necesidades». No es robar.

–Es todo cuestión de grados, Molly. Una de tus colegas, también camarera, ha dicho que le preocupa que no seas capaz de reconocer una situación de peligro.

–Sunitha –murmuro–. Para que conste, es una camarera excelente.

–No son sus antecedentes los que están en juego aquí ahora mismo.

–¿Ha hablado con el señor Preston? Seguro que responderá por mí.

–Sí, hemos hablado con el portero. Dijo que eras «inocente», una elección de palabras bastante interesante por cierto, y también que deberíamos buscar la porquería en otro lado. Mencionó a los miembros de la familia Black y a algunos extraños personajes que entraban y salían por la noche. Pero parecía empeñado en protegerte, Molly. Sabe que algo huele a podrido en Dinamarca.

–¿Y qué tiene que ver Dinamarca en todo esto? –pregunto.

La detective Stark lanza un sonoro suspiro.

–Joder, menudo día me espera.

–¿Y Juan Manuel? ¿El lavaplatos? –pregunto–. ¿Han hablado con él?

–¿Y por qué íbamos a hacerlo, Molly? De todos modos, ¿quién es?

El hijo de una madre, el sustento de una familia, otra invisible abeja obrera de la colmena. Pero decido no ir más allá. La última cosa que le deseo es que se vea envuelto en un lío. En lugar de eso, nombro a la única persona que estoy segura de que hablará bien de mí y de mi formalidad.

–¿Han hablado con Rodney, el camarero del Social?

–De hecho, así es. Dijo que pensaba, y cito textualmente, que eras «más que capaz de cometer un asesinato».

Toda la energía que ha mantenido mi columna vertebral recta se disipa en un instante. Me hundo y bajo la mirada hacia el regazo, hacia mis manos. Las manos de una camarera. Manos trabajadoras. Ásperas y secas, pese al bálsamo que me pongo, con las uñas cortadas pulcramente y callos en las palmas. Las manos de una mujer de mucha más edad de la que en realidad tengo. ¿Quién va a querer estas manos y el cuerpo al que están unidas? ¿Cómo se me ocurrió pensar que Rodney lo iba a querer?

Si ahora alzo la mirada hacia la detective Stark, sé que las lágrimas me brotarán de los ojos, así que me concentro en las pequeñas y alegres teteras de mi pijama, de un color rosa vivo, azul celeste y amarillo narciso.

Cuando la detective habla, su voz es más suave que antes.

–Tus huellas estaban por toda la *suite* de los Black.

–Por supuesto que lo estaban. Limpiaba su habitación cada día.

–¿Y también limpiaste el cuello del señor Black? Porque allí también encontramos rastros de tu producto de limpieza.

–¡Porque antes de pedir ayuda comprobé su pulso!

–Tenías varios planes para matarlo, Molly, así que ¿por qué al final escogiste la asfixia en lugar de la pistola? ¿De verdad creías que no te iban a pescar?

No pienso levantar la mirada. No voy a hacerlo.

–Encontramos el arma en tu aspirador.

Siento que se me retuercen las entrañas. El dragón que rechina y se enrosca.

–¿Y qué se supone que hacían hurgando en mi aspirador?

–¿Qué se supone que hacías tú, Molly, con una pistola escondida en su interior?

Mi pulso está desbocado. La única persona aparte de mí que sabía lo del anillo y lo de la pistola era Rodney. No soy capaz de hacerlo. No consigo juntar las piezas en mi cabeza.

–Hemos llevado tu carro de limpieza a analizar –anuncia la detective Stark–. Y ha dado positivo en restos de cocaína. Sabemos que tú no eres la cabecilla en este asunto, Molly. No eres lo bastante lista para serlo. Creemos que Giselle te presentó al señor Black y te preparó para trabajar para él. Creemos que tú y el señor Black os conocíais bien y que lo ayudabas a tapar la lucrativa operación de tráfico de drogas que estaba llevando a cabo a través del hotel. Algo no debió de ir bien entre vosotros dos. Puede que te enfadaras con él y que tomaras represalias matándolo. O quizá estabas ayudando a Giselle a salir de un bache. De cualquier modo, estuviste implicada. Así que, como ya te dije, esto puede ir de dos maneras. Puedes declararte culpable ahora mismo de todos los cargos, incluido el de homicidio en primer grado. El juez tendrá en cuenta tu rápida declaración de culpabilidad y confesión. Un arrepentimiento temprano, junto con cualquier información que puedas proporcionar sobre el tráfico de drogas que se está llevando a cabo en el hotel, podrían rebajar bastante la pena.

Las teteras bailan en mi regazo. La detective sigue hablando, pero su voz suena pequeña, lejana, muy lejana.

–O podemos tomar el camino largo y lento. Podemos buscar más pruebas y acabar en los tribunales. De cualquier modo, Molly Maid, la fiesta ha terminado. Así que ¿cuál eliges?

Sé que no estoy pensando con claridad. Y no conozco la etiqueta apropiada ante una acusación de homicidio. De la nada, surge el recuerdo de *Colombo*.

–Antes me ha leído mis derechos –digo–. En la puerta de mi casa. Ha dicho que tengo derecho a consultar a un abogado. Si contrato a uno, ¿tendré que pagar sus servicios de inmediato?

La detective Stark pone los ojos en blanco. La exasperación se refleja de forma tan patente en su rostro que no puedo pasarla por alto.

–Por lo general, los abogados no suelen cobrar las visitas al momento –me informa.

Levanto la cabeza y la miro directamente a los ojos.

–En ese caso, me gustaría hacer una llamada, por favor. Solicito hablar con un abogado.

La detective Stark separa la silla de la mesa. Hace un sonido horrible. Estoy segura de que acaba de añadir una nueva marca a la plétora de las que ya hay en el suelo. Abre la puerta de la sala de interrogatorios y le dice algo al joven agente que está montando guardia en el exterior. Este saca un móvil de su bolsillo trasero y se lo tiende. Es mi móvil. ¿Qué está haciendo con mi móvil?

–Toma –dice la detective Stark, y lo deja caer sobre la mesa con un ruido metálico y sordo.

–Han cogido mi teléfono. ¿Quién les ha dado permiso?

Los ojos de la detective Stark se abren como platos.

–Tú lo hiciste –afirma–. Después de desmayarte en la celda, nos pediste insistentemente que cogiéramos tu teléfono por si más tarde necesitabas llamar a algún amigo.

La verdad es que no lo recuerdo, pero algo vago se revuelve en el fondo de mi consciencia.

–Muchas gracias –digo.

Cojo el teléfono y pulso «Contactos». Busco entre las ocho entradas que hay: Giselle, Gran, Cheryl Green, Olive Garden, señor Preston, Rodney, señor Rosso, señor Snow. Considero quién está de verdad de mi lado y quién no. Los nombres bailan ante mis ojos. Espero hasta poder ver con claridad. A continuación, escojo y marco. Oigo el tono. Alguien responde.

–¿Señor Preston? –digo.

–¿Molly? ¿Estás bien?

–Por favor, discúlpeme por molestarle a estas horas. Debe de estar preparándose para ir a trabajar.

–No, no. Hoy hago el último turno. Querida niña, ¿qué ocurre?

Miro a mi alrededor, a la austera sala de color blanco con las luces fluorescentes que caen a plomo sobre mí. La detective Stark me observa con su mirada glacial.

–Señor Preston, a decir verdad, no estoy muy bien. Me han detenido por homicidio. Y por otras cosas. Estoy retenida en la comisaría más cercana al hotel. Y... siento decir esto, pero me vendría bien su ayuda, de verdad.

CAPÍTULO 16

Una vez que he terminado de hablar con el señor Preston, la detective Stark tiende la mano hacia mí. De hecho, no sé para qué, así que cojo mi vaso de poliestireno vacío y se lo doy, pensando que ya hemos terminado y que está limpiando la mesa.

–¿Me estás vacilando? –suelta–. ¿Ahora piensas que soy tu criada?

Definitivamente, no. Si estuviera cerca de ser una doncella mínimamente decente, esta estancia no presentaría este aspecto –con manchurrones y rozaduras por todos sitios, sucia y mugrienta–. Con una simple servilleta y una botella de agua, nada más, podría aprovechar el tiempo limpiando esta pocilga.

La detective Stark me coge el teléfono de las manos.

–¿Va a devolvérmelo? Tengo contactos imprescindibles y detestaría perderlos.

–Te lo devolveremos –afirma–. Algún día. –Comprueba su reloj–. Bueno, ¿hay algo más que te gustaría decir mientras esperamos al abogado?

–Ruego me disculpe, detective. No se tome mi silencio como algo personal. Para empezar, nunca he sido muy buena en eso de charlar por charlar, y cuando me veo obligada a hacerlo, a menudo digo algo inconveniente. Y en segundo lugar, soy consciente de mi derecho de permanecer en silencio y voy a empezar a utilizarlo de inmediato.

–De acuerdo. Como quieras.

Después de lo que parece una eternidad de mil demonios, alguien llama con ímpetu a la puerta.

–Esto será interesante –declara la detective Stark mientras se levanta de la silla y va a abrir la puerta.

Es el señor Preston, vestido de civil. Casi nunca lo he visto sin su gorra y abrigo de portero. Lleva una camisa azul perfectamente planchada y unos pantalones vaqueros oscuros. Viene acompañado de una mujer con un atuendo mucho más formal: un traje sastre de color azul marino y un maletín de piel negro. Su pelo corto y rizado está muy bien peinado. Sus ojos castaño oscuro enseguida delatan quién es porque son iguales que los de su padre.

Me incorporo para saludarlos.

–Señor Preston –digo, casi incapaz de contener mi alivio al verlos. Mis movimientos son demasiado rápidos y me golpeo la cadera contra la mesa. Duele, pero no bloquea el torrente de palabras que sale de mi boca–: Estoy tan contenta de que esté aquí. Muchas gracias por venir. Se ve que me acusan de unas cosas terribles. Yo nunca le he hecho daño a nadie, nunca he tocado una droga en mi vida y la única vez que he tenido un arma entre las manos...

–Molly, soy Charlotte –me interrumpe la hija del señor Preston–. Como profesional, te aconsejo que ahora guardes silencio. Ah, y me alegro mucho de conocerte. Mi padre me ha hablado mucho de ti.

–Será mejor que alguno de ustedes sea abogado o voy a perder los papeles –amenaza la detective Stark.

Charlotte da un paso al frente, y sus tacones afilados resuenan sobre el suelo frío e industrial.

–Permítame que me presente. Charlotte Preston, de Billings, Preston & García –anuncia, mostrando a la agente su tarjeta de visita con un movimiento rápido.

–Querida niña –me dice el señor Preston–. Ya estamos aquí, así que ahora ya no tienes de qué preocuparte. Es todo un gran...

–Papá –dice Charlotte.

–Lo siento, lo siento –responde, y cierra la boca.

–Molly, ¿estás de acuerdo en que te represente?

No pronuncio palabra.

–¿Molly? –insiste.

–Me aconsejaste que no hablara. ¿Puedo hacerlo ahora?

–Lo siento. No he sido clara. Puedes hablar, pero no menciones nada que tenga relación con los cargos que se te imputan. Permíteme que te lo pregunte de nuevo: ¿estás de acuerdo en que te represente?

–Oh, sí, eso sería de gran ayuda –aseguro–. ¿Podríamos acordar un plan de pagos en otro momento más conveniente? –El señor Preston se pone la mano delante de la boca y tose–. Señor Preston, le ofrecería un pañuelo, pero me temo que no llevo uno encima.

Miro a la detective Stark, que niega con la cabeza.

–Por favor, no te preocupes por el pago ahora. Concentrémonos en sacarte de aquí –dice Charlotte.

–Ya sabe que para salir tiene que pagar una fianza de ochocientos mil dólares. Así que veamos... –dice la detective Stark, llevándose el dedo índice hacia los labios–. Creo que esa cantidad está algo por encima de las ganancias y activos de una camarera, ¿me equivoco?

–Tiene razón, detective –dice Charlotte–. Las camareras y los porteros a menudo cobran menos de lo que merecen y se los menosprecia. Pero ¿y los abogados? Nos ganamos la vida bastante bien. Según he oído, mejor que los detectives de la policía. Yo personalmente acabo de depositar la fianza en el mostrador de ahí afuera. –Charlotte sonríe a la detective Stark. Puedo asegurar con un cien por cien de certeza que no es una sonrisa amistosa. A continuación, se vuelve hacia mí y añade–: Molly, he conseguido una audiencia para la aprobación de la fianza al final de la mañana. No me permiten representarte allí, pero ya he registrado algunas cartas en tu nombre.

–¿Cartas? –pregunto.

–Sí, de mi padre, que ha proporcionado una declaración de buena conducta, y también una mía, garantizando el pago de la fianza. Si todo va bien, estarás libre esta tarde.

–¿De verdad? ¿Así de sencillo? ¿Me soltarán y todo habrá terminado?

La miro primero a ella y después al señor Preston.

–Eso lo veo difícil –interviene la detective Stark–. Estarás libre, pero te llevaremos a juicio. No pensamos retirar las acusaciones.

–¿Ese es tu teléfono? –me pregunta Charlotte.

–Sí.

–Se asegurará de que está bajo llave en un lugar seguro, ¿verdad, detective Stark? Ni se le ocurra presentarlo como prueba.

La detective Stark hace una pausa. Tiene la mano apoyada sobre la cadera.

–Este no es mi primer rodeo, vaquera. También tengo las llaves de su casa, por cierto. Ella misma insistió en que las guardara después de desmayarse.

La detective saca mis llaves del bolsillo y las deposita sobre la mesa. Si tuviera un trapo antiséptico, las cogería y las desinfectaría inmediatamente.

–Genial –dice Charlotte, recogiendo las llaves y el teléfono–. Hablaremos con el funcionario en el mostrador y nos aseguraremos de que los registran como objetos personales, no como pruebas.

–De acuerdo –responde la detective Stark.

El señor Preston me observa con ojos gachos y una arruga entre las cejas. Puede que esté muy concentrado, pero me parece más probable que sea por la inquietud que siente.

–No te preocupes –dice–. Estaremos esperándote después de la audiencia.

–Nos veremos al otro lado –añade Charlotte.

Y con estas palabras dan media vuelta y se marchan.

Una vez que se han ido, la detective Stark se limita a quedarse allí, en pie con los brazos cruzados, fulminándome con la mirada.

–¿Y ahora qué? –pregunto.

Me cuesta respirar.

–Tú y tus teteras regresáis a vuestro encantador calabozo y esperáis pacientemente la hora de la audiencia –responde la detective Stark.

Me aliso una y otra vez el pijama. En el exterior, el joven agente me espera para escoltarme de nuevo a esa celda repugnante.

–Muchas gracias –le digo a la detective antes de abandonar la estancia.

–¿Gracias por qué? –pregunta.

–Por la magdalena y el café. Espero que tenga una mañana mucho más agradable que la mía.

CAPÍTULO 17

Llevar pijama a primera hora de la tarde me provoca una sensación rarísima, y es en particular extraño presentarme en un juzgado con este atuendo tan sumamente inapropiado. Hace más o menos una hora, uno de los agentes de la detective Stark ha tenido la amabilidad de traerme en coche hasta aquí, y en este momento estoy sentada en un constreñido despacho de las instalaciones con un joven que oficiará de abogado en la audiencia para la fianza. Me ha preguntado mi nombre, ha revisado los cargos que se me imputan, me ha dicho que nos avisarán para ir a la sala cuando el juez esté listo y, a continuación, ha anunciado que tenía que responder varios correos electrónicos. Ha sacado el móvil y lleva prestándole su completa atención desde hace al menos cinco minutos. No tengo ni idea de qué se supone que tengo que hacer mientras tanto. No importa. Esto me da tiempo para serenarme.

Sé por la televisión que, como acusada, tendría que llevar una blusa limpia, abrochada hasta el cuello y unos pantalones formales. Ciertamente, no debería ir en pijama.

–Disculpe –digo al joven abogado–. ¿Cabría la posibilidad de ir a casa y cambiarme antes de la audiencia?

Me mira con el rostro contraído.

–No lo dices en serio –responde–. ¿Sabes la suerte que tienes de que la vista sea hoy?

–Lo digo en serio –replico–. Muy en serio.

Guarda el teléfono en el bolsillo del pecho.

–Vaya, pues voy a decirte algo...

–Excelente. Por favor, compártalo. Inmediatamente.

Pero no pronuncia ninguna palabra. Se limita a observarme con la boca abierta, lo que con toda seguridad quiere decir que he metido la pata, aunque no sé cómo.

Unos instantes después, comienza a acribillarme a preguntas.

–¿Has estado alguna vez en la cárcel?

–No hasta esta mañana.

–Eso no era la cárcel. La cárcel es mucho peor. ¿Tienes antecedentes penales?

–Mis antecedentes son impecables, muchas gracias.

–¿Piensas salir del país?

–Oh, sí. Me encantaría ir a las islas Caimán algún día. Me han dicho que es muy bonito. ¿Ha estado usted allí?

–Limítate a decirle al juez que no planeas salir del país –espeta.

–Como desee.

–La audiencia no durará mucho. Suelen ser bastante estándares, incluso para casos criminales como el tuyo. Trataré de conseguirte la libertad bajo fianza. Asumo que, al igual que cualquier acusado, eres inocente y quieres la libertad bajo fianza porque eres la que cuida de tu pobre abuela enferma, ¿verdad?

–Así era. Pero ya no. Ha muerto. Y soy inocente de todos los cargos, por supuesto.

–Claro, por supuesto –responde.

Agradezco su instantáneo voto de confianza.

Estoy a punto de entrar en los detalles de mi completa inocencia cuando su teléfono vibra en el interior del bolsillo.

–Nos toca –anuncia–. Vamos.

Salimos del pequeño despacho y me conduce por un corredor hasta una sala más grande con bancos en ambos lados y un amplio pasillo en el medio. Lo recorro junto a él hasta la parte delantera de la sala. Durante un momento, imagino una estancia similar con un pasillo similar, con la diferencia de que, en mi imaginación, voy vestida de novia y el hombre a mi lado no es este extraño, sino uno al que conozco muy bien.

Mis fantasías se ven interrumpidas bruscamente cuando mi joven abogado dice «Siéntate» y señala hacia una silla ante una mesa a la derecha del juez.

Mientras tomo asiento, la detective Stark entra en la sala y se acomoda en una silla idéntica frente a una mesa idéntica al otro lado del abismo que conforma el pasillo.

Siento que se me revuelven las entrañas. Junto las manos en el regazo y las aprieto con fuerza para calmar el temblor.

Alguien dice «En pie», y noto que el joven abogado me coge del codo y me ayuda a incorporarme.

El juez que preside la sala surge de detrás de una puerta en la parte trasera y se dirige arrastrando los pies hasta su estrado, donde toma asiento con un gruñido audible.

Me recuerda a una rana cornuda brasileña, y no lo digo con mala intención. Gran y yo vimos un documental formidable sobre la selva tropical del Amazonas y sobre la rana. Una criatura única. Tiene una boca larga y vuelta hacia abajo y unas cejas protuberantes, casi como el juez que tengo delante.

La audiencia empieza de inmediato, y el juez le da la palabra a la detective Stark, que presenta los cargos que se me imputan. Dice muchas cosas sobre el caso Black y sobre mi implicación en él. Hace que parezca una persona poco honrada. Pero lo que más me duele es el final de su diatriba.

–Señoría, los cargos contra Molly Gray son muy serios. Y pese a que soy muy consciente de que la acusada ante usted presenta una imagen de inocencia y nulo riesgo de fuga, ha demostrado que no es de fiar. Al igual que sucede con el lugar en el que trabaja, el Regency Grand, del que se podría decir por su apariencia que es un hotel elegante y distinguido, cuanto más ahondamos en la vida de Molly y su lugar de trabajo, más mugre destapamos.

De poder hacerlo y de ser la persona indicada para hacerlo, golpearía con el mazo y gritaría «¡Protesto!», igual que hacen en la tele.

El juez no se mueve en absoluto, pero la interrumpe:

–Detective Stark, ¿me permite recordarle que el hotel no es el motivo de enjuiciamiento de esta audiencia? ¿Puede usted ir al grano?

La detective Stark carraspea.

–La cuestión es que empezamos a sospechar de la naturaleza de la conexión entre Molly Gray y el señor Black. Hemos obtenido pruebas fehacientes de actividades ilegales entre el señor Black y la aparentemente inocente y joven camarera que está ante usted. Albergo profundas dudas sobre su integridad moral y su habilidad para respetar la ley. En otras palabras, señoría, es un claro ejemplo de que las apariencias engañan.

Encuentro estas últimas palabras increíblemente insultantes. Puede que tenga mis defectos, pero sugerir que no sigo las reglas es un disparate y una tontería. He dedicado toda mi vida a eso, incluso pese a que las reglas son del todo incompatibles con mi forma de ser.

El juez requiere al joven abogado que hable en mi nombre. Lo hace con rapidez, moviendo los brazos con dramatismo.

Explica que tengo unos antecedentes irreprochables, que llevo una vida tristemente tranquila, que tengo un trabajo insignificante y mal retribuido que ofrece cero riesgos de fuga, que nunca he salido del país y que he vivido en la misma dirección durante veinticinco años, es decir, durante toda mi vida.

Para concluir, plantea una pregunta:

–¿Concuerda esta joven con el perfil de una peligrosa criminal a punto de darse a la fuga? Por favor... Mírenla bien. Algo no cuadra.

La papada de rana del juez descansa entre sus manos. Tiene los ojos caídos y medio cerrados.

–¿Quién paga la fianza? –pregunta.

–Una amistad de la acusada –contesta el joven abogado.

El juez examina un papel.

–¿Charlotte Preston? –Los ojos del juez se abren ligeramente y se posan sobre mí–. Por lo que veo, tiene usted amigos poderosos.

–Por lo general, no, señoría –contesto–. Pero en los últimos tiempos, sí. También me gustaría disculparme por mi atuendo del todo inapropiado. Me detuvieron en la puerta de mi casa a primera hora de la mañana y no tuve oportunidad de vestirme con el respeto que merece su tribunal.

No sé si se me permitía hablar, aunque ya está hecho. Mi joven abogado tiene la boca abierta de par en par, pero no me ofrece ninguna pista sobre qué tengo que hacer o decir.

Después de una pausa considerable, el juez dice:

–No vamos a juzgarla por sus teteras, señorita Gray, sino por su propensión a obedecer las normas y no moverse del sitio.

Sus impresionantes cejas ondulan, acentuando las palabras.

–Son buenas noticias, señoría. De hecho, se me da muy bien obedecer las reglas.

–Es bueno saberlo –responde.

El joven abogado sigue completamente callado. Como no osa pronunciar una palabra en mi defensa, continúo:

–Señoría, me considero en extremo afortunada por haber conseguido trabar amistad con un par de personas por encima de mi posición, pero, como ve, soy solo una camarera. Una camarera de hotel. A la que han acusado en falso.

–Señorita Gray, no está ante un jurado hoy. Quiero que entienda que si le concedemos la libertad bajo fianza, sus movimientos se verán restringidos. Solo su casa, el trabajo y la ciudad.

–Eso resume con precisión las circunnavegaciones de mi vida hasta el día de hoy, señoría, excepto por los documentales televisivos de viajes y naturaleza, los cuales asumo que no cuentan puesto que ocurren en la relativa comodidad de una butaca. No tengo intención ni viabilidad financiera de expandir mi alcance geográfico, como tampoco sabría viajar yo sola. Me preocuparía demasiado no conocer las reglas de un lugar extraño y acabar... Bueno, acabar haciendo el ridículo. –Hago una pausa y entonces me doy cuenta de la metedura de pata–. Señoría –añado apresuradamente con una reverencia.

Un lado de la larga y anfibia boca del juez se curva en algo similar a una sonrisa.

–No me gustaría en absoluto que uno de los hoy presentes en esta sala hiciera el ridículo –manifiesta y, a continuación, observa a la detective Stark, quien, por primera vez en toda la audiencia, no lo mira a los ojos–. Señorita Gray, le concedo la libertad provisional bajo fianza. Puede irse.

CAPÍTULO 18

Por fin, tras muchos formularios y formalidades, me hundo en la piel afelpada del asiento trasero del lujoso coche de Charlotte Preston. Una vez fuera de la sala, me han enviado con una secretaria que ha asegurado que conocía bien a Charlotte y que me llevaría de vuelta con ella. Me ha conducido hasta una puerta trasera, donde el señor Preston y su hija, tal como habían prometido, me estaban esperando. Rápidamente, nos hemos marchado en este coche. Soy libre, al menos de momento.

El reloj en el salpicadero del coche de Charlotte me dice que es la una de la tarde. Creo que este vehículo es un Mercedes, pero como no he tenido nunca un coche y solo subo a ellos en contadas ocasiones, no estoy al corriente de las marcas más lujosas. El señor Preston ocupa el asiento del copiloto y Charlotte conduce.

Me siento enormemente agradecida por estar en este coche en lugar de en la sala o en ese asqueroso calabozo del sótano de la comisaría. Supongo que debería concentrarme en el lado bueno de las cosas y no en el desagradable. Este día me ha traído muchas nuevas experiencias y Gran solía decir que las nuevas experiencias abren puertas que llevan al crecimiento personal. No estoy muy segura de que las puertas que se me han abierto hoy me hayan gustado mucho, pero confío con sinceridad en que me aporten un crecimiento personal a la larga.

–Papá, tienes las llaves y el teléfono de Molly, ¿verdad?

–Ah, sí. Gracias por recordármelo –responde el señor Preston.

Saca los objetos del bolsillo y me los devuelve.

–Gracias, señor Preston. ¿Puedo saber adónde vamos? –se me ocurre preguntar en ese momento.

–A tu casa, Molly. Te llevamos a casa –anuncia Charlotte.

El señor Preston se gira desde el asiento del copiloto para hablarme cara a cara.

–Ahora no debes preocuparte de nada, Molly. Charlotte va a ayudarte, como abogada de oficio, y no nos rendiremos hasta que todo haya vuelto a la normalidad, hasta que todo esté en orden.

–Pero ¿y qué pasa con la fianza? –pregunto–. No dispongo de esa cantidad de dinero ni por asomo.

–No pasa nada, Molly –dice Charlotte sin apartar los ojos de la carretera–. En realidad, no tengo que pagarla, solo si huyes.

–Bueno, no pienso hacer nada de eso –manifiesto, asomándome entre el espacio en medio de los dos asientos delanteros.

–Al parecer, el viejo juez Wight se ha formado la misma impresión, y bastante rápido, según me han dicho.

–¿Cómo has podido enterarte tan pronto? –pregunta el señor Preston.

–Por los funcionarios, los ayudantes, los taquígrafos. A la gente le gusta hablar. Si los tratas bien, te proporcionan información de primera mano. Sin embargo, la mayoría de los abogados los tratan a patadas.

–Así va el mundo –comenta el señor Preston.

–Eso me temo. También me han dicho que el juez Wight no tiene prisa alguna por filtrar el nombre de Molly a la prensa. Me parece que sabe que Stark se ha equivocado de presa.

–No entiendo cómo ha podido ocurrir todo esto –intervengo–. Solo soy una camarera que trata de hacer su trabajo lo mejor que sabe. Soy... soy inocente de todos esos cargos.

–Ya lo sabemos, Molly –asegura el señor Preston.

–A veces, la vida no es justa –añade Charlotte–. Y si hay algo que he aprendido en los años que llevo ejerciendo es que ahí afuera no faltan criminales dispuestos a aprovecharse de las diferencias del prójimo en beneficio propio.

El señor Preston se vuelve y me mira de nuevo. Le han aparecido unas profundas arrugas en la frente.

–La vida debe de resultarte muy dura sin tu abuela –dice–. Sé que confiabas mucho en ella. ¿Sabes?, antes de fallecer, me pidió que cuidara de ti.

–¿De verdad? –Miro por la ventanilla a través de las lágrimas que han acudido a mis ojos. Cómo me gustaría que estuviera aquí–. Gracias. Por cuidarme.

–No hay de qué –contesta el señor Preston.

En ese momento, mi edificio aparece ante nuestros ojos, y estoy bastante segura de que nunca antes había sentido tanta alegría al verlo.

–Señor Preston, ¿cree apropiado que hoy vaya a trabajar como siempre?

Charlotte gira la cabeza hacia su padre y a continuación regresa la vista a la calzada.

–Me temo que no, Molly. Seguramente esperarán que te tomes unos días libres –responde el señor Preston.

–¿Y no sería adecuado llamar al señor Snow?

–No, no en estas circunstancias. Ahora lo mejor es que no contactes con nadie del hotel.

–Hay un aparcamiento para visitas en la parte trasera del edificio –informo–. Nunca lo he utilizado, puesto que las visitas que Gran y yo solíamos recibir eran, en gran parte, las amigas de Gran, y ninguna de ellas tenía coche.

–¿Mantienes el contacto con ellas? –pregunta Charlotte mientras se dirige hacia una plaza vacante.

–No. No desde que Gran murió.

Una vez que hemos aparcado, nos apeamos del coche y los conduzco hacia el interior del edificio.

–Por aquí –anuncio, indicando el hueco de la escalera.

–¿No hay ascensor? –pregunta Charlotte.

–Me temo que no.

Subimos en silencio hasta mi planta y, justo cuando estamos en el pasillo, aparece el señor Rosso.

–¡Tú! –exclama, apuntándome con su rollizo índice–. ¡Has hecho venir a la policía a este edificio! ¡Te han arrestado! Molly, eres una impresentable y no te quiero aquí. Te estoy desahuciando, ¿te enteras?

Antes de que pueda responder, noto una mano en mi brazo. Charlotte da un paso adelante y se planta a unos pocos centímetros del rostro del señor Rosso.

–Supongo que usted será el casero de este tugurio, quiero decir, de este edificio.

El señor Rosso hace el mismo mohín que cuando le digo que voy a retrasarme en el pago del alquiler.

–Soy el casero –manifiesta–. ¿Y tú quién demonios eres?

–Soy la abogada de Molly –continúa Charlotte–. Es usted consciente de que este edificio infringe varias ordenanzas y reglamentos, ¿verdad? Puerta contraincendios agrietada, plazas de aparcamiento poco espaciadas. Y los edificios de más de cinco plantas destinados a viviendas deben contar con un ascensor en funcionamiento.

–Demasiado caro –suelta el señor Rosso.

–Estoy segura de que los inspectores municipales ya han oído esa excusa antes. Permítame que le dé un par de consejos legales gratis. ¿Cómo ha dicho que se llama?

–Es el señor Rosso –intervengo, con ánimo de ayudar.

–Gracias, Molly –contesta Charlotte–. Lo recordaré. –Se vuelve hacia él–. Muy bien, señor Rosso, ahí va el consejo gratis: no piense en mi cliente, no hable sobre mi cliente, no acose o amenace a mi cliente con que va a desahuciarla o algo similar. Hasta que yo le diga lo contrario, tiene derecho a estar aquí como cualquier otra persona. ¿Lo ha entendido? ¿Ha quedado claro?

El rostro del señor Rosso es ahora de un vivo color rojo. Espero que hable, pero, para mi sorpresa, no lo hace. Se limita a asentir y, a continuación, regresa al interior de su piso, cerrando cuidadosamente la puerta tras él.

–Esa es mi chica –dice el señor Preston, dedicándole una sonrisa a Charlotte.

Busco las llaves y abro la puerta.

Una de las grandes virtudes del régimen de limpieza diario de Gran es que el piso se encuentra siempre en perfecto estado para recibir visitas inesperadas, y no es que eso sea lo habitual. Aparte de la visita no deseada de la policía esta mañana y de la sorprendente visita de Giselle el martes, esta es una de las pocas ocasiones en las que se me permite recoger los frutos de mi labor.

–Por favor, pasad –digo, indicando a Charlotte y al señor Preston que entren.

No saco el trapo del armario porque todavía llevo las zapatillas de ir por casa, que tienen unas suelas esponjosas que no se pueden limpiar. En lugar de eso, tomo una bolsa de plástico del armario y las envuelvo con ella, para LD, para Limpiarlas

Después. El señor Preston y Charlotte deciden quedarse con los zapatos puestos, algo que ya me parece bien, teniendo en cuenta la gratitud que siento hacia ellos en este preciso momento.

–¿Me permites tu bolso? –pregunto a Charlotte–. Los armarios son pequeños, pero soy toda una maga en lo que se refiere a organización espacial.

–De hecho, voy a necesitarlo –responde–. Para tomar notas.

–Por supuesto –afirmo, aunque siento que el suelo se mueve bajo mis pies al comprender para qué ha venido y qué va a ocurrir a continuación.

Hasta ahora, he estado concentrándome en lo delicioso que es estar de repente rodeada de gente, de gente simpática y amable que quiere ayudarme. He tratado de ignorar el hecho de que muy pronto tendré que reflexionar sobre todo lo que ha ocurrido hoy y lo que ha llevado hasta ello. Tendré que compartir detalles y relatar cosas que no quiero ni pensar. Tendré que contar todo lo que ha salido mal. Tendré que escoger qué voy a decir.

En el preciso instante en que todo esto me pasa por la cabeza, empiezo a temblar visiblemente.

–Molly –dice el señor Preston, poniéndome una mano sobre el hombro–, ¿qué te parece si voy a la cocina y preparo té para todos? Para un vejestorio como yo, no me sale nada mal. Charlotte puede confirmarlo.

Charlotte se dirige a la sala de estar y empieza a pasearse.

–Mi padre hace un té de primera –corrobora–. Deja que él se encargue mientras tú te refrescas un poco, Molly. Estoy segura de que estás ansiosa por cambiarte de ropa.

–Sí lo estoy –digo, bajando la mirada hacia el pijama–. No tardaré mucho.

–No hay prisa. Te esperaremos aquí.

Puedo oír al señor Preston en la cocina, tarareando y haciendo sonidos metálicos, mientras yo estoy aquí en el pasillo. Sin duda, esto es un incumplimiento de las normas de etiqueta y decoro. Los huéspedes tendrían que ponerse cómodos en la sala de estar y yo tendría que estar ocupándome de ellos, no al contrario. Y pese a ello, la verdad es que, en este preciso momento, soy incapaz de seguir los protocolos. Apenas puedo pensar con claridad. Tengo los nervios demasiado crispados. Mientras estoy aquí, en pie, inmóvil en mi propio pasillo, Charlotte se une al señor Preston en mi cocina. Charlan el uno con el otro, como dos pájaros sobre un cable eléctrico. Es el sonido más agradable del mundo, como un rayo de sol, como la esperanza, y, por un momento, me pregunto qué habré hecho para merecer que ambos estén aquí. Mis piernas van ganando movilidad de forma gradual, me dirijo hacia la cocina y me apoyo en el marco de la puerta.

–Gracias –digo–. No sé cómo daros las gracias por...

El señor Preston me interrumpe.

–¿El azucarero? Sé que está por aquí...

–En el armario al lado de la cocina. Primer estante.

–Pues ya puedes irte. Deja el resto en nuestras manos.

Me doy la vuelta y me dirijo al baño, donde me doy una ducha rápida, agradecida por que hoy haya agua caliente y aliviada al poder quitarme de encima la amarga suciedad de la comisaría y el juzgado. Regreso a la sala de estar unos pocos minutos después ataviada con una blusa blanca abotonada y unos pantalones negros. Me siento mucho mejor.

El señor Preston se ha acomodado en el sofá y Charlotte se ha sentado ante él en una silla que ha traído de la cocina. Ha encontrado la hermosa bandeja de plata de Gran en el armario, la que compramos por una suma de lo más módica en una tienda de beneficencia unos años atrás. Es tan extraño verla entre sus manos enormes y masculinas. Todo el servicio de té está dispuesto con maestría sobre la mesa ante el sofá.

–¿Dónde aprendió a servir el té, señor Preston?

–No siempre he sido portero, ¿sabes? Tuve que labrarme el camino para llegar hasta allí –confiesa–. Y pensar que ahora tengo una hija que es abogada...

La contempla con los ojos entornados. Es una mirada que me recuerda mucho a Gran. Me entran ganas de llorar.

–¿Te sirvo una taza? –me pregunta el señor Preston sin esperar respuesta–. ¿Uno o dos terrones?

–Me parece que hoy es un día de dos –indico.

–Para mí, todos los días son de dos. Cuanto más dulce, mejor.

Comparto su opinión. Necesito el azúcar porque de nuevo siento como si fuera a desmayarme. No he tomado nada desde la magdalena de cereales con pasas de esta mañana en comisaría. No tengo suficientes víveres en la despensa como para dar de comer a tres personas, y hacerlo yo sola sería el *summum* de la incorrección.

–Papá, tienes que controlarte con el azúcar –le reprocha Charlotte, negando con la cabeza–. Ya sabes que no es bueno para ti.

–Ah, bueno... Loro viejo no aprende a hablar, ¿verdad, Molly? –replica, dándose unas palmadas en el estómago y riéndose.

Charlotte deja su taza sobre la mesa. Recoge el bloc amarillo y un bolígrafo dorado de líneas puras del suelo, junto a su silla.

–Bien, Molly, siéntate. ¿Estás preparada para hablar? Necesito que me cuentes todo lo que sabes sobre los Black y por qué crees que se te acusa de..., bueno, de muchas cosas.

–Se me acusa injustamente –replico mientras me siento al lado del señor Preston.

–Eso es un hecho, Molly –contesta Charlotte–. Siento no haber sido del todo clara en un principio. Mi padre y yo no estaríamos aquí si no lo creyéramos. Papá está convencido de que no tuviste nada que ver. Hace tiempo que sospecha que se llevan a cabo actividades clandestinas en el hotel. –Hace una pausa para observar la estancia. Sus ojos se posan sobre las cortinas de flores de Gran, sobre su vitrina de las curiosidades y sobre las láminas de la campiña inglesa colgadas de la pared–. Entiendo por qué mi padre está tan seguro de tu inocencia, Molly. Pero para que te absuelvan, necesitamos descubrir quién puede ser el auténtico responsable de estos crímenes. Ambos pensamos que te han tendido una trampa. ¿Lo comprendes? Te han utilizado como un mero instrumento en el asesinato del señor Black.

Recuerdo la pistola en mi aspirador. Las únicas personas que sabían de mi relación con esa arma eran Giselle y Rodney. Esa simple idea hace que una ola de tristeza me recorra el cuerpo. Me desmorono a la vez que me quedo sin agallas.

–Soy inocente –declaro–. Yo no maté al señor Black.

Las lágrimas se agolpan en mis ojos y me empiezan a picar, pero las reprimo. No pienso ponerme en evidencia, eso sí que no.

–No pasa nada –dice el señor Preston, dándome una palmadita en el brazo–. Nosotros te creemos. Todo lo que tienes que hacer es decir la verdad, tu verdad, y Charlotte se encargará del resto.

–Mi verdad. Sí, creo que puedo. Supongo que es la hora de hacerlo.

Empiezo con una descripción completa de lo que vi el día que entré en la *suite* y me encontré con el señor Black muerto en la cama. Charlotte anota frenéticamente cada una de mis palabras. Describo las bebidas en la desordenada mesa del salón, las pastillas de Giselle esparcidas en el dormitorio, la bata tirada en el suelo, las tres almohadas, en lugar de cuatro, sobre la cama. El recuerdo hace que me ponga a temblar.

–Me parece que Charlotte no está buscando información sobre desorden y almohadas, Molly –declara el señor Preston–. Creo que busca detalles que sugieran que ha habido un crimen.

–Así es –añade Charlotte–. Como las pastillas, por ejemplo. Has dicho que pertenecían a Giselle. ¿Las tocaste? ¿Llevaban alguna etiqueta?

–No, no las toqué. Al menos no ese día. Y el frasco no llevaba etiqueta. Sabía que eran de Giselle porque a menudo se las tomaba en mi presencia, mientras estaba limpiando la *suite*. Además, había visto el frasco en el baño. Las llamaba sus «amigas benz» o sus «pastillas relajantes». Supongo que «benz» debe de ser algún tipo de medicina, ¿no? A mí no me parecía que estuviera enferma..., al menos no en el sentido físico. Aunque hay enfermedades que se parecen mucho a las camareras: omnipresentes, pero casi imperceptibles.

Charlotte levanta la mirada de su cuaderno.

–Qué cierto es eso –dice–. «Benz» es la abreviatura de benzodiacepina, un medicamento para la ansiedad y la depresión. ¿Eran unas pastillitas blancas?

–De un precioso azul turquesa, de hecho.

–Ajá... Así que no eran recetadas, sino ilegales. Papá, ¿has hablado alguna vez con Giselle? ¿Has advertido algún comportamiento extraño en ella?

–¿Comportamiento extraño? –pregunta, tomando un sorbo de té–. El comportamiento extraño es lo más corriente cuando eres portero del Regency Grand. Era evidente que ella y el señor Black no se llevaban bien. El día que murió el señor Black, Giselle se marchó a toda prisa y llorando. Una semana antes, lo mismo, pero eso fue después de que Victoria, la hija del señor Black, y su exesposa, la primera señora Black, los visitaran.

–Recuerdo ese día –interrumpo–. La señora Black, la primera, bloqueó la puerta del ascensor para que yo subiera, pero la hija me ordenó que cogiera el ascensor de servicio. Giselle me confesó que Victoria le tenía antipatía. Quizá fuera por eso que Giselle lloraba ese día, señor Preston.

–Las lágrimas y el dramatismo eran una constante en Giselle –indica el señor Preston–. Supongo que no es ninguna sorpresa, teniendo en cuenta el hombre con el que estaba casada. No penséis que le deseo mal a alguien, pero no lamenté en absoluto que su vida llegase a su fin antes de tiempo.

–¿Y cómo es eso? –pregunta Charlotte.

–Cuando trabajas en la puerta de un lugar como el Regency Grand tanto tiempo como yo, eres capaz de analizar a la gente con un simple vistazo. Y el señor Black no era ningún caballero, ni para la nueva señora Black ni para la anterior señora Black. Acordaos de lo que os digo: ese hombre era malo.

–¿Una manzana podrida? –pregunto.

–Una manzana podrida y apestosa –confirma el señor Preston.

–¿Tenía algún enemigo declarado, papá? ¿Alguien que pudiera haber querido eliminarlo a conveniencia?

–Oh, estoy seguro de que sí. Yo era uno de ellos. Pero había otros. Primero, estaban las mujeres, las otras mujeres. Cuando las señoras Black, la nueva o la vieja, no estaban por allí, recibía... ¿Cómo debería llamarlas...? Jóvenes visitas femeninas.

–Papá, puedes llamarlas trabajadoras sexuales.

–Lo haría de saber con certeza que eran precisamente eso, pero nunca vi que se intercambiara dinero. O la otra parte de la transacción... –El señor Preston tose y me mira–. Lo siento, Molly, todo esto es bastante horrible.

–Lo es –digo–. Pero puedo corroborar lo que usted dice. Giselle me confesó que el señor Black mantenía relaciones extramatrimoniales. Con más de una mujer. Y eso a Giselle le dolía. Comprensiblemente.

–¿Te dijo eso? –pregunta Charlotte–. ¿Y tú se lo contaste a alguien más?

–Por supuesto que no –objeto. Me ajusto el botón superior de la blusa–. La discreción es nuestro lema. La invisibilidad de nuestro servicio al cliente, nuestro objetivo.

Charlotte mira a su padre.

–El edicto del señor Snow para los empleados del hotel –explica–. Es el gerente y se autoproclama gran visir de la hospitalidad y la higiene. Aunque me estoy empezando a preguntar si todo este papel de Don Limpio no es una mera fachada.

–Molly –interviene Charlotte–, ¿puedes decirme algo que me ayude a entender los cargos de posesión de armas y tráfico de drogas que te imputan?

–Espero poder arrojar algo de luz. Giselle y yo éramos más que camarera y huésped. Ella confiaba en mí. Me contaba sus secretos. Era mi amiga.

Miro al señor Preston con temor de estar decepcionándolo al haber traspasado la línea entre huésped y empleado, pero no parece molesto, solo preocupado.

–Giselle vino a mi casa el día después de que el señor Black muriera. No dije nada a la policía sobre eso. Pensé que era una visita privada en mi propia casa y que no era asunto suyo. Estaba muy alterada. Y necesitaba que le hiciera un favor. Y accedí.

–Oh, cielos –dice el señor Preston.

–Papá... –interviene Charlotte, y después añade hacia mí–: ¿Qué te pidió que hicieras?

–Que recuperara la pistola que guardaba en la *suite*. Escondida dentro del extractor del baño.

Charlotte y el señor Preston intercambian otra mirada, una con la que estoy completamente familiarizada: comprenden algo que a mí se me escapa.

–Pero nadie oyó disparos y en el informe no constan heridas en el cuerpo del señor Black –dice el señor Preston.

–No. Según lo que he podido ver, no –responde Charlotte.

–Asfixiado –informo–. Es lo que me dijo la detective Stark.

Charlotte se queda con la boca abierta.

–Es bueno saberlo –dice, y garabatea algo en su cuaderno amarillo–. Entonces, la pistola no fue el arma del crimen. ¿Se la devolviste a Giselle?

–No tuve oportunidad. La escondí en mi aspirador, confiando en dársela más tarde. Entonces, a la hora del almuerzo, salí del hotel.

–Eso es cierto –dice el señor Preston–. Te vi atravesando las puertas a todo correr y me pregunté adónde ibas con tanta prisa.

Bajo los ojos hacia la taza que reposa sobre mi regazo. Algo me remuerde la consciencia; el dragón en mis entrañas se revuelve.

–Encontré la alianza del señor Black –confieso–. Y la empeñé. Ya sé que no estuvo bien. Ha sido muy duro llegar a fin de mes yo sola. Mi abuela... estaría tan avergonzada...

No puedo soportar enfrentarme a sus miradas. En lugar de eso, me limito a observar el agujero negro de mi taza.

–Querida niña –dice el señor Preston–. Tu abuela conocía las preocupaciones económicas mejor que nadie. Créeme, sé eso y mucho más de ella. Según tengo entendido, te dejó unos ahorros después de fallecer, ¿no es así?

–Ya no están –admito–. Malgastados.

No me veo capaz de contarles lo de Wilbur y el Fabergé. No soportaría confesar más cosas vergonzosas.

–Así que ¿empeñaste el anillo y regresaste al trabajo? –pregunta Charlotte.

–Sí.

–¿Y la policía ya estaba esperándote?

–Así es, Charlotte –interviene el señor Preston–. Yo estaba allí. Traté de detenerlos, pero no pude hacer nada.

Charlotte cambia de posición en la silla y cruza las piernas.

–¿Qué hay de los cargos por tráfico de drogas? ¿Sabes de dónde proceden?

–Había rastros de cocaína en mi carro. No tengo ni idea de cómo han llegado hasta allí. Tiempo atrás le prometí a Gran que no tocaría una droga en la vida. Ahora tengo miedo de haber roto mi promesa.

–Querida niña, estoy seguro de que no lo decía en el sentido literal –me consuela el señor Preston.

–Regresemos a la pistola –dice Charlotte–. ¿Cómo llegó la policía a encontrarla en tu aspirador?

Y aquí llega el momento en que debo confesar las piezas que he ido encajando por mí misma desde mi detención.

–Rodney –digo, atragantándome con las dos sílabas, casi sin poder escupirlas para expulsarlas de mi boca.

–Ya empezaba a preguntarme por qué tardaba tanto en aparecer ese nombre –dice el señor Preston.

–Ayer, cuando la policía habló conmigo, me asusté. Me asusté mucho. Fui directa a casa y llamé a Rodney.

–Es el camarero del Social –le aclara el señor Preston a Charlotte–. Un cretino zalamero. Anótalo.

Me duele oír esas palabras en boca del señor Preston.

–Llamé a Rodney –continúo–. No sabía qué más hacer. Ha sido un amigo leal, incluso puede que algo más que un amigo.

Le conté lo del interrogatorio de la policía, lo de Giselle y la pistola en mi aspirador y lo del anillo que había encontrado y había empeñado.

–Deja que adivine. Rodney dijo que estaría encantado de ayudar a una chica tan simpática como tú –dice el señor Preston.

–Algo así. Pero la detective Stark comentó que fue Cheryl, mi supervisora, la que me siguió a la casa de empeños. ¿Puede que sea ella la causante de todo esto? Sin duda, no es de fiar. Si yo os contara...

–Mi querida Molly –suspira el señor Preston–, Rodney utilizó a Cheryl para dar el soplo a la policía. ¿No lo ves? Probablemente usó el hecho de que tuvieras la pistola y el anillo para desviar las sospechas que pudieran recaer sobre él y dirigirlas hacia ti. Puede que esté relacionado con la cocaína que encontraron en tu carrito. Y con el asesinato del señor Black.

Sé que a Gran no le gustaría, pero dejo caer mis hombros todavía más. Apenas puedo mantenerme derecha.

–¿Cree que Rodney y Giselle están compinchados? –pregunto.

El señor Preston asiente lentamente.

–Entiendo.

–Lo siento, Molly. Traté de prevenirte sobre Rodney.

–Así es, señor Preston. Puede añadir el «Ya te lo dije». Me lo merezco.

–No te lo mereces –contesta–. Todos tenemos nuestros puntos débiles.

Se pone en pie y camina hacia la vitrina de las curiosidades de Gran. Mira la foto de mi madre y, a continuación, la deja de nuevo en su sitio. Coge la foto en la que Gran y yo estamos en el Olive Garden. Esboza una sonrisa y regresa al sofá.

–Papá, ¿qué viste exactamente en el hotel que te hace pensar que se estaba llevando a cabo alguna actividad ilícita? ¿Crees de verdad que hay tráfico de drogas en el Regency Grand?

–No –objeto con determinación antes de que el señor Preston pueda responder–. El Regency Grand es un establecimiento limpio. El señor Snow no lo permitiría. La única otra cuestión es Juan Manuel.

–¿Juan Manuel Morales, el lavaplatos? –dice el señor Preston.

–Sí. Nunca me chivaría en circunstancias normales, pero este momento está lejos de ser normal.

–Adelante –me apremia Charlotte.

El señor Preston se inclina hacia delante, ajustando su cuerpo entre los muelles puntiagudos del sofá.

Lo cuento todo. Que el permiso de trabajo de Juan Manuel caducó hace un tiempo, que no tiene dónde vivir y que, en secreto, Rodney le deja pasar la noche en el hotel, en las habitaciones que quedan vacantes. Les cuento lo de las bolsas que llevo para la noche y que limpio la habitación en la que se han quedado Juan Manuel y sus amigos a la mañana siguiente.

–He de admitirlo: no consigo entender cómo se puede acumular tanto polvo en una habitación en una sola noche.

Charlotte deja el bolígrafo sobre el cuaderno.

–Vaya, papá, trabajas en un sitio de lo más refinado y elegante.

–*Par excellence*, como dicen en Francia –añado.

El señor Preston tiene la cabeza entre las manos y la sacude hacia delante y hacia atrás.

–Tendría que haberlo imaginado –se lamenta–. Las marcas de quemaduras en los brazos de Juan Manuel, la manera en que me esquivaba cuando le preguntaba qué tal le iba...

En este preciso instante, las piezas del rompecabezas se conectan en mi mente. Los amigos gigantes de Rodney, el polvo, los paquetes y las bolsas nocturnas. Los rastros de cocaína en mi carro.

–Oh, Dios mío –exclamo–. Juan Manuel. Están aprovechándose de él y coaccionándole.

–Lo obligan a cortar droga todas las noches en el hotel –dice el señor Preston–. Y no es el único al que utilizan. También te utilizan a ti, Molly.

Trato de tragar el enorme nudo que se me ha formado en la garganta.

Ahora lo veo todo claro.

–No he trabajado solo de camarera, ¿verdad? –pregunto.

–Me temo que no –responde Charlotte–. Siento decírtelo, Molly, pero también has estado trabajando de mula.

CAPÍTULO 19

Charlotte habla en voz baja por teléfono con alguien de su despacho. El señor Preston está en el baño. Yo me paseo por la sala de estar. Me detengo ante la ventana y la entreabro, en un vano intento por obtener algo de aire fresco. Pegado a la pared exterior, un comedero para pájaros vacío se balancea con la brisa. Gran y yo solíamos observar a los pájaros desde esta ventana. Los contemplábamos durante horas mientras engullían las migas que les dejábamos. Poníamos a cada pajarito un nombre –*sir* Gorjeos, *lady* Alasdulces y el conde de Pico–. Pero cuando el señor Rosso se quejó del ruido, dejamos de alimentarlos. Los pájaros se fueron y nunca más regresaron. Oh, cómo me gustaría ser un pájaro.

Mientras miro por la ventana, oigo pequeños fragmentos de la conversación de Charlotte: «revisar el historial penal de Rodney Stiles», «registro de armas a nombre de Giselle Black», «informes de inspecciones en el hotel Regency Grand».

El señor Preston sale del baño.

–¿Nada de Juan Manuel? –pregunta.

–Todavía no.

Hace una hora, Charlotte y el señor Preston han decidido que iban a ponerse en contacto con Juan Manuel. Yo no veía muy claro lo de meterlo en este lío.

–Es lo correcto –ha dicho Charlotte–. Por muchos motivos.

–Tiene las piezas que nos faltan –ha añadido el señor Preston–. Es el único que puede arrojar algo de luz sobre este desastre, eso si le convencemos de que hable.

–¿No se asustará? –he preguntado–. Tengo razones para creer que han amenazado a su familia. Y también a él.

Me veo incapaz incluso de mencionar la otra parte, la de las marcas de quemaduras.

–Claro que se asustará –ha afirmado Charlotte–. ¿Quién no lo haría? Pero hoy tendrá una elección que no tenía ayer.

–¿Qué elección? –he preguntado.

–Entre ellos y nosotros –ha respondido el señor Preston.

Después de eso, el señor Preston no ha perdido el tiempo. Ha llamado a alguien de las cocinas del hotel que ha llamado a alguien que, discretamente, ha buscado en el directorio de empleados del hotel el número del móvil de Juan Manuel, el cual hemos guardado todos con diligencia en nuestros teléfonos.

Nerviosa, he esperado a que el señor Preston marcara su número. ¿Y si se convertía en una nueva decepción, en otra persona muy diferente a lo que yo pensaba?

–¿Juan Manuel? –ha dicho el señor Preston–. Sí, así es...

No he podido escuchar las respuestas de Juan Manuel, pero me he imaginado su rostro desconcertado, tratando de comprender el motivo de la llamada del señor Preston.

–Me parece que corres un grave peligro –ha explicado el señor Preston.

A continuación, le ha dicho que su hija era abogada y que sabía que Juan Manuel había sido coaccionado en el hotel.

Se ha producido una breve pausa mientras hablaba Juan Manuel.

–Lo entiendo perfectamente –ha dicho el señor Preston–. No queremos que te hagan daño, ni a ti ni a tu familia. Deberías saber que Molly también está en apuros... Sí, así es... Le han tendido una trampa para incriminarla en el asesinato del señor Black. –De nuevo otra breve pausa, un par de intercambios de frases más y después ha añadido–: Gracias... Sí, claro, te lo explicaremos con detalle. Y, por favor, quiero que sepas que no haremos nada que pueda... Sí, por descontado. Tú tomarás todas las decisiones... Te mando la dirección por mensaje. Hasta luego.

Ha pasado ya más de una hora y Juan Manuel todavía no ha llegado. Toda esta espera y anticipación están sacándome de quicio. Para calmarme, pienso en lo importante que es tener al señor Preston y a Charlotte de mi lado. Ayer estaba sola. Este piso parecía hueco y sombrío. Todos sus colores y vitalidad se fueron el día que Gran murió. Pero ahora, la vida ha regresado a él, está revitalizado. Observo de nuevo el comedero al otro lado de la ventana. Puede que más tarde saque unas migas de algún sitio y vuelva a llenarlo, diga lo que diga el señor Rosso.

Me siento tan abrumada que no puedo permanecer quieta, y por esa razón estoy paseándome ahora por la estancia. Si estuviera sola, probablemente fregaría el suelo o limpiaría las baldosas del baño, pero no lo estoy, ya no. La sensación de tener compañía es nueva y extraña a partes iguales. Supone también un gran alivio.

El señor Preston se sienta en el sofá, en el mismo sitio.

Charlotte pone fin a su llamada.

Algo me corroe por dentro y decido expresarlo:

–¿No tendría que llamar a Ro... Rodney? –El nombre se me traba al pronunciarlo, pero al final lo escupo–. Quizá pueda explicarlo. Tal vez no tenga nada que ver con la cocaína que encontraron en mi carrito. Podría ser de Cheryl, ¿no? O de otra persona. ¿Y si Rodney pudiera explicar todo esto?

–Ni hablar –dice Charlotte–. Acabo de comprobar el historial de Rodney. De familia rica, pero lo echaron a los quince años. Después, una casa de acogida. A continuación, hurto, agresión y varias acusaciones por tenencia de drogas que nunca fueron a más, y una larga lista de direcciones diferentes antes de asentarse en esta ciudad.

–¿Ves, Molly? Llamar a ese cretino es mala idea –dice el señor Preston mientras alisa la manta de ganchillo de Gran, que está sobre el sofá–. Solo mentiría.

–Y después desaparecería –añade Charlotte.

–¿Y Giselle? Debe de saber algo que pueda ayudarme. O el señor Snow...

Antes de que uno de los dos pueda responder, alguien llama a la puerta.

Me quedo sin aliento.

–¿Y si es la policía?

La estancia empieza a ondularse y temo no poder llegar hasta ella para abrirla.

Charlotte se levanta.

–Ahora tienes representante legal. La policía me habría llamado si quisieran contactar contigo. –Se acerca a mí–. Tranquila, no pasa nada –dice, cogiéndome la muñeca para calmarme.

Funciona. Inmediatamente me siento más serena y las ondulaciones del suelo se solidifican.

El señor Preston aparece junto a mí.

–Molly, puedes hacerlo. Yo te acompaño.

Tomo aliento y camino hasta el recibidor. Abro la puerta.

Me encuentro con Juan Manuel. Va vestido con un polo bien planchado remetido en unos pulcros vaqueros. Lleva una bolsa de plástico blanca en una mano. Tiene los ojos abiertos como platos y jadea, como si hubiese subido la escalera de dos en dos.

–Hola, Molly –saluda–. No puedo creerlo. Jamás jamás he querido causarte problemas. De haberlo… –Se detiene a mitad de la frase–. ¿Quién es usted? –pregunta, mirando a Charlotte.

–Soy Charlotte, la abogada de Molly y la hija del señor Preston –dice esta, dando un paso al frente–. Por favor, no te asustes. No tenemos intención alguna de entregarte. Y sabemos que corres un grave peligro.

–Estoy metido hasta el cuello –confiesa Juan Manuel–. Hasta el cuello. Yo no lo elegí. Me obligaron. Y también a Molly. Es lo mismo pero diferente.

–Ambos estamos en un buen lío, Juan Manuel –señalo–. Esto es muy serio.

–Sí, lo sé.

–¿Qué hay en la bolsa? –Oigo que dice el señor Preston a mis espaldas.

–Sobras del hotel –responde Juan Manuel–. He tenido que fingir que me tomaba una pausa para cenar temprano. Hay sándwiches de la merienda. Sé que le gustan, señor Preston.

–Oh, sí que me gustan. Gracias –dice el señor Preston–. Voy a servirlos. Todos necesitaremos fuerzas.

El señor Preston toma la bolsa y se dirige a la cocina.

Juan Manuel sigue en el umbral de la puerta, inmóvil. Ahora que no carga con la bolsa, resulta fácil ver que le tiemblan las manos. También las mías.

–¿No quieres pasar? –ofrezco.

Da dos pasos vacilantes.

–Te agradezco mucho que hayas venido, sobre todo teniendo en cuenta tus circunstancias. Confío en que me lo expliques, de verdad. Y también a ellos. Necesito… ayuda.

–Lo sé, Molly. Los dos estamos metidos hasta el cuello.

–Sí. Han pasado cosas que no llegaba a…

–Que no llegabas a entender… hasta ahora.

–Sí.

Dirijo la mirada hacia sus antebrazos llenos de cicatrices y la aparto enseguida.

Juan Manuel entra en el piso y echa un vistazo.

–Vaya... Este lugar... Me recuerda a mi casa.

Se quita los zapatos.

–¿Dónde dejo mis zapatos de trabajo? No están muy limpios.

–Oh, qué detalle –exclamo.

Lo rodeo y abro el armario. Saco un trapo. Estoy a punto de limpiar las suelas de sus zapatos, pero me arrebata el trapo de las manos.

–No, no. Son mis zapatos, así que es cosa mía.

Y me quedo allí, sin saber qué hacer mientras él limpia escrupulosamente sus zapatos, los deposita en el armario y, a continuación, dobla el trapo con esmero y lo guarda antes de cerrar la puerta.

–No te extrañes si no soy yo misma. Todo ha sido tan... espantoso. Y no recibo visitas a menudo, así que tampoco estoy acostumbrada a esto. No tengo mucha práctica en recibir invitados.

–Molly, por el amor de Dios –dice el señor Preston desde la cocina–. Relájate y acepta la ayuda. Juan Manuel, ¿puedes echarme una mano en la cocina?

Juan Manuel se une a él, y yo me disculpo y voy al baño. La verdad es que necesito un momento para serenarme. Me miro en el espejo y respiro hondo. Juan Manuel está aquí y los dos estamos en peligro. Mi aspecto es el de una persona que se está desmoronando. Tengo unos círculos negros debajo de los ojos, que están rojos e hinchados. Estoy tensa y demacrada. Como ocurre en las baldosas del baño a mi alrededor, mis grietas están empezando a asomar. Me tiro un poco de agua a la cara, me seco y luego salgo del baño para unirme a mis invitados en la sala de estar.

El señor Preston carga con la bandeja de Gran, llena de sándwiches de pepino –sin corteza–, de miniquiches y de otras sobras deliciosas. Nada más oler la comida, mi estómago ruge de inmediato. El señor Preston deposita la bandeja sobre la mesita de café. A continuación, regresa a la cocina y trae una silla para Juan Manuel. Todos tomamos asiento.

No puedo creerlo. Aquí estamos, en la sala de estar de Gran, los cuatro. El señor Preston y yo ocupamos el sofá, y ante mí están Charlotte y Juan Manuel. Intercambiamos los cumplidos de rigor, como si esto fuera una merienda de amigos, aunque todos sabemos que no lo es. Charlotte le pregunta a Juan Manuel por su familia y cuánto tiempo lleva trabajando en el Regency Grand. El señor Preston comenta lo trabajador y leal que es. Juan Manuel clava la mirada en su regazo.

–Trabajo duro, sí –admite–. Muy duro. Pero, aun así, tengo grandes problemas.

Tenemos unos platitos en nuestro regazo, llenos de pequeños sándwiches que nos comemos, yo más rápido que nadie.

–Comed –ordena Charlotte–. Los dos. Esto no va a ser fácil y necesitaréis fuerzas.

Juan Manuel se inclina hacia delante.

–Toma –dice–. Prueba estos. –Deposita dos finos sándwiches de forma rectangular en el plato–. Los he hecho yo.

Cojo uno y doy un mordisco. Tiene un sabor exquisito: esponjosa crema de queso con salmón ahumado, con un toque de eneldo y ralladura de limón al final. Nunca en mi vida he probado un sándwich más sabroso. Está tan bueno que me resulta casi imposible cumplir el imperativo de Gran sobre masticar. Antes de darme cuenta, me lo he acabado.

–Delicioso. Gracias.

Guardamos silencio durante un momento, pero si los otros se sienten incómodos, no lo noto. Durante un instante, y pese a las circunstancias, siento algo que no he sentido desde hace mucho, desde que Gran murió. Siento... compañerismo. Siento... que no estoy completamente sola. Entonces recuerdo la razón que ha traído a todo el mundo aquí y la ansiedad me revuelve el estómago de nuevo. Dejo el plato a un lado.

Charlotte hace lo mismo. Toma el cuaderno y el bolígrafo situados junto a su silla.

–Bien, todos estamos aquí por el mismo motivo, así que será mejor que empecemos. Juan Manuel, creo que mi padre te ha informado sobre el lío en el que está metida Molly, ¿verdad? Y me parece que tú mismo te encuentras en una situación igual de complicada.

Juan Manuel se revuelve en la silla.

–Sí. Así es. –Sus grandes ojos castaños se clavan en los míos–. Molly, jamás pensé que te verías envuelta en esto, pero cuando te metieron en todo ello, no supe qué hacer. Confío en que me creas.

Trago y considero sus palabras. Tardo unos momentos en captar el matiz que hay entre una mentira descarada y la verdad. Pero entonces se agudiza y puedo verlo con claridad en su rostro. Lo que está diciendo es la verdad.

–Gracias, Juan Manuel. Te creo.

–Cuéntale lo que me has dicho en la cocina –sugiere el señor Preston.

–Ya sabes que paso la noche en una habitación diferente del hotel, ¿verdad? Que me das una tarjeta llavero cada día.

–Sí.

–El señor Rodney no te contó toda la historia. Es verdad, ya no tengo piso. Ni permiso de trabajo. Cuando lo tenía, todo iba sobre ruedas. Enviaba dinero a casa. Después de que mi padre muriera, lo necesitaban, no tenían suficiente. Mi familia estaba tan orgullosa de mí... Eres un buen hijo, me decía mi madre. Trabajas duro para nosotros. Estaba tan contento. Estaba comportándome como se esperaba de mí.

Juan Manuel se detiene, traga y continúa hablando:

–Pero entonces, cuando tenían que prolongarme el permiso de trabajo, el señor Rodney dijo: «Yo te ayudo». Me presentó a su amigo abogado. Y ese amigo abogado me cobró mucho dinero y, al final, no me consiguió el permiso. Me quejé y Rodney me dijo: «Mi abogado puede arreglarlo todo. Tendrás un permiso nuevo en pocos días». Me pidió que me asegurara de que el señor Snow no se enteraba. Y entonces dijo: «Pero tú también tendrás que ayudarme, ¿sabes? Hoy por ti, mañana por mí». Yo no quería hacer nada por él. Quería regresar a casa, buscar alternativas. Pero no podía volver. No me quedaban ahorros.

Juan Manuel se queda callado.

–¿Qué te obligó a hacer exactamente Rodney? –pregunta Charlotte.

–Por la noche, después de terminar mi turno en la cocina, me escabullía a cualquier habitación del hotel con la tarjeta llavero que me había dado Molly. Allí encontraba la bolsa que ella me traía, ¿verdad, Molly?

–Sí. Así es. Cada noche.

–Esa bolsa nunca era mía, sino del señor Rodney. Ahí llevaba sus drogas. Cocaína. Y otras cosas también. Solía traer más droga por la noche, cuando ya no quedaba nadie. Y después se marchaba. El señor Rodney me obligaba a trabajar toda la noche, a veces solo, a veces con sus hombres, y preparábamos la cocaína para venderla. No sabía nada de este negocio antes, lo juro. Pero aprendí. Tuve que hacerlo. Y rápido.

–Cuando dices que te obligaba, ¿a qué te refieres exactamente? –pregunta Charlotte.

Juan Manuel se retuerce las manos mientras habla.

–Le dije al señor Rodney: «No pienso hacerlo. No puedo. Prefiero que me deporten. Esto no está bien». Pero las cosas empeoraron cuando se lo dije. Amenazó con matarme. Yo le dije: «Me da igual. Mátame. Esto no es vida». –Juan Manuel se detiene, mira hacia su regazo y añade–: Pero, al final, el señor Rodney encontró una manera de que me ocupara de sus sucios negocios.

El rostro de Juan Manuel se tensa. Advierto los círculos oscuros alrededor de sus ojos y lo rojos que están. Tenemos el mismo aspecto, él y yo, con todas nuestras penas a la vista.

–¿Qué hizo Rodney? –pregunta Charlotte.

–Me dijo que si no cerraba la boca y hacía el trabajo sucio, mataría a mi familia en México. Ustedes no lo entienden. Sus amigos son mala gente. Sabía mi dirección en Mazatlán. Es un hombre malo. A veces, cuando trabajaba hasta tarde, me quedaba dormido en la silla. Me despertaba, sin recordar dónde me encontraba. Los hombres del señor Rodney me pegaban, me tiraban agua para que no me durmiera. A veces me quemaban con cigarrillos para castigarme.

Muestra su brazo.

–Molly –continúa Juan Manuel–. Te mentí. Te dije que me había quemado con el lavaplatos. Lo siento. No era verdad. –Se le quiebra la voz y rompe a llorar–. No está bien. Sé que un hombre hecho y derecho no debería llorar como un niño... –Me mira–. Molly, cuando apareciste aquel día en la habitación del hotel y me viste con Rodney y sus hombres, traté de decirte que te marcharas, que fueras a avisar a alguien. No quería que te atraparan como a mí. Pero lo hicieron. Encontraron la manera de hacerlo.

El señor Preston niega con la cabeza mientras Juan Manuel sigue sollozando. Noto que las lágrimas resbalan también por mis mejillas.

De repente, me siento muy cansada, más cansada de lo que nunca he estado en mi vida. Solo deseo levantarme del sofá, recorrer el pasillo hasta mi habitación, acurrucarme debajo de la colcha de Gran con la estrella y dormirme para siempre. Pienso en Gran, en cómo estaba en sus últimos días. ¿Se sentía así hacia el final, sin voluntad para continuar?

–Me parece que hemos encontrado al canalla –anuncia el señor Preston.

–Si hay uno, habrá más –dice Charlotte. A continuación, se vuelve hacia Juan Manuel–: ¿Sabes si Rodney trabajaba para el señor Black? ¿Oíste o viste alguna vez algo, lo que fuera, que pudiese sugerir que el señor Black estaba detrás de la red de tráfico de drogas?

Juan Manuel se seca las lágrimas.

–El señor Rodney raramente hablaba del señor Black, pero a veces recibía llamadas. Piensa que soy un estúpido y que no comprendía lo que decía. Pero lo oí todo. A veces el señor Rodney aparecía en la habitación con un montón de billetes. Organizaba encuentros para darle el dinero al señor Black. Más dinero del que jamás he visto en mi vida. Un montón.

Juan Manuel hace un gesto con las manos.

–¿Fajos de billetes? –pregunta Charlotte.

–Sí. Nuevecitos.

–El día que lo encontré muerto, había un montón de esos fajos en la caja fuerte del señor Black –apunto–. Fajos perfectos y nuevos.

Juan Manuel continúa:

–Una vez, el señor Rodney estaba muy molesto porque aquella noche no entraba mucho dinero. Fue a ver al señor Black y, cuando regresó, tenía una cicatriz como la mía. Pero no en los brazos. Sino en el pecho. Así fue como me enteré de que yo no era el único al que castigaban.

Las piezas vuelven a encajar. Recuerdo la uve que formaba la camisa blanca y recién almidonada de Rodney y la extraña marca redonda en su suave y perfecto torso.

–He visto esa cicatriz.

–Y hay más –declara Juan Manuel–. El señor Rodney nunca me habló directamente del señor Black. Pero sé que conoce a su esposa. A la nueva, la señora Giselle.

–Eso es imposible –suelto–. Rodney me aseguró que apenas había hablado con ella.

Sin embargo, en el preciso instante en que pronuncio estas palabras, me doy cuenta de que soy una tonta.

–¿Cómo sabes que Rodney conoce a Giselle? –pregunta Charlotte.

Juan Manuel saca el teléfono del bolsillo y va pasando fotos hasta que encuentra la que busca.

–Porque lo pillé –proclama–. ¿Cómo lo decís, «en flagrante delito»?

–¿In fraganti? –sugiere el señor Preston.

–Así –dice.

Y da la vuelta al teléfono, mostrándonos una imagen.

Son Rodney y Giselle. Se están besando en una callejuela sombría junto al hotel, tan apasionadamente que con toda seguridad no se dieron cuenta de que Juan Manuel tomaba una foto. Noto que mi corazón se endurece y se me cae a los pies al mirar la foto, al detectar los detalles –el pelo de Giselle sobre el hombro de Rodney, la mano de este sobre la parte baja de su espalda arqueada–. Siento que se me va a parar el corazón.

–Vaya, vaya... –exclama Charlotte–. ¿Puedes enviármela?

–Sí –responde Juan Manuel.

Intercambian sus números de teléfono y Juan Manuel le envía la foto. Solo hacen falta unos pocos segundos para que la infame prueba se duplique en su teléfono.

Charlotte se pone en pie y empieza a pasearse por la estancia.

–Cada vez está más claro que Rodney y Giselle tenían múltiples motivos para desear la muerte del señor Black. Pero la única manera de probar la inocencia de Molly es encontrando pruebas irrefutables de que uno, o ambos, lo mataron.

–No fue Giselle –afirmo–. Ella no lo hizo.

Me topo con muchas miradas escépticas.

–Venga, Molly, ¿y cómo sabes tú eso? –pregunta Charlotte.

–Lo sé. Sin más.

Charlotte y el señor Preston vuelven a intercambiar esa mirada, la mirada de la duda.

Entonces, el señor Preston se pone en pie.

–Tengo una idea –anuncia.

–Bueno, bueno... –suelta Charlotte.

–Solo escuchadme –dice–. No será fácil, y tendremos que trabajar en equipo...

–Eso está hecho –señala Charlotte.

–Me gusta la idea de formar equipo –comenta Juan Manuel–. No está bien cómo nos tratan.

–Tendremos que ser astutos y urdir un plan a prueba de todo.

–Un plan –dice Charlotte.

–Sí –responde el señor Preston–. Un plan. Para cazar al zorro.

CAPÍTULO 20

Hemos tardado aproximadamente una hora en discutir los detalles. Durante ese tiempo, he dicho «No» y «No puedo» tantas veces que parecía, como Gran solía decir, una pequeña locomotora que no podía avanzar.

–Sí que puedes –no ha dejado de repetirme el señor Preston–. ¿Se daría por vencido Colombo?

–Lo conseguirás, señorita Molly –me ha animado Juan Manuel.

–De pensar que no pudieras hacerlo, ni lo plantearía –ha argumentado Charlotte.

Hemos practicado una y otra vez, cubriendo diferentes situaciones y perfeccionando mis respuestas a todas las preguntas que puedan surgir. Hemos representado lo que podría ir mal. Me ha costado desprenderme de la sensación de estar fingiendo, de no mostrar lo que realmente pienso, pero Juan Manuel ha dicho algo que me ha tranquilizado: «A veces hay que hacer una cosa mala para hacer otra buena». Tiene razón en muchas cosas, y lo sé por experiencia.

Hemos ensayado con Juan Manuel dándome la réplica, y después con el señor Preston. He tenido que olvidar que eran mis amigos. He tenido que pensar en ellos como auténticas manzanas podridas cuando, en verdad, no son nada de eso.

Hemos depurado hasta el más mínimo detalle, hemos anotado las líneas principales y hemos trazado planes de contingencia ante cualquier eventualidad.

Y ahora hemos terminado. Charlotte, el señor Preston y Juan Manuel están todos sonriendo, sentados bien erguidos en sus sillas y observándome. Aunque no puedo asegurarlo por completo, me parece que llego a interpretar la expresión de sus rostros: orgullo. Creen que puedo hacerlo. Si Gran estuviera aquí, diría: «¿Lo ves, Molly? Puedes lograrlo si te concentras».

Después de tanto practicar, estoy más tranquila con el plan. Debo admitir que me siento un poco como Colombo, rodeada de un equipo de investigadores de primera. Juntos, hemos concebido una trampa que espero que resulte para pescar de nuevo a Rodney in fraganti, aunque esta vez de un modo muy diferente.

Llevamos a cabo el primer paso –enviarle un mensaje– de inmediato. Siguiendo nuestra estrategia, hemos acordado qué voy a escribirle exactamente.

–Estoy muy nerviosa –confieso una vez que he tecleado el mensaje–. ¿Puede alguien comprobarlo antes de que pulse «Enviar»?

Juan Manuel, el señor Preston y Charlotte me rodean en el sofá y leen por encima de mi hombro.

–A mí me parece bien –dice Juan Manuel–. Es tu manera de hablar, siempre tan agradable. Debería haber más gente que hablara como tú, Molly.

Sonríe y yo siento un cálido estremecimiento.

–Gracias, eres muy amable.

–Yo añadiría «urgentemente» –sugiere el señor Preston.

–Sí, eso está bien –conviene Charlotte–. «Urgentemente».

Modifico el mensaje: «Rodney, tenemos que vernos. Urgentemente. Al señor Black lo ASESINARON. He revelado a la policía algunas cosas y deberíamos hablar. ¡Lo siento en el alma!».

–¿Vale? –pregunto, buscando su aprobación.

–Hazlo, Molly. Pulsa «Enviar» –dice Charlotte.

Cierro los ojos con fuerza y pulso la tecla. Noto la vibración del mensaje al salir del aparato.

Cuando abro los ojos unos segundos más tarde, tres círculos aparecen en una nueva caja de texto debajo del mensaje que acabo de enviar.

–Vaya, vaya, vaya –murmura el señor Preston–. Al parecer, nuestro cretino tiene prisa por contestar.

Mi teléfono emite un sonido y aparece el mensaje de Rodney: «Molly, WTF? Quedamos en veinte minutos en el OG».

–¿OG? ¿Y eso que es?

–Originalmente Gánster –replica Juan Manuel.

–¿Qué significa eso?

Entonces, de repente, se me ocurre. Y lo entiendo.

–El Olive Garden –anuncio–. Me propone encontrarnos allí. ¿Debería responder?

–Dile que llegarás enseguida –dice Charlotte.

Trato de teclear una respuesta, pero me tiemblan muchísimo las manos.

–¿Quieres que lo haga yo? –propone Charlotte.

–Sí, por favor.

Le paso el teléfono y todos observamos por encima de su hombro cómo teclea: «Vale. Nos vemos en 20 min».

Está a punto de pulsar «Enviar», pero Juan Manuel la detiene.

–Eso no suena en absoluto a Molly. Ella nunca escribiría así.

–¿En serio? ¿Qué está mal? –pregunta Charlotte.

–Tienes que hacerlo más bonito –sugiere Juan Manuel–. Emplea palabras respetuosas. Estaría bien añadir la palabra «delicioso». Molly la utiliza mucho: «deliciooso». Es tan educada.

Charlotte borra lo que acaba de escribir y lo intenta de nuevo: «Tu propuesta me parece deliciosa, a pesar de que las circunstancias de nuestro encuentro no lo son. Nos vemos enseguida».

–Sí. Es justo lo que yo diría. Está muy bien.

–Eso sí es la señorita Molly –añade Juan Manuel.

Vibración. Charlotte envía el mensaje y me devuelve el teléfono.

–Molly, ¿estás preparada? –me pregunta el señor Preston, poniéndome una mano sobre el hombro para darme fuerzas–. Ya sabes qué debes decirle y qué hacer, ¿verdad?

Tres rostros preocupados esperan mi respuesta.

–Estoy preparada –respondo.

–Puedes hacerlo, Molly –dice Charlotte.

–Creemos en ti –añade el señor Preston.

Juan Manuel levanta sus pulgares.

Todos han depositado su fe en mí. Creen en mí. La única que no está segura soy yo.

«Puedes lograrlo si te concentras».

Tomo aliento, guardo el teléfono en el bolsillo y me dirijo hacia la puerta.

CAPÍTULO 21

Dieciocho minutos después, llego al Olive Garden, lo que es dos minutos por debajo de mi tiempo estimado de llegada, básicamente porque los nervios que siento me han hecho caminar a paso ligero. Estoy sentada en nuestro reservado, iluminado por el resplandor de la lámpara colgante, solo que esta vez no me parece nuestro reservado en absoluto. Nunca más será nuestro reservado.

Rodney todavía no ha llegado. Mientras espero, unas visiones horrorosas se pasean por mi mente: el señor Black, demacrado y con la piel cenicienta; la foto de Rodney y Giselle, como dos escurridizas serpientes entrelazadas; los últimos minutos de Gran con vida. No sé por qué pienso en estas cosas, pero no ayudan a calmar mis nervios de punta. No tengo ni idea de cómo voy a salir de esta. ¿Cómo voy a comportarme con normalidad si la tensión y el desasosiego han tomado posesión de mi ser?

Cuando vuelvo a alzar la vista, allí está, entrando a toda prisa en el restaurante, buscándome. Lleva el pelo despeinado, los dos botones superiores de la camisa sin abrochar, revelando su torso suave hasta la exasperación. Me imagino apuñalándolo con el tenedor que tengo ante mí, justo allí, donde la uve de su camisa enmarca su piel desnuda. Pero entonces advierto la cicatriz y ese oscuro deseo se evapora.

–Molly –dice a modo de saludo, deslizándose frente a mí en el reservado–. Me he inventado una excusa para salir un rato del trabajo, así que no tengo mucho tiempo. Seamos rápidos, ¿vale? Cuéntamelo todo.

Una camarera se acerca a nuestra mesa.

–Bienvenidos al Olive Garden. Para empezar, ¿puedo proponerles un poco de pan y una ensalada por cuenta de la casa?

–Estamos aquí para tomar algo rápido –responde Rodney–. Una cerveza para mí.

Levanto mi dedo índice en el aire.

–De hecho, una ensalada y un poco de pan me parecen perfectos. Y también tomaré los aperitivos y una *pizza* grande de *pepperoni*, por favor. Oh, ¿y un poco de agua? Muy muy fría. Con hielo. –Hoy nada de chardonnay. Tengo que mantener la mente despejada. Y tampoco es que esté celebrando algo, en absoluto–. Gracias –le digo a la camarera.

Rodney se peina el pelo con los dedos y suspira.

–Gracias por venir –empiezo a decir, una vez que la camarera se ha ido–. Significa mucho para mí que siempre estés cuando te necesito. Eres un amigo de verdad.

Noto que mi rostro está tenso al decirlo y que estoy forzando la expresión, pero Rodney parece no percatarse.

–Estoy aquí por ti, Molly. Solo cuéntame qué ha ocurrido, ¿vale?

–Bueno... –digo mientras escondo mis manos temblorosas debajo de la mesa–, cuando me llevaron a comisaría, la detective me comunicó que el señor Black no había muerto por causas naturales. Dijo que lo habían asfixiado.

Espero a que asimile la información.

–Vaya... –exclama Rodney–. Y tú eres la principal sospechosa.

–De hecho, no lo soy. Están buscando a alguien más.

Son las palabras que Charlotte me ha ordenado que dijera.

Lo observo con atención. Su nuez sube y baja. La camarera regresa con el pan, la ensalada y nuestras bebidas. Doy un largo sorbo a mi agua fría y me deleito viendo la incomodidad creciente de Rodney. No toco la comida. Estoy demasiado nerviosa. Además, es para después.

–La detective Stark sospecha que las personas implicadas lo hicieron con toda seguridad motivadas por el testamento del señor Black. Piensa que incluso lo comentaron con él antes de matarlo. Pobre Giselle. ¿Sabes que el señor Black no le dejó nada? Nada de nada, pobrecita.

–¿Cómo? ¿En serio la policía te ha dicho todo eso? Pero no puede ser. Sé a ciencia cierta que no puede ser.

–Ah, ¿sí? Pensaba que no conocías a Giselle.

–No la conozco –responde. Parece estar sudando, aunque aquí dentro no hace mucho calor–. Pero conozco a gente que la conoce bien. De todos modos, eso no tiene nada que ver con lo que yo he oído. Así que..., bueno, me sorprende.

Da un trago de cerveza y apoya los codos sobre la mesa.

–Grosero –suelto.

–¿Cómo?

–Tus codos. Esto es un restaurante. Es una mesa para cenar. La etiqueta dice que tienes que mantener tus codos alejados de ella.

Aunque niega con la cabeza, retira sus ofensivos apéndices de la mesa. Victoria.

–¿Ensalada? ¿Pan? –propongo.

–No –responde–. Vayamos al grano. ¿El señor Black no le legó a Giselle la villa de las Caimán? ¿Te mencionó algo de eso la detective?

–Hum... –Tomo la servilleta y la agarro fuerte por debajo de la mesa con mis manos sudorosas–. No recuerdo nada de una villa. Creo que la detective dijo que casi todo iba a parar a la primera señora Black y a los hijos.

Otro chisme que dejo caer según lo planeado.

–¿Me estás diciendo que la policía te dio toda esta información a ti sin razón aparente?

–¿Cómo? Por supuesto que no. ¿Quién iba a decirme algo a mí, a una simple camarera? La detective Stark me dejó sola en una sala y ya te puedes imaginar lo que eso supone: por lo general, la gente se olvida de que ando por allí. ¿O quizá piensen que soy demasiado tonta como para comprender las cosas? Lo oí todo por casualidad en comisaría.

–¿Y los agentes no se interesaron por la pistola en tu aspirador? Quiero decir, supongo que fue la razón por la que te detuvieron, ¿verdad?

–Sí –afirmo–. Al parecer, Cheryl encontró la pistola y los alertó. Es interesante que supiera exactamente dónde buscar. Es tan holgazana que resulta difícil de imaginar que se pusiera a rebuscar en las bolsas sucias del aspirador.

La expresión de Rodney cambia por completo.

–No estarás sugiriendo que se lo dije yo, ¿verdad? Molly, ya sabes que yo no sería capaz de...

–Nunca insinuaría eso de ti, Rodney. Tu comportamiento es intachable. Eres un inocente. Como yo.

Rodney asiente.

–Bien, me alegro de que no haya malentendidos entre nosotros. –Sacude la cabeza igual que lo haría un perro mojado al salir del agua–. Bueno, y entonces, ¿qué le dijiste a la policía cuando te preguntaron por la pistola?

–Sencillamente, les conté de quién era y dónde la había encontrado. Eso provocó dos cejas alzadas, es decir, que creo que la detective Stark se quedó bastante sorprendida.

–¿Así que se la jugaste a Giselle, a tu amiga? –pregunta.

Sus codos vuelven a hacer una molesta aparición sobre la mesa.

–Nunca delataría a una verdadera amiga. Pero tengo que decirte algo horrible. Es por eso que te he pedido que nos viéramos.

Aquí está, el momento para el que me he estado preparando.

–¿El qué? –pregunta, casi sin poder disimular la rabia que siente.

–Oh, Rodney. Ya sabes lo nerviosa que me ponen las situaciones sociales y debo decir que el interrogatorio me causó una gran consternación, puesto que tengo poca práctica en dichas circunstancias. ¿Sabes a qué me refiero? ¿Tienes experiencia en este tipo de situaciones terribles?

–Molly, ve al grano.

–De acuerdo –digo, estrujando la servilleta en mi regazo–. Nada más el tema de la pistola salió a la luz, la detective dijo que volverían a peinar la *suite* de los Black.

Me llevo la servilleta a los ojos mientras trato de juzgar su respuesta.

–Continúa.

–Entonces dije: «Oh, ¡no podéis hacer eso! Juan Manuel se queda en esa *suite*». Y la detective preguntó: «¿Quién es Juan Manuel?». Así que tuve que contárselo. Oh, Rodney, no debería haberlo hecho. Les dije que Juan Manuel es amigo tuyo y que lo has estado ayudando porque no tiene permiso de trabajo y que...

–¿Le has dicho mi nombre a la policía?

–Sí. Y les conté también lo de las bolsas y que limpiaba la habitación después de Juan Manuel y tus amigos, y lo buenos y amables que habéis sido todos...

–Son amigos suyos, no míos.

–Bueno, sean de quien sean, ensucian mucho las habitaciones. Pero no te preocupes, me he asegurado de que la detective sepa que, a diferencia de tus amigos, a menudo cubiertos de polvo, tú eres un hombre honrado...

Se lleva las manos a la cabeza.

–Oh, Molly. ¿Qué has hecho?

–He dicho la verdad. Pero me doy cuenta de que le he causado un pequeño problema a Juan Manuel. ¿Y si está en la *suite* de los Black cuando la inspeccionen de nuevo? Detestaría meterlo en problemas. Y tú también, ¿verdad, Rodney?

Asiente frenéticamente.

–Sí, claro. Quiero decir, tengo que asegurarme de que no esté allí cuando la inspeccionen. Y tenemos que limpiar esa habitación, rápido, antes de que la policía llegue. Ya sabes, para que no haya huellas ni rastro de Juan Manuel.

–Por supuesto. Justo lo que pensaba.

Le sonrío, aunque, para mis adentros, imagino que le vierto una tetera de agua hirviendo sobre su sucia y mentirosa cara.

–Así que ¿lo harás? –pregunta.

–¿Hacer qué?

–Colarte y limpiar la *suite*. Ahora. Antes de que llegue la poli. Eres la única aparte de Chernóbil y Snow que tiene acceso. Si el señor Snow pilla a Juan Manuel allí, o peor, si lo pilla la policía, lo deportarán.

–Pero se supone que yo no trabajo hoy. El señor Snow dice que, según la policía, soy una «potencial sospechosa», así que...

–¡Por favor, Molly! Esto es importante.

Extiende las manos y toma la mía entre las suyas. Quiero apartarla de inmediato, pero sé que no debo moverme.

«Tenemos fe en ti».

Lo oigo en mi cabeza, pero esta vez no es la voz de Gran. Es la del señor Preston. La de Charlotte. La de Juan Manuel.

Mantengo la mano firme debajo de las suyas y lo miro con expresión vacía.

–¿Sabes? No se me permite entrar en el hotel, pero eso no quiere decir que tú no puedas. ¿Qué te parece si me cuelo rápidamente en el hotel, recupero la llave de la habitación y te la paso? ¡Puedes utilizar mi carro y limpiar la habitación! No estaría nada mal, ¿verdad? Que limpiaras tu propia porquería... Quiero decir, la porquería de Juan Manuel.

Sus ojos se pasean por todo el local. El brillo de su frente empieza a condensarse en pequeñas gotas.

–De acuerdo –accede tras unos segundos–. Está bien. Me pasas la llave de la *suite* y yo limpiaré la habitación.

–La llave de la *suite tout suite* –digo, aunque es incapaz de captar el ingenio de mi comentario.

La camarera trae a nuestra mesa la *pizza* de *pepperoni* y los aperitivos.

–¿Podría ponerlo para llevar? –pregunto.

–Por supuesto. ¿El pan y la ensalada no estaban a su gusto? Ni siquiera los han tocado.

–Oh, no –replico–. Estaba todo delicioso. Es solo que tenemos un poco de prisa.

–Por supuesto. Lo empaquetaré todo.

Hace una ademán hacia una compañera y ambas se ocupan de la comida.

–Tráigale la cuenta a él, por favor –digo, señalando a Rodney.

Rodney se queda con la boca abierta, pero no dice nada, ni una palabra.

Nuestra camarera rescata la cuenta de su delantal y se la tiende.

Rodney saca un billete nuevecito de cien dólares de su cartera.

–Quédese con el cambio –dice. A continuación, se levanta repentinamente–. Será mejor que me vaya corriendo, Molly. Tengo que volver al hotel de inmediato para hacer lo que hemos acordado.

–Por supuesto. Llevaré toda esta comida a casa y después, en cuanto llegue al hotel, te escribiré un mensaje. Oh, y Rodney...

–¿Qué?

–De verdad que es una pena que no te gusten los rompecabezas.

–¿Por qué?

–Porque no creo que conozcas el placer que se siente cuando, de repente, todas las piezas encajan.

Rodney me observa con una mueca de desprecio en sus labios. Lo que dice su mirada está muy claro: soy una idiota, una tonta. Y, además, demasiado estúpida como para saberlo.

Esa es la sucia expresión que cubre su rostro vulgar y mentiroso.

CAPÍTULO 22

Regreso a casa con paso rápido, cargada con las bolsas llenas de comida para llevar. Estoy ansiosa por contarles al señor Preston, a Charlotte y, en especial, a Juan Manuel cómo ha ido.

Llego a mi edificio y subo los escalones de dos en dos. Estoy a punto de doblar la esquina de mi pasillo cuando veo que la puerta del señor Rosso se entreabre. Se asoma, comprueba que soy yo, se escabulle hacia el interior y cierra la puerta tras él.

Deposito las bolsas en el suelo para poder girar la llave y entro en el recibidor.

–¡Ya estoy en casa! –anuncio.

El señor Preston se pone en pie de un salto.

–Oh, querida niña. Gracias a Dios que ya estás aquí.

Charlotte y Juan Manuel se encuentran sentados en la sala de estar. Ellos también se ponen en pie de un salto nada más verme.

–¿Qué tal ha ido? –pregunta Charlotte.

Antes de que tenga tiempo de responder, Juan Manuel ya ha venido a mi lado. Me coge las bolsas con la comida y ahora está sacando el trapo del armario. En cuanto me quito los zapatos, los coge, limpia las suelas y los guarda.

–No tienes por qué hacerlo –le digo.

–No me importa. ¿Necesitas algo? ¿Estás bien? –me pregunta.

–Estoy bien. He traído comida para llevar. Espero que a todos os guste el Olive Garden.

–¿Que si me gusta? Me encanta –exclama Juan Manuel.

Recoge las bolsas y las lleva a la cocina.

–Será mejor que nos cuentes cómo ha ido –dice Charlotte–. Papá y Juan Manuel han estado histéricos desde que has salido por esa puerta.

–Todo fue según el plan –explico–. Rodney va camino del hotel en este momento. No se ha enterado de mi detención y cree que la policía va a regresar para inspeccionar de nuevo la *suite*. Le he dicho que iré enseguida para darle la llave.

Al pronunciar estas palabras, no puedo evitar sonreír. No estaba segura de poder lograrlo.

–Perfecto. Buen trabajo –replica Charlotte.

–¡Sabía que lo conseguirías! –grita Juan Manuel desde la cocina.

–Papá –dice Charlotte–, tu turno empieza a las seis, ¿verdad? ¿Estás seguro de que puedes hacerte con la llave de la *suite* de los Black?

–Tengo algunos trucos en la manga –responde.

–Pues será mejor que funcionen, porque lo último que queremos ahora es que tú también te metas en un lío.

–No te preocupes por nada. Todo va a ir de maravilla. Confía en tu viejo.

Juan Manuel regresa de la cocina con la bandeja de Gran rebosante de aperitivos y con la *pizza* del Olive Garden.

–Se suponía que, a estas horas, ya debería estar de vuelta en el trabajo –dice–. No dejan de llamarme.

Deposita la bandeja sobre la mesita de café y se sienta.

Charlotte acerca una silla y se sitúa a su lado.

–Es decisión tuya, Juan Manuel, pero me temo que si hoy vas a trabajar, de hecho, si vuelves a ese hotel en algún momento, Rodney encontrará la manera de utilizarte como siempre hace, y entonces serás tú, y no él, el que caiga en la trampa.

Juan Manuel se mira los pies.

–Sí, lo sé. Llamaré a cocina y les diré que me encuentro mal y que no acabaré mi turno.

–Bien –apostilla Charlotte.

–Ya pensaré después en lo demás –añade Juan Manuel.

–¿Lo demás? –pregunta el señor Preston.

–En dónde voy a pasar la noche –anuncia–. Primero tenemos que concentrarnos en cazar al zorro.

Asiente y sonríe, pero no es una sonrisa auténtica, no una que hace que sus ojos se iluminen.

Charlotte mira a su padre.

–Oh, Juan Manuel –dice el señor Preston–. No lo habíamos tenido en cuenta. Si no regresas al hotel, no tienes dónde pasar la noche.

–Ese es mi problema, no el suyo –afirma, sin alzar la mirada–. No se preocupen.

Se me ocurre que hay una solución evidente, aunque también es algo incómoda para mí. Nunca antes alguien se ha quedado a pasar la noche en mi casa, pero creo que, en estas circunstancias particulares, Gran abogaría por hacer lo correcto.

–Por esta noche puedes quedarte aquí. Hay mucho sitio. Puedes dormir en mi habitación y yo lo haré en la de Gran. Te daré algo de tiempo para que consideres alternativas.

Juan Manuel me mira como si no creyera lo que acaba de oír.

–¿De verdad? ¿En serio? ¿Dejarías que me quedara?

–Para eso están los amigos, ¿no? Para sacarse de un apuro.

Juan Manuel mueve su cabeza adelante y atrás lentamente.

–No puedo creer que, después de todo lo que ha ocurrido, hagas esto por mí. Gracias. Y no te preocupes, soy una persona muy discreta. Soy como un buen horno: me autolimpio.

El señor Preston suelta una risita y toma un pequeño plato de la bandeja, el cual llena con una brocheta, un trozo de *pizza* y varios palitos de *mozzarella.*

Yo sigo su ejemplo y preparo en primer lugar un plato para Juan Manuel y después uno para mí.

–Invita Rodney –anuncio–. Nos debe mucho más a los dos.

–Así es –confirma Juan Manuel.

Charlotte se pone en pie, coge el mando de la televisión y pone el canal de noticias 24 horas.

Estoy a punto darle el primer bocado a mi palito de *mozzarella* cuando se me para el corazón.

–«... y en una hora, la policía dará una rueda de prensa para informar de importantes novedades en la investigación que se está llevando a cabo para encontrar al asesino del magnate inmobiliario Charles Black. A falta de confirmación, esperamos poder oír los cargos presentados y muy probablemente la identidad del acusado, así como...».

Siento que todos me miran. Toda mi confianza se evapora en cuestión de segundos.

–¿Y ahora qué? –pregunto.

Charlotte suspira.

–Estaba preocupaba por si se daba esta situación. La policía está impaciente por tranquilizar al público y quieren colgarse la medalla de haber atrapado al asesino.

–No pinta bien –añade Juan Manuel, depositando su plato sobre la mesa.

–¿Y si dicen mi nombre? ¿Y si Rodney lo averigua antes de llegar al hotel?

–Ahora son las cinco. Todavía tenemos una hora –anuncia el señor Preston.

–Es verdad. No nos precipitemos. Yo digo que sigamos el plan. Pero no disponemos de mucho tiempo –dice Charlotte.

El presentador sigue informando sobre las circunstancias de la muerte y la conclusión del informe de la autopsia: asfixia. Todos observamos en silencio.

–«... Fuentes internas afirman que la esposa del señor Black, la famosa Giselle Black, puede no ser la acusada y que permanece como huésped del hotel. Pero ampliaremos detalles en una hora, cuando...».

Charlotte apaga la televisión.

–Esperemos que Rodney no lo haya visto y decida desaparecer. Y que Giselle no se vaya del hotel en un futuro cercano.

–No lo hará –manifiesto–. No tiene adónde ir.

El señor Preston deja el plato y se pone en pie.

–Me parece que hoy voy a empezar antes mi turno –dice–. Molly, ¿estás lista? ¿Recuerdas los siguientes pasos?

Tengo la sensación de que no puedo articular las palabras. Noto que todo se inclina a mi alrededor, pero sé que debo seguir adelante.

–Lista –afirmo.

–Charlotte, cuando recibas mi mensaje de texto, ¿contactarás con la detective Stark?

–Sí, papá. De hecho, voy a estar esperando delante de comisaría.

–Juan Manuel, ¿actuarás de controlador de la misión desde aquí? Te llamaremos cuando necesitemos tu ayuda.

–Claro que sí. Cuando me telefonéis, estaré preparado. No descansaré hasta que lo atrapemos.

No hay nada más que pueda decir o hacer. He perdido el apetito, así que dejo el plato sobre la mesa.

Los palitos de *mozzarella* tendrán que esperar.

CAPÍTULO 23

El señor Preston insiste en tomar un taxi hasta el hotel para ganar tiempo. Acabamos de detenernos en la esquina, donde se supone que tengo que bajar. Me siento incómoda cuando abona el trayecto, pero no me queda otra opción, excepto aceptar su generosidad.

–Molly, ¿estás segura de que quieres caminar desde aquí? ¿Recuerdas el plan?

–Sí, señor Preston. Estoy bien. Estoy preparada.

Pronuncio estas palabras con la esperanza de que dichos sentimientos concretos despierten, pero la verdad es que estoy temblando y que el mundo a mi alrededor gira y gira sin parar.

Justo cuando estoy a punto de apearme del taxi, el señor Preston me coge del brazo.

–Molly, tu abuela estaría orgullosa de ti.

Su simple mención hace que todas mis emociones emerjan, pero las reprimo hacia lo más fondo de mi ser.

–Gracias, señor Preston –consigo decir antes de escabullirme fuera del vehículo.

Contemplo cómo el señor Preston se aleja sin mí.

Recorro la última manzana sola y espero durante diez minutos escondida en un callejón frente al hotel. La tarde es extrañamente hermosa. Las luces doradas hieren el latón y el cristal de la entrada, bañándola en un resplandor misterioso. Los Chen salen para una cena temprana. Él lleva un traje de raya diplomática y ella va vestida completamente de negro, excepto por un ramillete de un vivo color rosa prendido del corpiño. Una joven familia sale de un taxi después de un largo día de visitas turísticas, los padres letárgicos y lentos. Las dos criaturas suben corriendo las escaleras escarlata, mostrando sus *souvenirs* a los *valets*. Siempre es así al atardecer, como si el día estuviera lanzando sus últimos coletazos de energía hacia la escalinata mientras el hotel espera pacientemente a que llegue la tranquilidad de la noche.

El podio es el único lugar que está triste y vacío. El señor Preston todavía no ha llegado. Sin duda aún está en el sótano, poniéndose su gran abrigo y la gorra, preparándose para fichar más pronto de lo habitual.

El tiempo transcurre con una lentitud insoportable. La tensión y los nervios hacen que me tiemble todo el cuerpo. No sé si seré capaz de hacerlo. No sirvo para esta clase de actuaciones. La única cosa que me da fuerzas es el hecho de que el señor Preston, Charlotte y Juan Manuel también estén involucrados.

«Si crees en ti, nada puede detenerte».

Intento hacerlo lo mejor que puedo, Gran. Lo intento.

«Es la hora».

Me quedo en mi lugar, escondida en el callejón, oculta en las sombras de la cafetería, junto a la pared. Finalmente, el señor Preston aparece, uniformado y elegante. Atraviesa con calma las puertas giratorias y se coloca tras el podio en el rellano del hotel. Saca el teléfono y envía un mensaje de texto; a continuación, lo guarda en el bolsillo. Me apoyo contra la pared, pese a que sé que está sucia. Si todo va bien, ya tendré oportunidad de hacer la colada. Pero si no, nunca volveré a hacerla.

Transcurren un par de minutos más. Justo cuando estoy a punto de perder los nervios, lo diviso al final de la calle: allí está Rodney, dirigiéndose a paso ligero hacia el hotel. Debo admitir que, al verlo, tengo sentimientos encontrados. Por un lado, su aparición significa que todo va según el plan; por otro, el mero hecho de ver ese rostro mentiroso y traidor me llena de rabia asesina.

Sube corriendo las escaleras y se detiene ante el podio para hablar con el señor Preston. La conversación no dura más de un minuto. A continuación, Rodney entra en el hotel.

El señor Preston saca su teléfono y marca un número. Casi se me sale el corazón del pecho al notar que el mío vibra en el bolsillo.

Respondo.

–¿Hola? –susurro–. Sí, lo he visto todo. ¿Qué quería?

–Ha oído lo de la rueda de prensa –explica el señor Preston–. Me ha preguntado si sabía a quién habían detenido.

–¿Y qué le ha dicho? –pregunto.

–Que vi a Giselle hablando con la policía. Y que parecía alterada.

–Oh, cielos. Eso no formaba parte del plan.

–Mi viejo cerebro ha tenido que pensar con agilidad. Tú harás lo mismo si te ves en una situación similar. Puedes hacerlo. Lo sé.

Tomo aliento.

–¿Algo más?

–La rueda de prensa empieza en cuarenta minutos. Tenemos que actuar con rapidez. Es la hora. Escríbele un mensaje de texto. Actúa según lo planeado.

–Recibido, señor Preston. Cambio y corto.

Cuelgo y veo que el señor Preston se guarda el teléfono de nuevo.

Le escribo un mensaje a Rodney: «Ayuda. ¡Estoy en la puerta principal y no me dejan entrar! Si no puedo conseguirte esa llave, ¿qué vamos a hacer?».

La respuesta de Rodney es inmediata: «VE. SPERA».

¿Cómo? ¿Qué quiere decir eso? No tengo ni la menor idea. Piensa, Molly, piensa.

«Quien tiene un amigo tiene un tesoro».

Tengo la respuesta literalmente en la punta de mis dedos. Busco a Juan Manuel en la libreta de contactos y marco su número. Responde antes de que termine el primer tono.

–¿Molly? ¿Qué ocurre? ¿Va todo bien?

–Sí, todo va bien. El plan está en marcha. Pero... Juan Manuel, estoy en un apuro y necesito ayuda urgente.

Le leo el mensaje de Rodney.

–¿Crees que sé lo que significa? –me pregunta–. Me siento como si estuviera en uno de esos concursos de la tele en los que llamas a un amigo que te da la respuesta correcta y ganas un montón de dinero. Pero, Molly, ¡has llamado al amigo equivocado! –Hace una pausa–. Espera... –Oigo unos ruidos y crepitación al otro lado de la línea–. Molly, ¿sigues ahí?

–Sí.

–He buscado en Google. Rodney quiere decir: «Vengo Enseguida. Espera». ¿Tiene sentido?

Sí lo tiene. Totalmente. Retomo el hilo.

–Juan Manuel, te daría...

Le daría un beso. Eso es lo que quiero decirle, que se lo agradezco tanto que podría darle un beso. Pero es una idea tan ridícula y atrevida, tan impropia de mí que se me atraganta y no llego a pronunciarla.

–Gracias –digo en su lugar.

–Ve a cazar al zorro, Molly –replica–. Yo SPERO hasta que vuelvas.

Sé que no está a mi lado, pero lo siento como si así fuera. Es como si me cogiera de la mano a través de la línea telefónica.

–Sí, gracias, Juan Manuel.

Cuelgo y guardo el teléfono.

«Es la hora».

Tomo aliento y después abandono las sombras para dirigirme hacia la calzada.

«Mira siempre a un lado y a otro...».

Cruzo la calle, tratando de hacerlo como siempre, sin prisas, recordándome que debo actuar como si fuera un día normal. Al llegar ante la escalinata, me agarro fuerte al pasamanos de latón para no perder el equilibrio. A continuación, pongo un pie detrás del otro y subo los lujosos escalones rojos.

El señor Preston me ve. Coge el teléfono del hotel que hay en su podio y hace una llamada. Su voz me parece muy creíble cuando dice: «Sí. Urgentemente. Está aquí, en la puerta principal, y no quiere irse».

Tal como hemos planeado, el señor Preston lleva guantes blancos, los cuales no forman parte de su uniforme habitual. Por lo general, los lleva solo en ocasiones especiales, pero hoy nos vienen de maravilla.

–Molly –dice en voz alta y tono brusco–. ¿Qué estás haciendo aquí? Hoy no deberías estar en el hotel. Tengo que pedirte que te marches.

Echa un vistazo a su alrededor para asegurarse de que la gente está observando. Varios huéspedes entran y salen del hotel. Un par de *valets* en la acera olvidan lo que están haciendo y nos observan. Me siento como si fuera un atractivo espectáculo deportivo.

Aunque es extraño hacer esto, ha llegado la hora de interpretar mi papel, de atraer más atención si cabe.

–Tengo todo el derecho de estar aquí –bramo con una voz llena de confianza–. Soy una empleada muy apreciada en este hotel y...

Me paro en seco al ver al señor Snow, que surge de las puertas giratorias.

El señor Preston se dirige rápidamente hacia él.

–Llamaré a Seguridad –le dice al señor Snow y, a continuación, se encamina hacia el interior del edificio.

El señor Snow se precipita sobre mí.

–Molly –dice–, siento informarte de que ya no eres empleada del Regency Grand. Tienes que abandonar sus instalaciones de inmediato.

Las palabras me sacuden y debo decir que me siento totalmente despojada al oírlas. Aun así, tomo aliento y me ciño a mi papel, pronunciando las frases incluso con un tono de voz más elevado que antes:

–¡Pero si soy una empleada modelo! ¡No puede echarme sin motivo!

–Como bien sabrás, Molly, sí hay un motivo –dice el señor Snow–. Baja la escalera. Ahora.

–Esto es inconcebible –exclamo–. No voy a irme.

El señor Snow se ajusta las gafas.

–Estás molestando a los huéspedes –sisea.

Miro a mi alrededor y veo que se han congregado algunos huéspedes más. Al parecer, los *valets* han dado la voz a los de Recepción. Varios empleados del mostrador están junto a ellos, susurrándose cosas al oído. Todos me observan.

Durante los siguientes minutos, me dedico a retener al señor Snow en las escaleras, pidiéndole explicaciones, suplicándole que reconsidere su decisión, hablándole una y otra vez del valor añadido que supone mi devoción por la higiene y del alto nivel de calidad que ofrezco al hotel cada vez que limpio la habitación de un huésped. Rememoro a Gran, cómo se comportaba por la mañana, cómo no dejaba de hablar y hablar sin apenas respirar. Soy consciente todo el tiempo de que apenas nos quedan unos minutos antes de que el plan fracase. También soy consciente de que no llevo uniforme, lo que se suma a mi angustia e incomodidad general. «¡Vuelva ya, señor Preston! ¡Deprisa!», pienso para mis adentros.

Finalmente, este atraviesa a toda prisa las puertas giratorias y se coloca junto al señor Snow.

–No encuentro a los de Seguridad, señor –anuncia.

–No consigo que se marche –responde el señor Snow.

–Permítame que yo me ocupe –dice el señor Preston. El señor Snow asiente y se aparta–. Molly, me gustaría hablar contigo...

El señor Preston me lleva amablemente aparte, lejos de los oídos curiosos. Ambos damos la espalda a la multitud que se ha congregado.

–¿Ha funcionado? –susurro.

–Sí. He encontrado a Cheryl.

–¿Y qué ha pasado? –pregunto.

–He conseguido lo que quería.

–¿Cómo?

–Le he dicho que sabía que estaba robando las propinas de las otras camareras. Se ha puesto tan nerviosa que no se ha dado ni cuenta de que cogía la tarjeta llavero maestra de su carro. Tampoco he dejado huellas –añade, moviendo sus dedos enguantados–. Toma –dice, tendiéndome la mano–. Estréchamela.

Entiendo la indirecta y le doy un apretón. Al hacerlo, noto que la tarjeta llavero se desliza sin dificultad hacia la palma de mi mano.

–Cuídate mucho, Molly –dice en una voz lo suficientemente alta como para que todos los que nos rodean se enteren–. Y ahora vuelve a casa. Hoy no tienes nada que hacer aquí.

Asiente hacia el señor Snow, quien le devuelve el gesto.

Por supuesto, el señor Preston sabe tan bien como yo que no puedo marcharme. Todavía no. Estoy a punto de empezar un nuevo monólogo sobre abejas obreras cuando Rodney aparece por fin por las puertas giratorias y baja a saltos las escaleras hacia mí.

–¡No entiendo nada de nada! –grito–. ¡Soy una buena camarera! ¡Rodney!, eres justo la persona que quería ver. ¿No te parece increíble?

El señor Snow se acerca.

–Rodney, estamos tratando de explicarle a la señorita Molly que ya no es bienvenida en este hotel. Pero estamos encontrando ciertas dificultades para hacernos entender.

–Lo comprendo –dice–. Permítame que yo hable con ella.

De nuevo, me llevan aparte.

–Molly, no te preocupes –dice Rodney una vez lejos de oídos curiosos–. Después hablaré con Snow y averiguaré qué ocurre con tu puesto de trabajo, ¿vale? Seguro que es un malentendido. ¿Has conseguido la llave de la *suite* de los Black? No hay tiempo que perder.

–Es verdad, no tenemos tiempo –convengo–. Aquí tienes la llave.

Se la paso discretamente.

–Gracias, Molly. Eres la mejor. Eh, he oído que la policía ha anunciado una rueda de prensa dentro de nada. ¿Sabes de qué va a ir?

–Me temo que no.

Lo observo con atención, confiando en que la respuesta lo satisfaga.

–Está bien. De acuerdo. Será mejor que acabe con esto antes de que Ojos de Búho deje entrar a los polis.

–Sí. Tan rápido como puedas. Buena suerte.

Me da la espalda y empieza a subir las escaleras.

–Ah, Rodney –digo. Él da media vuelta y me mira–. Es de admirar lo que llegas a hacer por un amigo.

–Si tú supieras... No hay nada que no haría.

Antes de que pueda añadir algo más, ya está en lo alto de la escalera.

–No se preocupe –le dice al señor Snow–. Ya se marcha.

Lo suelta así, como si yo ni siquiera estuviera presente.

Después de eso bajo rápidamente los escaleras escarlata y me vuelvo solo una vez para ver cómo Rodney atraviesa las puertas correderas, con el señor Preston tras él mientras conduce con una mano al señor Snow al interior del hotel.

Compruebo la hora en el teléfono: 17:45.

«Es la hora».

CAPÍTULO 24

Estoy sentada en la cafetería justo delante del hotel, al lado de la ventana, así que tengo una vista perfecta de la entrada del Regency Grand. La luz se está desvaneciendo. Unas sombras oblicuas cubren la entrada y le dan un tono diferente a la escalinata escarlata, un tono que se asemeja al color de la sangre seca. No pasará mucho antes de que las lámparas de gas de hierro forjado se enciendan y sus llamas resplandezcan, mientras el atardecer da paso a la oscuridad.

Ante mí hay una tetera de metal, de las que gotea y nunca vierte el líquido limpiamente, y una taza gruesa. Prefiero la porcelana de Gran a esto, pero, a falta de pan, buenas son tortas. También he despilfarrado mi dinero en una magdalena de cereales con pasas recién horneada, la cual he dividido en cuatro partes, pero ahora mismo estoy demasiado nerviosa para comer.

Hace unos minutos, el señor Preston apareció por las puertas giratorias y regresó a su posición en el podio del portero. Realizó una llamada. Fue muy corta; de hecho, muy muy corta. Ahora veo que alza los ojos y mira al otro lado de la calle, hacia esta ventana. Probablemente no puede verme con una luz tan tenue, pero sabe que estoy aquí. Y yo sé que él está allí. Lo que supone un alivio.

Mi teléfono vibra. Es un mensaje de Charlotte. Un emoticono con el pulgar hacia arriba, algo en lo que hemos quedado de antemano como señal de que «todo va según el plan».

Me envía también otro mensaje: «Espera y no te muevas del sitio».

Le envío otro emoticono con el pulgar hacia arriba, pese a que no me siento así en absoluto. En realidad, estoy con el pulgar hacia abajo y no lo sentiré hacia arriba hasta que vea cierto movimiento en esas escaleras, hasta que vea alguna señal –alguna señal aparte de los emoticonos– que me indique que el plan está funcionando de verdad. Y por el momento, nada.

Son las 17:59.

«Es la hora».

Envuelvo la taza con mis manos nerviosas, aunque ahora ya está tibia y no calienta demasiado. Desde mi posición veo la pantalla de la tele, a la derecha. No hay sonido pero, como es habitual, está puesto el canal de noticias 24 horas. Un joven agente de policía al que reconozco como el colega de la detective Stark está a punto de tomar la palabra en la rueda de prensa. Está leyendo unos papeles que tiene delante. Los subtítulos corren por la pantalla.

«... que se ha realizado una detención por lo que la policía acaba de confirmar como el asesinato del señor Charles Black el lunes pasado en el hotel Regency Grand. Esta es una fotografía de la acusada, Molly Gray, camarera de habitaciones del hotel. Sobre ella pesan los cargos de homicidio en primer grado, posesión de armas y tráfico de drogas».

Tomo un sorbo de té y casi me atraganto al ver mi rostro en la pantalla. Es una fotografía que tomaron al contratarme, para el archivo de Recursos Humanos. No sonreía cuando la hicieron, pero al menos tengo un aspecto profesional. Llevo mi uniforme, limpio y recién planchado. Los titulares continúan:

«... en la actualidad en libertad provisional. Cualquier persona que desee más información, puede dirigirse a...».

Desconecto en ese momento porque oigo el chirrido de los frenos de varios vehículos. Al otro lado de la calle, justo delante del hotel, hay cuatro coches patrulla con las ventanas tintadas. Varios agentes armados saltan de los vehículos y suben las escaleras corriendo. Veo cómo el señor Preston los acompaña al interior. La escena completa apenas dura unos segundos. El señor Preston emerge de nuevo a través de las puertas giratorias, seguido del señor Snow. Intercambian unas pocas palabras y, a continuación, se vuelven hacia varios huéspedes que están en el rellano, sin duda para garantizarles que todo va bien cuando, en realidad, no es así. Viéndolo todo desde la distancia, me siento completamente impotente. No hay nada que hacer, excepto esperar y confiar. Y hacer una llamada. Una llamada importante.

«Es la hora».

Esta es la única parte del plan que me he guardado para mí durante todo este tiempo. No la he compartido con nadie –ni con el señor Preston, ni con Charlotte, ni siquiera con Juan Manuel–. Hay algunas cosas que solo yo sé, cosas que solo yo puedo entender porque las he vivido. Sé qué se siente al estar sola, tan sola que puedes equivocarte en tus elecciones y, por desesperación, acabas confiando en la gente equivocada.

Abro la libreta de contactos del teléfono. Llamo a Giselle.

El teléfono suena una, dos, tres veces, y solo cuando creo que no va a contestar...

–¿Diga?

–Buenas tardes, Giselle. Soy Molly Maid. Tu amiga.

–Por el amor de Dios, Molly. He estado esperando a que me llamaras. No te he visto en el hotel. Te he echado de menos. ¿Va todo bien?

No tengo tiempo para cortesías y creo que este es uno de esos pocos momentos de la vida en que saltarse las reglas de etiqueta resulta completamente apropiado.

–Me has mentido –digo–. Rodney es tu novio. Tu novio secreto. Nunca me lo dijiste.

Al otro lado de la línea se produce un silencio.

–Oh, Molly –dice al cabo de un momento–. Lo siento mucho.

Lo noto en su voz, esa pequeña inflexión que me indica que está a punto de llorar.

–Pensaba que éramos amigas.

–Somos amigas –responde. Siento como si me aguijoneara con un dardo–. Molly, estoy perdida. Estoy... tan perdida

Ahora llora abiertamente, y habla con voz sumisa y aterrada.

–Me hiciste recuperar la pistola –digo.

–Lo sé. No debería haberte involucrado en todo este lío. Estaba asustada, asustada por si la policía la encontraba y entonces todo señalaba hacia mí. E imaginé que nunca sospecharían de ti.

–La policía encontró tu pistola en mi aspirador. Ahora todo señala hacia mí, Giselle. Me han detenido y acusado de muchos cargos. Acaban de anunciarlo en público hace unos minutos.

–Oh, Dios mío. Esto no puede estar pasando.

–Está pasando. Me está pasando a mí. Y yo no maté al señor Black.

–Ya lo sé. Pero yo tampoco, Molly. Lo juro.

–Lo sé –respondo–. ¿Te das cuenta de que Rodney me tendió una trampa para incriminarme?

–Molly, te juro que yo no sabía nada. ¿Y todo eso que Rodney te obligó a hacer, eso de limpiar las habitaciones después de las remesas? Lo descubrí el lunes. Antes no tenía ni idea. ¿Has visto que lleva un ojo a la funerala? Es porque lo golpeé cuando me lo dijo. Nos peleamos por ello. Le dije que no estaba bien, que tú eras una persona buena e inocente, que no podía utilizar a la gente así. Le lancé el bolso, Molly. Estaba tan enfadada. La cadena le dio justo en el ojo.

Eso resolvía uno de los enigmas, pero solo uno.

–¿Sabías que Rodney y el señor Black eran socios en una actividad ilícita? –pregunto–. ¿Sabías que estaban llevando a cabo una operación ilegal en el hotel?

Al otro lado de la línea, oigo que se revuelve y cambia de postura.

–Sí –confiesa–. Lo he sabido durante algún tiempo. Es la razón por la que nos alojamos tanto en este maldito hotel. Pero ¿lo tuyo..., lo de Rodney implicándote en todo el trabajo sucio? Eso no lo descubrí hasta esta semana. De haberlo sabido antes, te juro que le habría puesto fin de inmediato. Y te lo repito, Molly: yo no he tenido nada que ver con el asesinato de Charles. Rodney y yo hacíamos bromas, claro, sobre cómo nos arreglaría la vida y que por fin podríamos estar juntos sin necesidad de escondernos al matar a dos pájaros, a su jefe y a mi marido, de un tiro. Incluso planeamos fugarnos juntos, muy lejos.

Es entonces cuando encaja. Los billetes de avión, dos de ida.

–A las Caimán –digo.

–Sí, a las Caimán. Por eso le pedí a Charles que pusiera esa propiedad a mi nombre. Iba a dejarlo y a fugarme, iba a presentar la demanda de divorcio desde allí. Rodney y yo íbamos a empezar una nueva vida, una mejor. Los dos juntos. Pero jamás pensé que... No sabía que Rodney sería capaz de...

Deja la frase sin terminar.

–¿Te has sentido alguna vez traicionada, Giselle? –le pregunto–. ¿Alguna vez has confiado mucho en alguien y te ha decepcionado?

–Ya sabes que sí. Lo sabes demasiado bien.

–El señor Black. Él te decepcionó.

–Así es, pero no ha sido el único. Rodney también. Al parecer, soy experta en confiar en gilipollas.

–Puede que sea otro rasgo que tengamos en común.

–Sí, pero yo no soy como ellos, Molly. Como Charles y Rodney. No soy como ellos en absoluto.

–¿De verdad? –le pregunto–. Mi abuela solía decir: «Dime con quién vas y te diré quién eres». Jamás lo había entendido hasta ahora. También decía: «El movimiento se demuestra andando».

–El movimiento se demuestra... ¿Cómo?

–Quiere decir que no voy a confiar en lo que me dices. Ya no.

–Molly, solo he cometido un error. He cometido el maldito estúpido error de pedirte que regresaras a esa *suite* e hicieras el trabajo sucio que debería haber hecho yo. Por favor, no voy a permitir que te encierren. No van a salirse con la suya.

Su voz suena áspera y real, pero ¿puedo confiar de verdad en lo que escucho?

–Giselle, ¿estás en el hotel ahora mismo? ¿Estás en tu habitación?

–Sí, como una princesa encerrada en su torreón. Molly, tienes que ayudarme. Voy a hablar, ¿vale? Voy a decirle a la policía que la pistola era mía y que yo te pedí que la cogieras. Incluso les diré que Rodney y Charles dirigían un cártel. Voy a hacer que salgas limpia de esto, lo prometo. Molly, eres la única verdadera amiga que he tenido.

Siento una oleada de lágrimas que se agolpan en las comisuras de mis ojos. Espero que sea cierto, de verdad. Espero que ella sea una manzana buena en un cesto lleno de manzanas podridas. Es hora de ponerla a prueba.

–Giselle, escúchame. Escúchame con mucha atención, ¿de acuerdo?

–De acuerdo –responde entre sollozos.

–¿Puedes llegar a las islas Caimán?

–Sí, tengo billetes abiertos. Puedo ir cuando quiera.

–¿Conservas tu pasaporte?

–Sí.

–No contactes con Rodney. ¿Lo comprendes?

–Pero ¿no debería avisarlo de que...?

–Giselle, le importas un comino. ¿Es que no lo ves? Acabará también contigo, a la primera oportunidad. Eres solo un peón en su juego.

Oigo que le cuesta respirar.

–Oh, Molly. Ojalá me pareciera a ti. Pero no, no me parezco en absoluto. Tú eres fuerte. Eres honesta. Eres buena. No sé si soy capaz de hacerlo. No sé si puedo estar sola.

–Siempre has estado sola, Giselle. Más vale sola que mal acompañada.

–Déjame adivinar. ¿Te lo dijo tu abuela?

–Así es. Y tenía razón.

–¿Cómo he podido enamorarme de un hombre tan...?

–¿Malvado? –sugiero.

–Sí, tan malvado.

–Malvado y maligno comparten varias letras. Uno engendra al otro.

–Rodney y Charles –dice.

–Malvado y maligno –respondo–. Giselle, no disponemos de mucho tiempo. Tienes que hacer lo que yo te diga. Y rápido.

–De acuerdo. Lo que me pidas, Molly.

–Quiero que metas en una bolsa las cosas que necesites. Solo las que necesites. Quiero que te metas el pasaporte y el dinero que tengas junto al corazón. Y quiero que corras. No hacia la puerta principal del hotel, sino hacia la trasera. Ahora. ¿Me oyes?

–Pero ¿y tú? No puedo dejarte...

–Si eres mi amiga, harás esto por mí. Yo ya no estoy sola. Tengo amigos reales, de verdad. Estaré bien. Solo te pido que hagas lo que te he dicho. Vete, Giselle. Ahora. Corre.

Giselle sigue hablando, pero yo ya no la escucho porque ya he dicho todo lo que necesitaba decir. Sé que es descortés y, si no estuviéramos en una situación tan excepcional, ciertamente no habría sido tan brusca y escueta. Le cuelgo sin añadir palabra mientras ella sigue hablando.

Cuando levanto la mirada del teléfono, hay una empleada de la cafetería junto a mi mesa. Cambia el peso de su cuerpo de un pie al otro. Reconozco el gesto. Es lo que yo hago cuando estoy esperando a que llegue mi turno de palabra.

–¿Esa eras tú? –me pregunta, señalando a la pantalla de televisión.

¿Qué se supone que tengo que responder?

«La franqueza no es agravio».

–Era yo. Sí.

Guarda silencio mientras asimila esta información.

–Oh, y debo añadir que no lo hice. Lo de asesinar al señor Black, quiero decir. No soy una asesina. No hay nada de lo que preocuparse.

Tomo un sorbo de la taza.

La empleada de la cafetería se yergue y se aleja. Solo me da la espalda al alcanzar la seguridad del mostrador. Observo cómo se apresura a entrar en la cocina, donde seguramente se lo comentará a su supervisora, quien enseguida aparecerá y me mirará con los ojos como platos. Reconoceré que la expresión significa miedo porque estoy mejorando mucho en esto de comprender la sutileza de las señales, el lenguaje corporal que expresa estados emocionales.

«El diablo sabe más por viejo que por diablo».

Esa misma supervisora me mirará de arriba abajo y comprobará que soy yo, la de las noticias. Llamará a la policía. La policía le dirá algo para tranquilizarla, que no se preocupe o que en la rueda de prensa han dado una información errónea.

«Al final todo acabará bien».

Respiro hondo. Disfruto de otro sorbo de té. Espero y vigilo la puerta principal del hotel.

Y entonces allí está, lo que he estado esperando...

La policía aparece por las puertas giratorias con un hombre ante ellos: Rodney, con la camisa blanca arremangada, lo que permite contemplar sus hermosos antebrazos esposados. Tras él va la detective Stark. Lleva una bolsa de lona de color azul marino que reconozco de inmediato. La cremallera está medio abierta. Incluso desde aquí distingo que no lleva ropa y efectos personales, sino bolsas que contienen un polvo blanco.

Cojo un cuarto de la magdalena de cereales con pasas. Deliciosa. Está recién horneada. ¿No es interesante que esta cafetería hornee antes de que anochezca? No debe de haber mucha gente que elija comer magdalenas a estas horas de la tarde, pero ahí están. Quizá haya más gente como yo en el mundo.

«Cada persona es un misterio».

Es cierto, Gran. Muy cierto.

La magdalena está deliciosa. Se funde en mi boca. Sienta bien comer. Es algo tan humano, tan satisfactorio. Es algo que todos tenemos que hacer para vivir, algo que todos los que pisamos la Tierra tenemos en común. Como, luego soy.

Empujan la cabeza de Rodney hacia el asiento trasero de uno de los coches patrulla. Varios de los agentes que han entrado en el hotel hace unos minutos están al pie de la escalera en posición de firmes. Los huéspedes del hotel, nerviosos, se arremolinan en el rellano, buscando alivio y calma en su portero.

La detective Stark sube las escaleras y le dice algo al señor Preston. Advierto que ambos miran en mi dirección. No hay manera de que me vean, no con la luz del final de la tarde reflejándose en el escaparate de la cafetería.

La detective Stark asiente, de forma casi imperceptible, pero lo hace. Estoy segura de que es hacia mí. De lo que no estoy segura es del significado de este pequeño gesto lejano. Definitivamente, ya he tenido suficientes problemas interpretando las reacciones de la detective Stark, así que cualquier conjetura será solo eso: una suposición, no una certeza.

Nunca me han gustado las apuestas, básicamente porque me cuesta mucho ganar el dinero que luego es tan fácil de perder. Pero si tuviera que apostar, diría que el gesto de la detective Stark tiene un significado especial. Y lo que ha querido decir con él es «Me he equivocado».

CAPÍTULO 25

Camino sin prisas de vuelta a casa. Es gracioso lo difícil que resulta apreciar, bajo los efectos del estrés, las pequeñas cosas inspiradoras que nos rodean: los pájaros que trinan sus últimas nanas antes de hincharse y prepararse para dormir; los cielos de algodón de azúcar del atardecer; el hecho de que, a diferencia del resto de los días del último mes, cuando abra la puerta de mi piso, habrá un amigo esperándome. Puede que sea la primera vez desde que Gran murió que experimento esta sensación de esperanza.

«Al final todo acabará bien y, si no es así, es que aún no es el final».

Mi edificio está allí delante. Acelero el paso. Sé que Juan Manuel estará esperando, ávido de noticias, noticias de verdad, no un emoticono con los pulgares hacia arriba.

Atravieso sigilosamente la puerta principal y subo las escaleras de dos en dos hasta mi planta. Doblo la esquina del pasillo, saco la llave y entro.

–¡Ya estoy en casa! –grito.

Juan Manuel se precipita a recibirme; aunque se encuentra a una distancia menor a la de un carrito, esta proximidad no me molesta. Nunca me ha molestado que la gente esté cerca de mí. El problema siempre ha sido el contrario: que la gente guarda la distancia.

–¡*Híjole*, ya has vuelto! –exclama juntando las manos. Abre el armario, saca el trapo para los zapatos y espera a que me los quite–. ¿Ha funcionado? –pregunta–. ¿Atraparon al zorro?

–Sí. Lo vi con mis propios ojos. Atraparon a Rodney.

–Oh, gracias, gracias. Tienes que contármelo todo. ¿Te encuentras bien? Dime: ¿te encuentras bien?

–Estoy bien, Juan Manuel. De hecho, estoy más que bien.

–Perfecto –responde, suspirando–. Genial.

Me coge los zapatos y frota las suelas como si un genio fuera a materializarse desde su interior. Afortunadamente, su ardiente limpieza finaliza y guarda los zapatos y el trapo en el armario. A continuación, me abraza. Me quedo tan sorprendida ante esta muestra repentina de afecto que dejo los brazos muertos y se me olvida que lo correcto en estos casos es devolver el gesto. Justo cuando me doy cuenta, él se aparta.

–¿Y a qué ha venido eso? –pregunto.

–Por regresar a casa sana y salva –dice–. Ven, vamos a la cocina. He preparado una pequeña cena para los dos. He tratado de ser optimista, Molly, pero estaba muy preocupado. Pensaba que la policía vendría a detenerme o que nunca regresarías. Se me han pasado unas cosas horribles por la cabeza: lo que te harían si te...

Deja la frase sin terminar.

–¿Si me qué?

–Rodney y sus hombres. Si te hacían daño igual que a mí.

Ante la idea, siento que la estancia se inclina treinta grados, pero respiro hondo para calmarme.

–Ven –me anima Juan Manuel.

Lo sigo hasta la cocina, donde está lo que ha preparado. Son las sobras del Olive Garden, hermosamente presentadas en un plato para cada uno. Incluso ha puesto el mantel a cuadros blancos y negros de Gran para que todo tenga un aire más italiano. El resultado es encantador. Nuestra diminuta cocina se ha transformado en una escena de una postal turística. Me siento como si estuviera soñando y tardo unos instantes en recuperar el habla.

–Qué bonito, Juan Manuel –consigo decir–. ¿Sabes que por primera vez en mucho tiempo creo que soy capaz de devorar una comida entera?

–Explícamelo todo mientras comemos –dice.

Nos sentamos a la vez, pero, nada más hacerlo, Juan Manuel se pone en pie de nuevo de un brinco.

–Ah, se me olvidaba –dice.

Se apresura hacia la sala de estar y regresa con uno de los candelabros de Gran y una caja de cerillas.

–¿Podemos encenderlos? –pregunta–. Ya sé que son especiales, pero hoy también es un día especial, ¿no? Hoy han atrapado a la persona acertada.

–Sí, se lo han llevado en un coche de policía –explico–. Y espero que eso suponga cosas buenas para ambos.

Incluso antes de terminar de pronunciar estas palabras, la duda ya se ha cernido sobre mí. Una cosa es tener esperanza y otra muy diferente confiar en que todo acabará como debería –para Juan Manuel y para mí.

Coloca la vela entre los dos. Justo cuando estamos a punto de coger los tenedores, noto que mi móvil suena en el bolsillo y casi salto de la silla. Es Charlotte. Menos mal.

–¿Charlotte? Soy Molly. Molly Gray.

–Sí, lo sé–responde ella–. ¿Estás bien?

–Sí, bastante bien. Gracias por preguntar. Estoy en casa con Juan Manuel, a punto de hacer un *Tour* de Italia.

–¿Cómo?

–No importa. ¿Puedes decirme cómo fue en el interior del

hotel? Vi cómo ocurría desde la cafetería, pero ¿funcionó el plan? ¿Cogieron a Rodney in fraganti?

–Todo fue muy bien, Molly. Escucha, no tengo mucho tiempo. Estoy en comisaría. La detective Stark me ha pedido que vaya a su despacho. Tú y Juan Manuel quedaos donde estáis, ¿de acuerdo? Papá y yo vendremos tan pronto como podamos. Probablemente esto nos llevará un par de horas. Y creo que estarás contenta con los resultados.

–Está bien, de acuerdo. Gracias, Charlotte. Dale recuerdos a la detective Stark.

–¿En serio quieres que le dé...? ¿Estás segura?

–No hay motivo para ser maleducada.

–De acuerdo, Molly. La saludaré de tu parte.

–Por favor, dile que soy capaz de leer los movimientos de la cabeza.

–¿Que eres capaz de qué?

–Solo dile eso, por favor, con esas mismas palabras. Y gracias.

–De acuerdo.

Charlotte cuelga y yo guardo el teléfono.

–Siento muchísimo la interrupción. Te informo de que no suelo contestar a las llamadas durante la cena. No pretendo que se convierta en una costumbre.

–Molly, te preocupas mucho por lo que «es correcto» y lo que «no es correcto». Solo quiero saber qué ha dicho Charlotte.

–Que lo han cogido con las manos en la masa. A Rodney.

–¿En flagrante delito?

–In fraganti, sí.

Una sonrisa se extiende por el rostro de Juan Manuel y hace que sus ojos de color castaño oscuro se iluminen. Gran me dijo en una ocasión que una sonrisa auténtica sucede en los ojos, algo que no había entendido por completo hasta hoy.

–Molly, antes no había tenido oportunidad de hablar a solas contigo y pedirte disculpas. Nunca ha sido mi intención que te vieras involucrada en esto.

Dejo el tenedor que tengo en la mano de vuelta a su sitio.

–Juan Manuel, no has hecho otra cosa que intentar mantenerme alejada de todo esto. Si hasta trataste de advertirme.

–Quizá debería haberme esforzado más. Quizá debería haber ido a la policía y contarlo todo. El problema es que no me fío de la policía. Cuando miran a gente como yo, a veces todo lo que ven es malo. Y no todos los policías son buenos, Molly. ¿Cómo saber quién está de qué lado? Estaba preocupado... Pensaba que si hablaba de las drogas y el hotel, las cosas se pondrían más feas... para ti y para mí.

–Sí, lo entiendo. Yo también he tenido problemas para saber quién está de qué lado.

–Y Rodney y el señor Black... –continúa–. Me daba igual si me mataban, pero ¿y mi madre, mi familia? Tenía tanto miedo de que les hicieran daño... Y también tenía miedo de que te hicieran daño a ti. Así que pensé: «Si no digo nada, si me lo guardo todo para mí y lo sufro en silencio, quizá nadie más salga herido».

Tiene las muñecas, no los codos, apoyadas en la mesa. Trato de concentrarme en su cara porque lo único que acabo viendo son las cicatrices en sus antebrazos, algunas ya curadas y una o dos todavía en carne viva.

Señalo hacia sus brazos.

–¿Fue él? –pregunto–. ¿Fue Rodney el que te hizo eso?

–No. Fueron sus amigos. Los grandotes. Pero Rodney fue quien lo ordenó. El señor Black quema a Rodney y Rodney me quema a mí. Esto es lo que conseguí por quejarme, por decir que no quería hacer el trabajo sucio de Rodney. Y por tener una familia a la que quiero, no como él, que no tiene ninguna.

–Está tan mal lo que te hicieron...

–Sí, así es. Y lo que te hicieron a ti también.

–Tus brazos... Seguro que te duele.

–Me dolía, pero hoy ya está bien. Hoy me siento un poco mejor. Ni siquiera sé qué me sucederá, pero me siento bien porque han atrapado a Rodney. Y nos queda una vela por encender. Así que hay esperanza. –Saca una cerilla de la caja y enciende la vela. A continuación, añade–: No dejemos que se enfríen los platos. Comamos.

Cogemos nuestros tenedores y disfrutamos de la comida. Tengo mucho tiempo, no solo para masticar el número correcto de veces, sino también para saborear cada uno de los bocados. Entre uno y otro, relato todos y cada uno de los detalles de la tarde: cómo me senté en la cafetería, cómo esperé preocupada, cómo me vi en la pantalla de televisión, cómo frenaron los coches patrulla, cómo me sentí cuando vi que metían con pocas ceremonias la cabeza de Rodney en el asiento trasero de uno de los vehículos. Cuando le cuento lo de la mujer en la cafetería que me reconoció por las noticias, empieza a reírse. Durante un momento, me quedo helada. No puedo distinguir si se ríe de mí o conmigo.

–¿Qué te hace tanta gracia? –pregunto.

–¡Pensó que eras una asesina! ¡En su establecimiento, bebiendo té y comiendo un pastel!

–No era un pastel. Era una magdalena, una magdalena de cereales con pasas.

Se ríe todavía más con eso, y no sé por qué, pero me parece evidente que se está riendo conmigo. De repente, me encuentro también riéndome, riéndome de una magdalena de cereales con pasas sin saber muy bien el motivo.

Después de cenar, Juan Manuel se empeña en lavar los platos.

–No. Has sido muy amable preparando la cena. Yo limpiaré.

–No es justo –replica–. ¿Piensas que eres la única persona a la que le gusta limpiar? ¿Por qué me privas de esta alegría?

Esboza de nuevo esa sonrisa suya y coge el delantal de Gran que está colgado detrás de la puerta de la cocina. Es de cachemira azul y rosa con estampado de flores, pero parece que no le importa. Se lo pasa por encima de la cabeza y se lo ata, mientras tararea en voz baja. Hace mucho tiempo que nadie se ha puesto ese delantal; incluso Gran estaba demasiado enferma para utilizarlo en sus últimos meses. Y ver cómo se convierte en tridimensional, que un cuerpo le vuelve a dar forma... No sé por qué, pero aparto la mirada.

Me vuelvo hacia la mesa y apilo el resto de los platos mientras Juan Manuel llena el fregadero con agua y jabón.

Juntos progresamos rápidamente entre el desorden y en pocos minutos dejamos la cocina reluciente.

–¿Sabes? Llevo trabajando toda la vida en cocinas, grandes, pequeñas, familiares, y al final del día, la imagen de una encimera limpia me provoca una gran alegría.

A la luz de la vela de Gran, lo observo, y es como si nunca lo hubiera mirado como es debido. He visto a este hombre cada día en el trabajo durante meses y meses, y ahora, de repente, me resulta más guapo de lo que había pensado.

–¿Te has sentido alguna vez invisible? –pregunto–. En el trabajo, quiero decir. ¿Te has sentido alguna vez como si la gente no te viera?

Juan Manuel se quita el delantal de Gran y lo cuelga en el gancho de la puerta.

–Sí, por supuesto. Estoy acostumbrado a sentirme así. Sé perfectamente lo que es ser del todo invisible, sentirse solo en un mundo extraño. Tener miedo del futuro.

–Debe de haberte resultado horrible, eso de que te vieras obligado a ayudar a Rodney aunque supieras que era algo malo.

–A veces, hay que hacer algo malo para poder hacer algo bueno. No siempre es tan claro, tan blanco o negro, como piensa todo el mundo. En especial si no tienes alternativa.

Sí. Tiene toda la razón.

–Juan Manuel, dime algo –ruego–. ¿Te gustan los puzles? ¿Los rompecabezas?

–¿Que si me gustan? ¡Me encantan!

Justo entonces llaman a la puerta. Siento que se me revuelve el estómago y los pies se me quedan pegados al suelo.

–Molly, ¿podemos abrir? ¿Molly?

–Sí, por supuesto.

Me obligo a mover las piernas. Ambos nos dirigimos a la puerta. Deslizo el pestillo y la abro.

Charlotte y el señor Preston están allí, y detrás de ellos, la detective Stark.

Las rodillas me tiemblan y me agarro al umbral.

–No pasa nada, Molly –me tranquiliza el señor Preston–. No pasa nada.

–La detective ha venido para darte buenas noticias –añade Charlotte.

Oigo las palabras, pero soy incapaz de moverme. Juan Manuel está junto a mí, ayudándome a mantener la posición vertical. Oigo que una puerta se abre en el pasillo y lo siguiente que veo es al señor Rosso detrás de la detective Stark. Es como si se celebrara una fiesta ante mi puerta.

–¡Lo sabía! –grita–. Sabía que no eras trigo limpio, Molly Gray. ¡Te he visto en las noticias! Te quiero fuera de este edificio, ¿me oyes? Agente, ¡sáquela de aquí!

Puedo sentir como las mejillas me empiezan a arder de vergüenza y me quedo sin palabras.

La detective Stark se vuelve hacia el señor Rosso.

–De hecho, señor, esa noticia carecía de veracidad. Habrá una rectificación en aproximadamente una hora. Molly es por completo inocente de cualquier infracción. De hecho, ha intentado ayudar en este caso, algo que no se entendió en un primer momento. Por esa razón estoy aquí.

–Señor –le dice Charlotte al señor Rosso–, como seguro que ya sabrá, no puede echar a los inquilinos sin causa alguna. ¿Ha pagado el alquiler la señorita Gray?

–Tarde, pero sí, lo ha pagado –contesta el señor Rosso.

–La señorita Gray es una inquilina modelo que no merece que usted la hostigue e importune –sigue Charlotte y, a continuación, dirigiéndose ahora a la detective de policía, añade–: Por cierto, detective Stark, ¿ha visto algún ascensor en este...?

–Lo siento mucho, pero tengo que irme –se disculpa el señor Rosso, apresurándose a esfumarse.

–¡Adiós! –grita Charlotte.

Se hace el silencio en el pasillo. Estamos todos ante la puerta. Todas las miradas se clavan en mí. No sé qué debo hacer.

El señor Preston carraspea.

–Molly, ¿serías tan amable de invitarnos a pasar?

Mis piernas salen de su letargo. Al ver que gano fuerzas, Juan Manuel me suelta.

–Les ruego me disculpen –digo–. No estoy acostumbrada a recibir tantos huéspedes. Pero no son inoportunos. Por favor, entren.

Juan Manuel se queda como si fuera un centinela a un lado de la puerta, saludando a cada uno de los huéspedes y pidiéndoles que se quiten los zapatos, los cuales él mismo limpia con manos temblorosas y deposita con cuidado en el armario.

Todos mis huéspedes entran en la sala de estar y se quedan en pie, incómodos. ¿Qué están esperando?

–Por favor –digo–, tomen asiento.

El señor Preston va a la cocina y regresa con dos sillas, que coloca frente al sofá.

–¿Alguien quiere una taza de té? –pregunto.

–Yo mataría por una –dice el señor Preston.

–¡Papá!

–Vaya, he elegido mal las palabras. Disculpad.

–No pasa nada, señor Preston –lo tranquilizo. A continuación, me vuelvo hacia la detective Stark–: Todos cometemos errores de vez en cuando, ¿verdad, detective?

La detective Stark parece bastante interesada en sus calcetines. Debe de estar poco acostumbrada a quitarse las botas en una visita de trabajo, a exponer de tal modo los tiernos deditos de sus pies.

–¿Y bien? ¿Y ese té?

–Yo lo prepararé –responde Juan Manuel.

Mira a la detective de policía por el rabillo del ojo y, a continuación, se retira a toda prisa hacia la cocina.

El señor Preston le ofrece asiento a la detective Stark y ella se lo agradece. Charlotte se acomoda en su silla de siempre. Yo me siento en el sofá, con el señor Preston junto a mí en el lugar que siempre ocupaba Gran en el pasado.

–Como pueden imaginar –empiezo a decir–, tengo mucha curiosidad por saber qué ha sucedido en las últimas horas. Apreciaría en gran medida saber si sigo acusada de homicidio.

Oigo que una cuchara cae sobre las baldosas de la cocina.

–¡Perdón! –grita Juan Manuel.

–Se han retirado todos los cargos contra ti –anuncia la detective Stark.

–Todos –repite Charlotte–. La detective quería que acudieras a comisaría para decírtelo en persona, pero he insistido en que viniera a verte.

–Gracias –le digo.

Ella se inclina hacia delante y me clava la mirada.

–Eres inocente, Molly. ¿Lo comprendes? Ahora ellos lo saben.

Escucho las palabras. Las registro en mi mente, pero apenas me las creo. Las palabras son engañosas si no van acompañadas de una acción.

El señor Preston me da un golpecito en la rodilla.

–No te preocupes. Bien está lo que bien acaba.

Es justo lo que Gran hubiera dicho de seguir con vida.

–Molly –interviene la detective Stark–. Estoy aquí porque vamos a necesitar tu ayuda. Hemos recibido una llamada del señor Snow en la que nos apremiaba a ir al hotel, informándonos de nuevos progresos.

Juan Manuel aparece, procedente de la cocina, pálido y ojeroso. Lleva la bandeja de Gran, que deposita sobre la mesa. A continuación, se aparta, hasta situarse a varios carritos de la detective.

La detective Stark no parece darse cuenta. Mira la bandeja y elige la taza de Gran, lo que me fastidia a más no poder, pero no importa.

–Juan Manuel –digo, incorporándome y ofreciéndole mi sitio–. Por favor, siéntate aquí.

Ojalá tuviera otra silla, pero no es el caso.

–No, no –dice–. Por favor, Molly, siéntate tú. Yo me quedaré de pie.

–Buena idea –dice la detective Stark–. Así evitaremos la posibilidad de que vuelva a desmayarse.

Me siento de nuevo.

La detective se pone un poco de azúcar, remueve la taza y continúa:

–Hoy, cuando hemos entrado en la que era la *suite* de los Black, nos hemos encontrado con el camarero del Social Bar & Grill, Rodney Stiles, y dos de sus socios en su interior.

–¿Dos caballeros bastante imponentes con una interesante colección de tatuajes faciales? –pregunto.

–Sí. ¿Los conoces?

–Pensaba que eran huéspedes del hotel. Me dijeron que eran amigos de Juan Manuel.

En cuanto las palabras salen de mi boca, me arrepiento de haberlas pronunciado.

Parece que el señor Preston es capaz de leerme la mente, porque enseguida dice:

–No te preocupes, Molly. La detective lo sabe todo sobre Rodney y el chantaje al que tenía sometido a Juan Manuel. Y también... sobre los actos violentos.

Juan Manuel está de pie, inmóvil, justo delante de la cocina. Sé lo que se siente: que hablen sobre ti como si ni siquiera estuvieras presente.

–Molly, ¿puedes explicar a la detective por qué limpiabas las habitaciones que Rodney te pedía? Simplemente cuéntale la verdad –dice Charlotte.

Miro a Juan Manuel. No voy a pronunciar palabra alguna sin su consentimiento.

–Está bien –acepta–. Cuéntaselo.

Entonces se lo cuento todo: las mentiras de Rodney, que me dijo que Juan Manuel era su amigo y que no tenía casa, que me hacía limpiar las habitaciones sin que yo me diera cuenta de lo que limpiaba, que me engañó y que utilizó a Juan Manuel.

–No tenía ni idea de qué ocurría en realidad en esas habitaciones cada noche. No me daba cuenta de que le estaban haciendo daño a Juan Manuel. Pensaba que estaba ayudando a un amigo.

–Y, pese a eso, ¿por qué lo creíste? –pregunta la detective Stark–. ¿Por qué creíste a Rodney, cuando era bastante evidente que estaba envuelto en asuntos de drogas?

–Lo que resulta evidente para usted, detective, no siempre lo es para todos. Como mi abuela solía decir: «Todos somos iguales de diferente manera». La verdad es que me fiaba de Rodney. Me fie de una manzana podrida.

Juan Manuel sigue como una estatua frente a la cocina.

–Rodney nos utilizó a Juan Manuel y a mí para pasar inadvertido –continúo–. Ahora lo entiendo.

–Tienes razón –responde la detective Stark–. Sin embargo, lo hemos atrapado. Hemos encontrado grandes cantidades de benzodiacepina y cocaína en esa habitación. Literalmente, estaba con las manos en la masa.

Pienso en las «amigas benz» de Giselle dentro de aquel frasco sin etiqueta, seguramente gentileza de Rodney.

–Lo hemos acusado de varios delitos relacionados con el tráfico de drogas, posesión de un arma ilegal y amenazas a un agente.

–¿Amenazas a un agente? –me extraño.

–Sacó una pistola cuando la puerta de la *suite* se abrió. Del mismo modelo que la que encontramos en tu aspirador, Molly.

Resulta difícil de imaginar: Rodney, con su camisa blanca arremangada, empuñando una pistola en lugar de una pinta de cerveza.

Es Juan Manuel el que advierte lo que a mí se me escapa.

–Aunque ha mencionado muchos cargos, en ningún momento ha dicho «homicidio».

La detective Stark asiente.

–Hemos acusado también a Rodney del homicidio en primer grado del señor Black. Pero, para ser honestos, necesitaremos vuestra ayuda para que la acusación se sostenga. Todavía hay algunos flecos que no conseguimos despejar.

–¿Como cuáles? –pregunta Charlotte.

–La primera vez que estuvimos en la *suite* de los Black el día en que descubriste el cadáver, Molly, no encontramos ni rastro de las huellas de Rodney en toda la habitación. De hecho, apenas había huellas. Pero sí hallamos rastros de tu solución limpiadora en el cuello del señor Black.

–Porque le busqué el pulso... Porque...

–Sí, ya lo sabemos, Molly. Sabemos que tú no lo mataste.

Entonces lo entiendo.

–Es culpa mía.

Todos me miran.

–¿Qué demonios quieres decir con eso? –pregunta el señor Preston.

–El hecho de que no pudieran encontrar las huellas de Rodney. Cuando limpio una habitación, la dejo perfecta. Si Rodney hubiese entrado en esa habitación y hubiese dejado sus huellas, yo las habría limpiado sin saberlo. Soy una buena camarera. Puede que demasiado buena.

–Quizá tengas razón –dice la detective Stark. A continuación sonríe, pero no es una sonrisa completa, del tipo que hace que los ojos se iluminen–. Nos preguntamos si sabes algo sobre el paradero de Giselle Black. Tras la detención de Rodney, nos dirigimos a toda prisa a su habitación, pero ya se había marchado. Al parecer, se percató de que estábamos rodeando el hotel y se marchó pitando. Escribió una nota en un papel con el sello del Regency Grand.

–¿Y qué decía? –pregunto.

–Decía: «Preguntadle a Molly Maid. Ella os lo explicará. Yo no lo hice. Rodney y Charles = BFF».

–¿BFF?

–«*Best Friends Forever*», amigos del alma en inglés –aclara Charlotte–. Está diciendo que Rodney y Charles eran cómplices.

–Sí –interviene Juan Manuel–. Eran cómplices. –Todas las miradas se vuelven hacia él–. Rodney y el señor Black hablaban mucho por teléfono. A menudo discutían. Sobre dinero. Sobre envíos, tratos y territorios. Nadie pensaba que yo escuchaba, pero lo hacía.

La detective se gira y coloca su silla en dirección a Juan Manuel.

–Estaremos encantados de tomarle declaración como testigo –manifiesta.

Una mirada alarmada le atraviesa el rostro.

–No van a acusarte –asegura Charlotte–. Ni a deportarte. Saben que eres una víctima. Y necesitan tu ayuda para llevar a los responsables ante la justicia.

–Así es –asevera la detective–. Entendemos que cooperaste con Rodney bajo amenazas y coacción, que sufriste... agresiones físicas. Y ahora sabemos que tu permiso de trabajo terminó.

–No «terminó», así, sin más –dice Juan Manuel–. Terminó en manos de Rodney.

La detective Stark inclina la cabeza.

–¿Y eso qué significa?

Juan Manuel le cuenta que Rodney lo puso en contacto con un abogado de inmigración y que lo único que consiguió fue ver cómo su dinero desaparecía y que sus papeles no se materializaban en ningún momento.

–¿Tienes el nombre de ese «abogado»?

Juan Manuel asiente.

La detective niega con la cabeza.

–Al parecer tenemos otro caso que investigar.

–Juan Manuel –interviene Charlotte–, si prestas tu colaboración como testigo clave en el caso contra Rodney, quizá podamos atrapar también a ese presunto abogado. Atraparlo antes de que le haga lo mismo a más gente.

–Nadie debería pasar por esto –declara Juan Manuel.

–Así es –continúa Charlotte–. Mi colega García es el encargado de llevar los temas de inmigración en nuestro bufete. Juan Manuel, si quieres, puedo presentártelo y ver si puede lograr que renueven tu permiso de trabajo.

–Claro, me encantaría hablar con él –afirma Juan Manuel–. Tengo bastantes frentes... En primer lugar, el señor Snow, sin ir más lejos. Sabe lo que hice. Sabe que no abrí el pico cuando debería haber hablado. Seguro que me despide.

–No lo hará –dice el señor Preston–. Ahora te necesita más que nunca.

–Todos te necesitamos –añade la detective Stark–. Tienes que corroborar que Rodney y el señor Black dirigían un cártel en el hotel, que estaban utilizándote y abusando de ti. Con tu ayuda, probablemente también averigüemos qué empujó a Rodney a cometer el asesinato. Sigue diciendo que es inocente de esa acusación. Admite las de tráfico de drogas, pero no la de homicidio. Todavía no.

Juan Manuel se queda callado durante unos instantes.

–Os ayudaré en lo que pueda –garantiza.

–Gracias –dice la detective Stark–. Y, Molly, ¿hay algo más que puedas decirnos sobre Giselle? ¿Tienes idea de dónde puede estar?

–Aparecerá cuando esté preparada –aseguro.

–Eso espero.

Me imagino a Giselle en una lejana playa de arena blanca, deslizando el dedo por la pantalla del móvil y leyendo las noticias que hablan de la detención de Rodney. Averiguará que ya no soy sospechosa. ¿Qué hará entonces? ¿Irá a la policía? ¿O se olvidará de todo? ¿Se labrará su camino hacia el bolsillo de otro ricachón o evolucionará y cambiará?

Jamás se me ha dado bien lo de juzgar el carácter de la gente. Veo la verdad demasiado tarde. Es como dijo Juan Manuel:

a veces hay que hacer algo malo para hacer algo bueno. Puede que, en esta ocasión, Giselle haga algo bueno. O puede que no.

–¿Y qué ocurre ahora? –pregunto–. ¿Con Juan Manuel? ¿Conmigo?

–Bueno, quedáis en libertad. Se retiran todos los cargos –anuncia la detective Stark.

–Pero ¿sigo despedida?

La idea en sí me hace sentir como si estuviera cayendo por un precipicio hacia una muerte inevitable.

–No, Molly –me tranquiliza el señor Preston–. No vas a perder tu trabajo. De hecho, el señor Snow quiere tratar ese tema en persona contigo y con Juan Manuel.

–¿De verdad? ¿No va a echarnos?

–Dijo que ambos sois trabajadores modelo y que ejemplificáis lo que supone ser un empleado del Grand Regency –contesta el señor Preston.

–Pero ¿y el juicio?

–Todavía falta mucho tiempo –responde Charlotte–. Nos prepararemos a conciencia, y eso nos llevará bastantes meses. Pero con un poco de suerte, y gracias a nuestra colaboración con la detective Stark y su equipo, seremos capaces de meter a Rodney entre rejas durante una buena temporada.

–Eso me parece bien. Es un mentiroso, un traidor y un abusón.

–Y también un asesino –añade el señor Preston.

Yo no digo nada.

–Detective Stark –interviene Charlotte–. Me parece que mi clienta está cansada. Ha pasado un día tremendo, teniendo en cuenta que esta mañana la han acusado por error de un homicidio y que ahora está tomando té en su sala de estar con la persona que ha formulado dicha acusación. ¿Hay algo más que quiera decirle?

La detective Stark carraspea.

–Bueno, yo... eh... que lamento que... te detuvieran.

–Es muy amable por su parte, detective –digo–. Espero que haya aprendido una importante lección.

La detective se revuelve en su silla, como si estuviera sentada sobre una aguja afilada.

–¿Cómo? –dice.

–Puede que haya sacado conclusiones algo precipitadas sobre mí. Esperaba reacciones que usted considera normales y, cuando no las obtuvo, asumió que era culpable. Y cuando se suponen cosas, lo único que se consigue es quedar como un imbécil.

–Supongo que es una manera de decirlo –responde ella.

–Mi abuela siempre decía que el diablo sabía más por viejo que por diablo. Tal vez la próxima vez evitará las suposiciones.

–Todos somos iguales de diferente manera –añade Juan Manuel.

–Eh, sí, supongo... –balbucea.

Con estas palabras, se levanta, nos agradece nuestro tiempo, se pone las botas y se marcha.

Una vez que la puerta se cierra tras ella, deslizo el pestillo oxidado y suspiro, profundamente aliviada.

Me vuelvo y, en lugar del vacío, en mi sala de estar contemplo los rostros de mis tres amigos. Todos están sonriendo, el tipo de sonrisa que hace que los ojos se iluminen. Por primera vez en la vida, creo comprender qué es la amistad verdadera. No es solo que le caigas bien a alguien; es que alguien quiera pasar a la acción por ti.

–¿Y bien? –dice el señor Preston–. Esa policía se ha tragado un sapo tan grande que creo que se va a indigestar. ¿Qué tal sienta, Molly?

Me siento enormemente aliviada, pero hay algo más.

–No estoy... No sé qué he hecho para merecer esto –digo.

–No lo merecías –asegura Charlotte–. Eres inocente.

–No me refiero a los delitos. Me refiero a la amabilidad que habéis mostrado los tres sin razón aparente.

–Siempre hay motivo para la amabilidad –declara Juan Manuel.

–Tienes razón –conviene el señor Preston–. ¿Y sabes quién solía decirme eso todo el tiempo? –pregunta, dirigiéndose hacia mí.

–No.

–Tu querida vieja abuela.

–Nunca me contó cómo se conocieron.

–Confío en que no lo hiciera –responde. A continuación, toma aliento–: Érase una vez..., estuvimos comprometidos.

–¿Que estuvisteis quééé? –exclama Charlotte.

–Así es. Has oído bien. Tuve una vida antes de ti, querida, una vida de la que conoces más bien poco.

–No puedo creerlo –dice Charlotte–. ¿Y me entero ahora?

–Bueno, ¿y qué ocurrió? –pregunta Juan Manuel.

Se sienta en la silla que ha dejado vacía la detective.

–Tu abuela Flora era una mujer maravillosa, Molly. Era amable y sensible. Tan diferente de todas las chicas de su edad que quedé completamente prendado. Me declaré cuando ambos teníamos dieciséis años y ella aceptó. Pero sus padres no lo permitieron. Eran demasiado acomodados, ya sabes. Estaba a kilómetros de distancia de mi posición social pero, aun así, nunca actuó de tal modo.

Ante estas palabras, me quedo sorprendida, atónita. Pero debería haber sabido que Gran tenía sus secretos. Todos los tenemos, todos.

–Oh, cómo te quería tu abuela, Molly –exclama el señor Preston–. Más de lo que puedas imaginar.

–¿Y mantuvisteis el contacto durante todos estos años? –pregunto.

–Sí. Era amiga de mi esposa, Mary. Y de vez en cuando, cuando Flora tenía problemas, me llamaba. Pero el verdadero problema ocurrió mucho tiempo atrás.

–¿Qué quiere decir, señor Preston?

–¿Jamás se te ocurrió pensar que tenías un abuelo?

–Sí –respondo–. Gran también solía decir de él que era un bala perdida.

–¿Eso decía? Fue muchas cosas, pero no esa. Y jamás se hubiese perdido de haber tenido otra opción. Lo obligaron. De todos modos, yo lo conocía. Podríamos decir que era un amigo. Y ya sabes qué ocurre cuando el amor es reciente y la rosa todavía está fresca... –El señor Preston se aclara la garganta–. Flora se quedó embarazada. Y cuando ya no pudo ocultarlo más y sus padres lo descubrieron, le dieron la espalda, de verdad. Pobrecita. No tenía ni diecisiete años. Era solo una niña que huyó en secreto con una criatura. Por eso se convirtió en doncella.

Me resulta difícil de imaginar: Gran, sola, perdiéndolo todo, a todos. Siento un peso en los hombros, una tristeza que soy incapaz de nombrar.

–Tu abuela era brillante. Podría haber conseguido una beca en cualquier universidad –dice el señor Preston–. Pero, en aquellos tiempos, una mujer soltera con una criatura... Adiós a la educación.

–Un segundo, papá –interrumpe Charlotte–. Hay algo que no cuadra. ¿Quién era ese amigo tuyo? ¿Y dónde está ahora?

–Lo último que supe de él es que formó una familia propia a la que quiere mucho. Pero jamás ha olvidado a Flora. Jamás.

Charlotte inclina la cabeza y mira a su padre de un modo extraño que no llego a comprender.

–¿Papá? –dice–. ¿Hay algo más que quieras decirme?

–Mi querida niña, creo que ya he hablado demasiado.

–¿Conociste también a mi madre? –pregunto.

–Sí. Me temo que ella sí que era una auténtica locura. Tu abuela trató de que yo hablara con ella para hacerla entrar en razón cuando empezó a salir con el tipo equivocado. Fui a verla e intenté sacarla de la pensión de mala muerte en la que vivía, pero no quiso escucharme. Tu pobre abuela, qué dolor..., perder a una criatura como le ocurrió a ella...

Los ojos del señor Preston se llenan de lágrimas. Charlotte lo toma de la mano.

–Tu abuela era muy buena persona, sí que lo era –afirma el señor Preston–. Cuando mi Mary estaba luchando en sus últimos días, vino a rescatarla.

–¿Qué quiere decir? –pregunto.

–Mary tenía muchos dolores, sufría mucho, y yo también. Me sentaba junto a su cama, la tomaba de la mano y le decía: «Por favor, no te vayas. Todavía no». Flora lo vio y me llevó aparte. Me dijo: «¿No lo entiendes? No se irá hasta que le digas que ha llegado el momento».

Eso es exactamente lo que habría dicho Gran. Sus palabras resuenan en mi cabeza.

–Y entonces, ¿qué ocurrió?

–Le dije a Mary que la quería e hizo lo que Flora había dicho. Fue todo lo que necesitó mi esposa para marcharse y descansar en paz.

El señor Preston ya no puede retener sus sollozos.

–Hiciste lo que debías, papá –lo consuela Charlotte–. Mamá estaba sufriendo mucho.

–Siempre quise devolverle el favor a tu abuela por enseñarme el camino.

–Ya se lo ha devuelto, señor Preston. Ha acudido en mi ayuda y Gran le estaría muy agradecida.

–Oh, no. Eso no lo he hecho yo –dice el señor Preston–, sino Charlotte.

–No, papá. Me insististe. Me convenciste de que teníamos que ayudar a esa joven camarera de tu trabajo. Creo que estoy empezando a entender por qué era tan importante para ti.

–En la necesidad se reconoce a los amigos –digo–. Gran le da las gracias. A todos. Si estuviera aquí, lo haría ella misma.

Con esto, el señor Preston se levanta y Charlotte hace lo mismo.

–Bien, no nos pongamos melancólicos –dice, secándose las mejillas–. Será mejor que nos marchemos.

–Ha sido un día muy largo –añade Charlotte–. Juan Manuel, hemos ido a tu taquilla y hemos recogido la bolsa con tus cosas para pasar la noche, la de verdad. Está delante del armario del recibidor.

–Gracias.

De repente, me invade. Un sentimiento de urgencia. No quiero que se vayan. ¿Y si salen de mi vida y no regresan nunca? No sería la primera vez que me ocurre. Este pensamiento me pone los nervios de punta al instante.

–¿Voy a volver a veros? –pregunto, sin disimular la angustia.

El señor Preston suelta una carcajada.

–Te guste o no, Molly, me parece que sí.

–Nos vas a ver mucho –responde Charlotte–. Tenemos que preparar un caso.

–Y aunque no estuviera el caso, tendrías que aguantarnos, Molly. Ya sabes que soy un viejo viudo acostumbrado a hacer las cosas a mi manera. Puede parecer extraño, pero esto me ha sentado de maravilla. Todo esto. Todos vosotros. Me siento como si fuera...

–¿Familia? –sugiere Juan Manuel.

–Sí. Así es como lo siento –dice el señor Preston.

–¿Sabe? –continúa Juan Manuel–. Tenemos una costumbre en mi familia: los domingos cenamos todos juntos. Es lo que más echo de menos.

–Eso tiene un rápido remedio –digo–. Charlotte, señor Preston, ¿serían tan amables de cenar con nosotros este domingo?

–¡Cocino yo! –dice Juan Manuel–. Seguramente nunca habéis probado comida mexicana de verdad, de la que hace mi madre. Prepararé el *Tour* de México. ¡Oh, os encantará!

El señor Preston mira a Charlotte, que asiente.

–Nosotros traeremos el postre –dice el señor Preston.

–Y una botella de champán para celebrarlo –añade Charlotte.

En la puerta, espero de pie a que Charlotte y el señor Preston se pongan los zapatos. No estoy segura de la etiqueta apropiada para despedirse de dos personas que acaban de salvarte de pasar la vida en la prisión.

–Bueno, ¿a qué estás esperando? –dice el señor Preston–. Dale un abrazo a tu viejo amigo.

Hago lo que me dice y me sorprende la sensación: siento como si Ricitos de Oro abrazara a Papá Oso.

Le doy también un abrazo a Charlotte, y es agradable, aunque completamente diferente, como si acariciara el ala de una mariposa.

Salen cogidos del brazo y cierro la puerta tras ellos. Juan Manuel está en el recibidor, cambiando el peso de su cuerpo de un pie a otro.

–Molly, ¿estás segura de que no te importa que me quede aquí esta noche?

–Sí. Solo esta noche. –Las siguientes palabras brotan en cadena de mis labios–. Acomódate en mi habitación, yo lo haré en la de Gran. Ahora mismo cambiaré las sábanas. Siempre lavo las mías con lejía y las plancho, y tengo dos juegos siempre listos. Y puedes estar tranquilo por el baño: lo limpio y desinfecto de forma regular. Si necesitas algo más, como un cepillo de dientes o jabón, estoy segura de que...

–Molly, tranquila. Estoy bien. Todo está bien.

Mi verborrea se detiene.

–No soy muy buena en esto. Sé cómo tratar a los huéspedes en el hotel, pero no en mi propia casa.

–No tienes por qué tratarme de ninguna forma. Intentaré ser limpio y discreto, y te ayudaré en lo que pueda. ¿Te gusta desayunar?

–Sí, me gusta desayunar.

–Perfecto. A mí también.

Me dispongo a cambiar las sábanas de mi habitación, pero Juan Manuel no me permite hacerlo sola. Quitamos la colcha con la estrella de Gran y las sábanas, y las reemplazamos por unas limpias. Lo hacemos juntos, mientras me cuenta historias de su sobrino de tres años, Teodoro, que siempre saltaba en la cama cuando Juan Manuel intentaba hacerla. Mientras me las cuenta, parece que cobren vida en mi mente. Veo a ese pequeño brincando y jugando. Es como si estuviera aquí con nosotros.

Cuando terminamos, Juan Manuel guarda silencio.

–Muy bien, ahora voy a prepararme para ir a la cama, Molly.

–¿Necesitas algo más? ¿Un tazón de leche caliente o algún artículo de aseo?

–No, gracias.

–Muy bien –digo, abandonando la estancia–. Buenas noches.

–Buenas noches, señorita Molly –responde, y sin hacer ruido, cierra la puerta de mi habitación.

Recorro el pasillo hasta el baño. Me pongo el pijama. Me cepillo los dientes lentamente. Canto «Cumpleaños feliz» tres veces para asegurarme de que he cepillado cada una de mis muelas como es debido.

Me lavo el rostro, uso el inodoro, me lavo las manos. Cojo el Windex de debajo del lavamanos y le doy un rápido repaso al espejo. Ahí estoy, un reflejo resplandeciente, inmaculado. Limpio.

No tiene sentido seguir perdiendo el tiempo.

«Es la hora».

Recorro de nuevo el pasillo y me detengo ante la puerta de la habitación de Gran. Recuerdo la última vez que cerré esta puerta, después de que el forense y sus ayudantes se llevaran el cuerpo de Gran en una camilla, después de limpiar la habitación de arriba abajo, después de lavar las sábanas, rehacer la cama, después de ahuecar las almohadas y quitarle el polvo a toda su bisutería, después de descolgar de detrás de la puerta su sudadera de estar por casa, la última prenda que quedaba de ella, la única que no había lavado y que llevé a mi rostro para aspirar los vestigios que quedaran de ella antes de ponerla en el cesto de la ropa sucia. El chasquido marcado de la puerta al cerrarse fue tan definitivo como su propia muerte.

Llevo la mano al pomo. Lo hago girar. La puerta se abre. La habitación está igual que la dejé. Las figuritas Royal Doulton de Gran bailan estáticas con sus enaguas y faldas sobre el escritorio. Sus fruncidos azul celeste siguen prístinos. Las almohadas siguen igual de mullidas y sin arrugas.

–Oh, Gran –suelto.

Entonces lo experimento: una ola enorme de dolor, tan fuerte que me empuja hacia su cama. Me tumbo sobre ella y me siento de repente como si estuviera en una balsa en medio del océano. Abrazo uno de los almohadones y me lo llevo al rostro, pero lo limpié demasiado bien. Su olor ha desaparecido. Gran se ha ido.

En el último día de su vida, me senté con ella. Estaba tumbada aquí, donde estoy yo ahora. Cogí la silla del recibidor –la que tiene el cojín de la serenidad– y la puse a su lado. Una semana antes había trasladado la televisión a su cuarto, colocándola sobre la cómoda para que pudiera ver los documentales de naturaleza y el canal National Geographic mientras yo estaba trabajando. No deseaba dejarla sola, ni siquiera durante unas horas. Sabía que estaba sufriendo, que le dolía mucho, aunque ella se empeñaba en negarlo.

–Mi niña, en el trabajo te necesitan. Eres parte importante de la colmena. Yo estaré bien aquí. Tengo mi té y mis pastillas. Y a Colombo.

Los días fueron pasando y el tono de su piel cambió. Dejó de tararearse canciones a sí misma. Incluso por la mañana estaba más callada, trabajaba con más intensidad cada pensamiento y cada trayecto al baño se convertía en un viaje de proporciones épicas.

Traté por todos los modos de hacerla entrar en razón.

–Gran, tenemos que llamar a una ambulancia. Tenemos que ir al hospital.

Ella negaba lentamente con la cabeza, y sus mechones grises y ligeros temblaban sobre la almohada.

–No es necesario. Estoy bien así. Tengo mis pastillas para el dolor. Estoy donde quiero estar. En el hogar, dulce hogar.

–Pero quizá allí puedan hacer algo. Puede que los doctores...

–Chist –decía cada vez que yo no la escuchaba–. Tú y yo hemos hecho una promesa. ¿Y qué dijimos sobre las promesas?

–Que las promesas están para cumplirlas.

–Eso es. Esa es mi chica.

El último día, el dolor empeoró más que nunca. De nuevo, traté de convencerla para ir al hospital, pero fue en vano.

–Van a dar *Colombo*.

Encendí la televisión y nos pusimos a ver el episodio, o más bien yo lo vi y ella cerró los ojos, agarrando la colcha con las manos.

–Estoy escuchándolo –decía, con un hilillo de voz–. Conviértete en mis ojos. Cuéntame lo que necesito ver.

Yo miraba a la pantalla y relataba lo que ocurría. Colombo estaba entrevistando a una joven esposa trofeo que no parecía alterarse mucho ante la noticia de que su marido millonario no era el principal sospechoso en un caso de asesinato. Describí el restaurante en el que se encontraban, el mantel verde, la manera en que ella movía la cabeza, cómo jugaba con sus dedos en la mesa. Avisé a Gran cuando supe que Colombo iba a por ella, con esa mirada que demostraba que había averiguado la verdad antes que nadie.

–Eso es, muy bien. Estás aprendiendo a leer las expresiones –dijo.

A medio episodio, noté que Gran empezaba a agitarse. El dolor era tan insoportable que estaba haciendo muecas y las lágrimas le resbalaban por las mejillas.

–Gran, ¿qué puedo hacer? ¿Cómo puedo ayudarte?

Notaba su respiración trabajosa. En cada inspiración, se producía una pausa, como si fuera agua que borboteaba en una tubería.

–Molly, es la hora –dijo.

Colombo prosiguió con su investigación en un segundo plano. Iba a por la esposa. Las piezas empezaban a encajar. Bajé el volumen.

–No, Gran. No, no puedo.

–Sí. Lo prometiste.

Protesté. Me quejé, traté de razonar, le pedí que por favor por favor por favor por favor me dejara llamar al hospital.

Gran esperó a que la tormenta interior pasara. Y cuando me calmé, lo dijo de nuevo:

–Prepárame una taza de té. Es la hora.

Me sentí tan agradecida de tener algo que hacer que me puse en pie de un brinco. Salí corriendo hacia la cocina y le preparé el té, en su taza favorita –la de la bonita escena campestre– en un tiempo récord.

Se la llevé y la deposité en la mesita de noche. Le coloqué una almohada en la espalda para que pudiera incorporarse, pero pese a que lo hice con mucho cuidado, no dejó de quejarse de dolor, como un animal que acabara de caer en una trampa.

–Mis pastillas –dijo–. Las que queden.

–No va a funcionar, Gran –avisé–. No hay suficientes. La semana que viene tendremos más.

Le supliqué de nuevo. Se lo rogué.

–Las promesas...

Ya no le quedaba aliento para terminar la frase.

Al final cedí. Abrí el frasco y lo coloqué en el borde del platillo. Le puse la taza de té en las manos.

–Échalas –dijo–. Todas las que queden.

–Gran...

–Por favor.

Vacié lo que quedaba del frasco en el té: cuatro pastillas, eso era todo. No eran suficientes. Faltaban cinco días para conseguir otra receta, cinco días de agonía.

Miré a Gran con los ojos llenos de lágrimas. Ella parpadeó y miró la cucharilla encima del plato.

La cogí y removí una y otra vez, hasta que, un minuto después, ella volvió a parpadear. Dejé de remover.

Con grandes esfuerzos, se inclinó hacia delante, lo suficiente como para que yo le acercara la taza a sus labios grises. Pese a que era yo quien le estaba dando de beber, no dejaba de suplicar:

–No te lo bebas. No...

Pero lo hizo. Se lo bebió todo.

–Delicioso –susurró nada más terminárselo.

A continuación se reclinó en las almohadas y se llevó las manos al pecho. Sus labios se movieron. Estaba hablando. Tuve que pegarme a sus labios para oír lo que decía.

–Te quiero, mi niña –dijo–. Ya sabes que te quiero.

–Gran, ¡no puedo!

Pero lo veía. Veía cómo su cuerpo se ponía rígido, el dolor la atacaba de nuevo. Su respiración se volvió todavía más superficial y el estertor se agudizó, como un tambor.

Lo habíamos hablado. Yo se lo había prometido. Ella era siempre tan racional, tan lógica, y yo no podía negarme a concederle su último deseo. Sabía que era lo que deseaba. No merecía sufrir.

«Señor, concédeme serenidad para aceptar las cosas que no puedo cambiar, valor para cambiar aquellas que puedo y sabiduría para reconocer la diferencia».

Tomé el cojín de la serenidad que tenía a mis espaldas. Lo puse sobre su rostro y lo sostuve allí.

Fui incapaz de mirar hacia el cojín. En lugar de eso, me concentré en sus manos, las manos de una trabajadora, de una doncella, unas manos tan parecidas a las mías: limpias, con las uñas cortas, nudillos callosos, la piel fina y papirácea, los ríos azules bajo ella retrocediendo, su flujo decayendo. En un momento las extendió, tratando de buscar algo, de agarrarse con los dedos, pero ya era demasiado tarde. Lo habíamos decidido. Antes de que pudieran asirse a algo, se relajaron. Se dejaron ir.

No llevó mucho tiempo. Cuando todo estuvo en silencio, retiré la almohada. La abracé a mi pecho con todas mis fuerzas.

Allí estaba, mi abuela. Cualquier otra persona habría dicho que se acababa de dormir, con los ojos cerrados, la boca entreabierta, el rostro sereno. En reposo.

Ahora, mientras estoy aquí, despierta y tumbada sobre su cama nueve meses después, con Juan Manuel al otro extremo del pasillo, pienso en todo lo que ha ocurrido, en estos últimos días que han puesto mi vida patas arriba.

–Gran, te echo tanto de menos... No me hago a la idea de que no volveré a verte.

«Da gracias por lo que tienes».

–Sí, Gran, lo haré –digo en voz alta–. Es mejor que contar ovejas.

RGH

Viernes

REGENCY GRAND HOTEL

CAPÍTULO 26

Me despierto con los sonidos y aromas familiares del desayuno –el café haciéndose, las zapatillas que se mueven por la cocina–. Incluso el sonido de un canturreo.

Pero no es Gran.

Y yo no estoy en mi cama. Estoy en la suya.

De repente, lo recuerdo.

«Levántate y espabila, mi niña. Es un nuevo día».

Salgo de la cama, me calzo las zapatillas y me pongo la bata de Gran por encima del pijama. Voy de puntillas hasta el baño para refrescarme y después me dirijo a la cocina.

Allí está, Juan Manuel. Ha tomado una ducha –su pelo todavía está mojado–. Está tarareando una cancioncita, mientras repiquetea con los platos y cocina unos huevos revueltos.

–¡Buenos días! –dice alzando la mirada de la sartén–. Espero que no te importe. He ido a la tienda y he vuelto sin hacer ruido. No tenías huevos. ¿Y este pan? –Señala hacia los *crumpets* que hay sobre la encimera–. Me resulta muy raro. No sé cómo cocinarlo. Demasiados agujeros.

–Son *crumpets* –informo–. Y están deliciosos. Se tuestan y después se les añade mantequilla y mermelada.

Abro la bolsa y pongo dos en la tostadora.

–Espero que no te importe que haya hecho el desayuno.

–En absoluto. Es muy amable por tu parte.

–He traído café. Me gusta tomar café por la mañana. Con leche. Y también huevos. Y una tortilla de trigo, pero hoy probaré algo nuevo. Probaré tus *grumopets.*

Juntos, nos afanamos por la cocina y preparamos el desayuno. Aunque me resulta increíblemente extraño moverme por la cocina así con alguien que no es Gran, enseguida terminamos. Nos sentamos y nos preparamos los *crumpets* con mantequilla y mermelada.

–¿Te importa? Me he lavado las manos.

–Eres la única persona de la que conozco a ciencia cierta su limpieza –declara Juan Manuel.

Sonrío ante el elogio.

–Muchas gracias.

Los huevos revueltos están extraordinariamente sabrosos. Los ha cocinado con algún tipo de salsa especiada. Están picantes y deliciosos. Combinan a la perfección con la mermelada y los *crumpets.* Saboreo los bocados en silencio porque Juan Manuel no deja de parlotear, como si fuera una alondra de buena mañana. Mientras habla, sostiene el tenedor, y no puedo más que maravillarme al ver cómo mantiene educadamente sus codos alejados de la mesa.

–He hecho un FaceTime con mi familia esta mañana. No saben nada de lo otro y tampoco se lo voy a contar. Pero saben que he pasado la noche aquí, con una amiga. Les he enseñado tu habitación, la cocina, la sala de estar. Tu foto. –Da un sorbo al café–. Espero que no te importe.

No puedo contestar porque tengo la boca llena, y es de mala educación hablar con la boca llena. Pero no me importa, no me importa en absoluto.

–Oh, ¿y sabes? Mi primo Fernando tiene una hija que va a cumplir los quince el mes que viene. ¡No puedo creerlo! En mi país, cuando una niña cumple quince años, la familia da una gran fiesta: contratamos mariachis, preparamos una gran comida y bailamos toda la noche. Mi madre estaba resfriada, pero ahora ya está mejor. Este domingo se harán una foto durante la cena y nos la enviarán. Así podrás verlos a todos. Y mi sobrino, Teodoro, fue a la granja y se montó en un burro. Ahora lo único que hace es fingir que es un burro. Es tan gracioso... Oh, los echo tanto de menos.

Engullo el último trozo de mi *crumpet* y lo acompaño con un poco de café.

–Debe de ser muy difícil verlos solo por FaceTime.

–Están lejos, pero también siguen aquí.

Pienso en su padre y en Gran.

–Sí, tienes razón.

Antes de que podamos añadir algo más, suena mi teléfono móvil. Lo he dejado en la sala de estar.

–Disculpa. No tengo la costumbre de contestar durante las comidas, pero...

–Lo sé, lo sé –responde.

Voy a la sala de estar y cojo el teléfono.

–¿Diga? Soy Molly. ¿En qué puedo ayudarle?

–Molly, soy el señor Snow.

–Sí, hola.

–¿Cómo estás? –pregunta.

–Estoy bien. Gracias por preguntar. ¿Y usted?

–Han sido días muy duros. Y te debo una disculpa. La policía me llevó a creer cosas sobre ti que, sencillamente, no eran ciertas. Tendría que haberlo sabido, Molly. Estaríamos encantados de que volvieras a cuidar de nuestras habitaciones y confío en que regreses al trabajo en un futuro próximo.

Estoy contenta de oír esto, muy contenta.

–Me temo que no podré ir al trabajo ahora mismo. Estoy desayunando.

–Oh, no. No esperaba que vinieras inmediatamente. Quise decir cuando estés preparada. Tómate el tiempo que desees, por supuesto.

–¿Qué le parece mañana? –pregunto.

Puedo oír el suspiro de alivio del señor Snow.

–Eso sería excelente, Molly. Desafortunadamente, Cheryl ha llamado diciendo que no se encuentra bien y las otras camareras están doblando turnos. Te echan mucho de menos y están preocupadas por ti. Se pondrán muy contentas cuando les diga que vas a regresar.

–Por favor, salúdelas de mi parte –le pido.

Hay algo que me inquieta y decido expresarlo en voz alta:

–Señor Snow, me dijeron que algunos de mis colegas piensan que soy... extraña. Si no recuerdo mal, uno de los términos que utilizaron fue «bicho raro». Me pregunto si podría darme su opinión sobre este tema.

El señor Snow guarda silencio durante unos instantes.

–Mi opinión es que algunos de tus colegas deberían madurar. Dirigimos un hotel, no una guardería. Mi opinión es que eres única en todos los buenos aspectos. Y eres la mejor camarera que ha conocido jamás el Regency Grand.

Siento que el orgullo me hace volar. Incluso puede que haya crecido un par de centímetros como resultado de sus palabras.

–¿Señor Snow? –digo.

–¿Sí, Molly?

–¿Y qué ocurre con Juan Manuel?

–Lo llamaré más tarde para asegurarme de que sabe que aquí tiene un trabajo siempre que lo desee. Aparentemente, su situación con el permiso de trabajo puede resolverse. Nada de lo que ha ocurrido fue culpa suya.

–Eso ya lo sé. Está aquí mismo. ¿Quiere hablar con él?

–Que está... ¿Cómo? Oh... Sí, sí, pásamelo.

Me dirijo hacia la cocina y le tiendo el teléfono a Juan Manuel.

–¿Diga? –dice–. Sí, sí... Lo siento mucho, señor Snow, yo... No, yo...

Al principio, Juan Manuel no consigue articular una frase.

–Sí, señor... Lo sé, señor. Usted no lo sabía. Pero gracias por decir que...

La conversación continúa y regresa a la cuestión del puesto de trabajo.

–Por supuesto, señor. Hoy iré a ver a un abogado... Se lo agradezco. Y me alegra mucho conservar el trabajo.

Se produce un intercambio de unas pocas frases más. Finalmente, Juan Manuel dice:

–Regresaré a mi puesto de trabajo tan pronto como me sea posible. Adiós, señor Snow.

Juan Manuel cuelga y deja el teléfono sobre la mesa.

–No me lo creo. Conservo mi trabajo.

–Yo también.

Me invade una calidez, un entusiasmo, un *je ne sais quoi* que no he sentido desde hace algún tiempo.

Juan Manuel junta las manos ante él.

–Bien, al parecer, en esta cocina hay dos empleados que tienen el día libre. Me pregunto qué harán...

–Juan Manuel, dime una cosa: ¿no te gustará por casualidad el helado?

RGH

Varios meses después

REGENCY GRAND HOTEL

CAPÍTULO 27

Hoy es un día hermoso, y lo es por muchas razones. Justo anoche, cuando me acosté y empecé a dar gracias por lo que tengo, había tanto en lo que pensar que al final me dormí. Podría haber seguido toda la noche y no habría acabado.

Y hoy todavía hay más cosas buenas, demasiadas.

El sol brilla. La temperatura en el exterior es cálida y no hay nubes en el cielo. Acabo de llegar al Regency Grand y estoy subiendo a saltos la escalinata de color escarlata hacia el señor Preston, que acaba de liberar a unos huéspedes recién llegados de su equipaje.

–¡Molly! –dice, sonriendo de oreja a oreja–. Me alegro de verte aquí en el trabajo, en lugar de en una sala del juzgado atestada de gente.

–¿A que hace un día estupendo, señor Preston?

–Así es. Nosotros trabajando y Rodney entre rejas. Hay dicha en la tierra.

Me pregunto si llegará un día en que, al oír el nombre de Rodney, no sienta un reflujo de ácido en el estómago y no apriete la mandíbula.

–¿Dónde está Juan Manuel? –pregunta el señor Preston.

–Llegará pronto. Su turno empieza en una hora.

–¿Sigue en pie lo del domingo? Tengo muchas ganas de comer sus enchiladas. ¿Sabes? No es que me considere un aventurero en lo que a comida se refiere, y con mi esposa fallecida ya hace tiempo no es que pise mucho la cocina, pero ese hombre tuyo está educándome el paladar. Quizá demasiado... –dice, soltando una risita y dándose unos golpecitos en el estómago.

–Estará muy contento de saberlo, señor Preston. Y sí, los veremos a usted y a Charlotte el domingo a la hora de siempre. Será mejor que vaya entrando. ¡Hay mucho por hacer hoy! Se celebra una boda y una conferencia. El señor Snow dice que han reservado todas las habitaciones durante una semana entera. Salude a Charlotte de mi parte.

–Lo haré, querida niña. Ve con cuidado.

El señor Preston se vuelve para ayudar a unos huéspedes. Yo empujo las puertas giratorias y contemplo el vestíbulo. Me resulta igual de imponente que el primer día que lo vi: la austera escalinata de mármol, los serpenteantes pasamanos dorados, los confidentes de color esmeralda, el zumbido de los huéspedes, los *valets* y los mozos que vienen y van. Tomo aliento y me encamino hacia el sótano. Pero justo cuando estoy a punto de bajar las escaleras hacia la planta inferior, veo a los pingüinos detrás del mostrador de Recepción. Han dejado de trabajar. Todos están mirándome. Varios empiezan a cuchichear, y la verdad es que no me importa. En lo más mínimo.

El señor Snow surge de una puerta detrás del mostrador. Me ve.

–¡Molly! –exclama y, a continuación, se acerca a toda prisa–. Estuviste brillante. Absolutamente brillante.

Me cuesta concentrarme en sus palabras. Estoy mirando a los pingüinos, tratando de comprender por qué clavan sus miradas en mí esta vez.

–Me limité a contar mi verdad –le respondo.

–Sí, pero es tu verdad, tu testimonio el que acabó de remacharlo. ¡Estabas tan calmada y firme en el estrado! Y tienes un don para las palabras, ¿sabes?, y para recordar detalles. La jueza se percató y pensó que eras un testigo de fiar.

–¿Por qué me miran? –pregunto.

–¿Cómo? –dice el señor Snow, siguiendo mi mirada hasta el mostrador de Recepción–. Oh, ya veo. Déjame adivinar. Diría que están impresionados, que te miran con respeto y admiración.

Respeto. Estoy tan poco acostumbrada a ser el objeto de dicho sentimiento que apenas lo reconozco en la expresión de sus rostros.

–Gracias, señor Snow. Será mejor que vaya pasando. Tengo que restituir muchas habitaciones a su estado ideal y, como ya sabrá, no se limpian por sí solas.

–No, por supuesto que no. Que tengas un buen día, Molly.

Bajo las escaleras hasta las dependencias de Limpieza y Mantenimiento. El ambiente, como siempre, está cargado y huele a cerrado, pero nunca me ha importado, en lo más mínimo. Me quedo de pie delante de mi taquilla, de donde cuelga el uniforme, recién salido de la tintorería y recién planchado, envuelto en una fina bolsa de plástico. Mi uniforme es otra de esas cosas que aprecio. Es algo que alberga una gran belleza.

Me lo llevo a un vestuario y me lo pongo. A continuación, regreso a mi taquilla y la abro. La detective Stark me devolvió el reloj de arena de Giselle tiempo atrás, y lo tengo en el estante superior para acordarme. De ella. De nosotras. De nuestra extraña amistad que era y no era.

«Es la hora». En la taquilla guardo un nuevo accesorio, un complemento de mi uniforme. Es un pin oblongo y dorado que siempre llevo encima de mi corazón. En él está escrito:

Molly Gray, jefa de camareras. Hace un mes, en una jugada completamente inesperada y audaz, el señor Snow me ascendió. No es mi estilo criticar pero, al parecer, la ética laboral de Cheryl no cumplía con los altos niveles de calidad del señor Snow. La despojó de su rol y me lo encargó a mí.

Desde ese momento, he instituido varias prácticas novedosas que mejorarán el funcionamiento y la moral generales de la colmena. Primero, antes de cada turno, compruebo que todos los carritos de las camareras cuentan con los suministros necesarios y están bien provistos. Me encanta esta parte de mi trabajo: disponer los jabones y los pequeños botes de champú en sus bandejas, cargar los trapos y los detergentes, apilar las toallas blancas y recién lavadas en pilas perfectas. En ocasiones especiales –como el Día de la Madre–, dejo pequeños regalos para las camareras en sus carros, como por ejemplo una caja de bombones con una nota: «De Molly, la camarera. Recuerda: tu trabajo es muy dulce».

Otra buena práctica es la manera de empezar el turno. Todas las camareras nos reunimos con nuestros carritos y acordamos una repartición justa y equitativa de las habitaciones, tanto en términos de la cantidad que le toca a cada una como de las potenciales propinas. Le he dejado bien claro a Cheryl que no tiene que «revisar» las habitaciones asignadas a otras camareras y que si se atreve a coger un centavo de encima de una almohada correspondiente a otra camarera, la echaré sin miramientos de la colmena y la atropellaré con su propio carro.

Tenemos «una nueva camarera» en nuestro equipo. Se llama Ricky y es el hijo de Sunshine. A Cheryl le faltó tiempo para señalar que cecea y que se pinta los ojos, dos cosas que, para ser completamente honesta, son tan irrelevantes que ni siquiera me di cuenta de ellas durante su mes de prácticas. Sin embargo, lo que sí que advertí es que es una persona que aprende rápido, que se deleita haciendo una cama sin arrugas, que limpia los cristales hasta que están relucientes y que saluda a los huéspedes con las maneras de un cortesano. Es, como dirían los directores, un apicultor.

Recibí un aumento de sueldo cuando me ascendieron, y eso, junto al hecho de que ahora comparto el coste del alquiler, me ha permitido comenzar mi propio Fabergé. Todavía no es mucho, solo unos pocos cientos de dólares, pero tengo un plan. Seguiré haciendo crecer el huevo hasta que tenga lo suficiente para matricularme en el programa de gestión hotelera en un centro cercano. Con permiso del señor Snow, trabajaré de acuerdo a mis horarios de clase y en un año o dos me graduaré, *magna cum laude*, y regresaré a trabajar a tiempo completo en el Regency Grand con mis habilidades mejoradas y un conocimiento más completo de la gestión de un hotel.

Aunque quizá el mayor cambio en mi vida sea uno que ahora ya es oficial: tengo un pretendiente. Me han dicho que ahora está de moda llamarlo «compañero» y estoy tratando de acostumbrarme a ese término, aunque cada vez que lo digo pienso más bien en un «compinche», lo que de, algún modo es cierto, aunque en aquel momento yo no sabía que era así.

Cuando finalmente Juan Manuel consiguió un permiso de trabajo y regresó a la cocina, el señor Snow le ofreció una habitación para él solo en el hotel hasta que pudiera volver a empezar. Pero por las tardes y durante los fines de semana, cuando no trabajábamos, Juan Manuel y yo empezamos a pasar mucho tiempo juntos. Me tomó algún tiempo fiarme de que en realidad sí es lo que parece –es decir, una manzana buena–. Y supongo que a él también le tomó algún tiempo fiarse de que yo también lo soy.

He aprendido a juzgar a los amigos por sus actos, y los actos de Juan Manuel hablan por sí solos. Ahí están las grandezas, como, por ejemplo, respaldarme en el juzgado y declarar que yo no sabía nada de las actividades ilegales que se llevaban a cabo en el hotel. Pero también están los pequeños gestos, como los almuerzos que me prepara, envueltos en una bolsa marrón y que recojo de la cocina exactamente a las doce en punto de cada día laborable. Dentro de la bolsa hay un sándwich delicioso y una golosina que sabe que me gustará: galletas de mantequilla, una chocolatina y, de vez en cuando, una magdalena de cereales con pasas.

Hay días en los que todavía me siento triste por Gran y, cuando le escribo un mensaje a Juan Manuel para decírselo, él contesta de inmediato: «¡VE! ¡SPERA!». Aparece con un rompecabezas y lo abordamos juntos, o me ayuda con la tarea doméstica del día. Si algo levanta el ánimo más que una buena limpieza es una buena limpieza en compañía. Y por mi parte, cuando sé que Juan Manuel está triste y echa de menos a su familia, me abstengo de ofrecerle pañuelos. En lugar de eso, le ofrezco abrazos y besos.

Dos meses atrás, le pregunté a Juan Manuel si quería dejar el hotel y mudarse a vivir conmigo.

–Para ahorrar en gastos –aclaré–. Entre otras cosas.

–Solo si se me permite lavar TODOS los platos.

A regañadientes, accedí.

Hemos estado felizmente conviviendo desde entonces: compartiendo el alquiler, cocinando juntos, llamando a su familia juntos, comprando juntos, yendo al Olive Garden juntos... y mucho más. Juan Manuel comparte mi amor por el *Tour* de Italia. A menudo jugamos a elegir qué parte del *Tour* de Italia nos llevaríamos a una isla desierta.

–Solo puedes escoger uno: el pollo a la parmesana, la lasaña o los *fettuccine* Alfredo.

–No, no puedo hacerlo. Es imposible, Molly.

–Pero es tu única opción. Tienes que elegir.

–No puedo. Antes preferiría la muerte.

–Yo preferiría que te mantuvieras con vida, muchas gracias.

La última vez que jugamos a este juego estábamos en el Olive Garden. Se inclinó hacia delante y me dio un beso, justo debajo de la lámpara, y sin tan siquiera apoyar los codos en la mesa, porque es justo el tipo de hombre que es.

Esta noche vamos a salir solos los dos y regresaremos al Olive Garden. Al fin y al cabo, tenemos algo que celebrar. Ayer fue un día importante para ambos. Los dos subimos al estrado para testificar en el juicio contra Rodney. Charlotte se pasó semanas preparándonos para el contrainterrogatorio, para cualquier pregunta difícil que la defensa pudiera formular. Al final, Juan Manuel subió como testigo antes que yo y contó a la sala su terrible y triste verdad. Contó cómo le quitaron su permiso de trabajo, cómo Rodney amenazó con matarlo a él y a su familia, cómo le obligaron a trabajar para Rodney y cómo lo quemaron en repetidas ocasiones. Al final, no fue a Juan Manuel al que atacaron en el estrado, sino a mí.

«¿De verdad espera que la sala crea que no sabía nada cuando cada mañana limpiaba literalmente la cocaína de encima de las mesas?».

«¿Sería preciso decir que era la cómplice del señor Black?».

«¿Es Giselle su amiga? ¿La está protegiendo por esa razón?».

Quería decirles que Giselle no necesita mi protección, ya no, no desde que su agresor, el señor Black, está muerto. Pero Charlotte me dijo que en un juicio, cuando una pregunta presupone algo, no hay que responder. Y como no quería quedar como una imbécil, dejé que Charlotte protestara. Y no respondí.

La detective Stark trató muchas veces de citar a Giselle como testigo, pero fue en vano. Una vez consiguió hablar con ella por teléfono. La localizó en un hotel en Saint-Tropez. La detective Stark le suplicó que regresara al país y subiera al estrado. Giselle preguntó quién estaba acusado y, cuando se enteró de que era Rodney y no yo, dijo: «Ni hablar. No pienso volver».

–¿No explicó por qué? –pregunté yo.

–Dijo que ya había malgastado suficiente tiempo de su vida en hombres culpables. Dijo que todo le parece diferente ahora que está libre por primera vez en su vida. Dijo que a menos que averiguara su paradero y me presentara con una citación, no pensaba regresar, ni aunque se congelara el infierno. También dijo que yo era la investigadora, no ella, y que forma parte de mi trabajo meter al villano entre rejas.

Eso me pareció muy propio de Giselle. Casi la oía diciéndolo.

Al final subí al estrado con solo Juan Manuel para corroborar mi versión de la historia.

Al parecer, lo hice bien. Al parecer, en mi testimonio me comporté con calma y la jueza lo advirtió. Charlotte dice que la mayoría de los testigos se ponen de los nervios y, entonces, o bien desembuchan o se derrumban.

Estoy acostumbrada a que me pongan apodos y que insinúen cosas sobre mi personalidad. Estoy acostumbrada a justas y puñaladas verbales. Me las lanzan cada día, incluso a veces sin que me entere. Estoy acostumbrada a que mis palabras sean mi única defensa.

Mi estancia en el estrado no fue difícil en su mayor parte. Lo único que tuve que hacer fue escuchar las preguntas y responderlas con la verdad, mi verdad.

La parte más difícil fue cuando Charlotte me pidió que recordara ante el tribunal el día que encontré al señor Black muerto en su cama. Les conté el choque con el señor Black cuando este salía de la *suite*. Les conté cómo, ese día, regresé un poco más tarde y Giselle ya se había ido, cómo al entrar en el dormitorio vi al señor Black tumbado sobre la cama. Les conté todos los detalles que recordaba: las bebidas en la mesa del salón, la caja fuerte abierta, las pastillas esparcidas sobre la alfombra, los zapatos del señor Black dejados de cualquier modo, las tres, y no cuatro, almohadas sobre la cama.

–Tres almohadas –dijo Charlotte–. ¿Cuántas hay normalmente en una cama del Regency Grand?

–Lo normal en nuestro hotel son cuatro. Dos duras y dos suaves. Y puedo asegurarle que siempre había cuatro almohadas limpias sobre esa cama. Soy una persona muy detallista.

En la sala se oyeron unas risotadas sofocadas, risotadas a mi costa. La jueza llamó al orden y Charlotte me pidió que continuara.

–Molly, ¿puedes decirle al tribunal si viste a alguien en la *suite* o en los pasillos, alguien que pudiera tener la almohada que faltaba en su poder?

Esta era la parte delicada, la parte que nunca he comentado con nadie, ni siquiera con Charlotte. Pero me había preparado para este momento. Había practicado una noche tras otra, mientras daba gracias por lo que tenía y contaba ovejas.

Miré al frente y hablé con voz firme. Me concentré en el agradable sonido de mi propia sangre corriendo por las venas. La notaba en mis oídos, el flujo apresurado, dentro y fuera, olas que rompían en una playa remota. «Lo correcto es lo correcto. Lo hecho hecho está».

–No estaba sola en la habitación –dije–. Al principio pensé que sí. Pero no lo estaba.

Charlotte giró sobre sus talones y me miró fijamente.

–¿Molly? ¿De qué estás hablando?

Tragué saliva y, a continuación, hablé:

–Después de llamar por primera vez a Recepción para pedir ayuda, colgué el auricular y me giré hacia la puerta del dormitorio. Entonces lo vi.

–Molly, quiero que consideres muy bien tus palabras –advirtió con calma Charlotte, aunque tenía los ojos muy abiertos y alarmados–. Voy a hacerte una pregunta y vas a decir la verdad y nada más que la verdad. ¿Qué viste? –dijo con la cabeza ladeada, como si nada tuviera sentido.

–Había un espejo en la pared frente a mí.

Hice una pausa y esperé a que Charlotte absorbiera la información. No le costó mucho.

–Un espejo. ¿Y qué se reflejaba en él?

–Primero, me vi a mí misma, mi rostro aterrorizado me miraba. Entonces, detrás de mí, a mi izquierda, en el rincón oscuro del armario de Giselle había... una persona.

Mis ojos se clavaron en los de Charlotte. Parecía que su mente fuera una máquina intrincada que trataba de analizarme y ponderaba los siguientes pasos a dar.

–¿Y... esa persona llevaba algo en la mano? –preguntó.

–Una almohada.

Los murmullos recorrieron la concurrida sala. La jueza llamó al orden.

–Molly, la persona que viste en aquel rincón oscuro ¿está presente en esta sala ahora mismo?

–Me temo que no podría asegurarlo con total certeza.

–¿Porque no lo sabes?

–Porque, en ese preciso momento, cuando aparté mis ojos del espejo y me volví para mirar cara a cara a aquella persona del rincón, me desmayé. Y cuando me desperté, ya no estaba.

Charlotte asintió despacio. Se tomó su tiempo.

–Por supuesto –dijo finalmente–. Has tenido ya unos cuantos episodios de desvanecimientos, ¿verdad, Molly? La detective Stark ha declarado que te desmayaste en la puerta de tu piso cuando te detuvieron y de nuevo en comisaría, ¿es correcto?

–Sí. Me desmayo en circunstancias de gran presión. Y no hay duda de que me encontraba en una situación de gran presión cuando me detuvieron injustamente. También estaba sometida a una gran presión cuando vi en el espejo que no estaba sola en esa habitación de hotel.

Charlotte empezó a pasearse ante el estrado. Se detuvo justo frente a mí.

–¿Qué sucedió cuando recobraste la conciencia?

–Cuando volví en mí, llamé a Recepción por segunda vez. Pero en ese momento ya no había nadie en la habitación. Solo yo. Bueno, yo y el cuerpo del señor Black.

–Molly, ¿podría ser, y no digo que lo sea realmente, que la persona que estuviese en ese rincón oscuro fuera Rodney Stiles?

El abogado del Rodney se puso en pie de un salto.

–Protesto, señoría. Trata de influir en la testigo –dijo.

–Se acepta –respondió la jueza–. Abogada, ¿desea reformular su pregunta?

Charlotte se detuvo durante unos instantes, aunque dudo que fuera para reflexionar. Yo aproveché esos momentos para examinar a Rodney. Su abogado estaba inclinado hacia delante, susurrándole algo al oído. Me pregunté qué calificativo debían de estar dirigiéndome en ese momento, aunque no me importaba mucho. Rodney iba vestido con lo que parecía un traje bastante caro. Pese a que antes pensaba que era muy atractivo, cuando lo miré en ese momento, no pude entender qué había visto en él.

Después de una pausa bastante dilatada, Charlotte dijo finalmente:

–No hay más preguntas, señoría. –Se volvió hacia mí–. Gracias, Molly.

Durante un instante pensé que ya había terminado, pero entonces recordé que solo habíamos recorrido la mitad del camino. El abogado de Rodney se acercó con mucha calma, se detuvo justo ante mí y me miró fijamente. No me puso nerviosa en lo más mínimo. Estoy acostumbrada a ese tipo de miradas. El mundo me ha preparado bien.

No puedo recordar las palabras exactas que se dijeron, pero sí que recorrí el mismo camino y repetí la misma historia del mismo modo cada vez que se me preguntó. Ni siquiera se me trabó la lengua: es fácil decir la verdad cuando sabes qué es y qué no es cierto, y cuando has trazado tu propia línea en la arena. Solo hubo un momento en el interrogatorio en que el abogado de Rodney se ensañó conmigo.

–Molly, hay algo que todavía no entiendo de tu relato de los hechos. Te llevaron varias veces a comisaría. Tuviste varias oportunidades de informar a la detective Stark sobre la figura en el rincón de la habitación del hotel. Al hacerlo, probablemente te habrías exonerado. Y pese a ello, en todas esas ocasiones, jamás mencionaste que habías visto a alguien en esa habitación. Nunca dijiste una palabra sobre ello. Y por lo que podemos deducir de la reacción de tu abogada, tampoco parece que ella estuviera enterada hasta hoy. ¿Y eso por qué, Molly? ¿Es porque en realidad no había nadie? ¿Es porque estás protegiendo a alguien más? ¿O es porque, cuando miraste al espejo, lo que viste fue el reflejo de tu rostro culpable?

–Protesto. Está acosando a la testigo, y con bastante saña –dijo Charlotte.

–Aceptada, excepto el último comentario –respondió la jueza.

Los susurros y murmullos revolotearon en la sala.

–Reformularé la pregunta –anunció el abogado de Rodney–. ¿Mentiste a la detective Stark en tu primera declaración sobre lo que habías visto en esa habitación de hotel?

–No mentí. Más bien al contrario. Ya ha leído las transcripciones. Quizá incluso haya visto el vídeo de mi primer interrogatorio en esa asquerosa comisaría. Una de las cosas que le dije a la detective Stark, sin dejar lugar a dudas, es que cuando anuncié mi llegada a la *suite*, percibí una presencia. Incluso le pedí que anotara ese detalle en concreto.

–Pero, evidentemente, la detective supuso que se refería al señor Black.

–Es por esa misma razón que las suposiciones son peligrosas.

–Ah... –respondió, mientras no dejaba de pasearse ante el estrado–. Así que omitió la verdad. Rechazó aclararlo. Eso, Molly, también es una mentira. –Dirigió la mirada hacia la jueza, que bajó el mentón de modo casi imperceptible. Pensé que Charlotte intervendría, pero no lo hizo. Estaba inmóvil y tranquila en su banco–. Y, Molly, ¿puedes decirnos por qué no aclaraste a los investigadores tu afirmación de que «había alguien más en la habitación» y que esa persona tenía una almohada entre las manos?

–Porque estaba...

–¿Estabas qué, Molly? Me parece que eres una persona que no suele quedarse sin palabras, así que suéltalo. Es tu oportunidad.

–No estaba segura al cien por cien de lo que había visto. He aprendido a dudar de mí misma y de mis percepciones del mundo que me rodea. No se me pasa por alto que soy diferente, ¿sabe?, diferente de la gran mayoría. Lo que yo percibo no es lo mismo que usted percibe. Además, la gente no siempre me escucha. A menudo tengo miedo de que no se me crea, de que mis ideas se descarten. Solo soy una camarera, una doña nadie. Y lo que vi en ese momento me pareció una especie de sueño, aunque ahora sepa que fue real. Alguien con un profundo móvil mató al señor Black. Y no fui yo –concluí.

Entonces miré a Rodney y él me devolvió la mirada. En su rostro había una expresión completamente nueva. Parecía que, por primera vez, me estuviera viendo tal como soy.

La sala estalló de nuevo y la juez llamó al orden una vez más. Se me formularon varias preguntas más, las cuales respondí con claridad y educación. Pero sabía que ya no había nada que añadir. Lo sabía porque veía a Charlotte en el banco. Estaba sonriendo, una sonrisa que era nueva para mí, una que añadiría a mi catálogo mental, en la letra A de «Asombro». La había sorprendido, la había dejado estupefacta, pero no por haberlo estropeado. Todo iba a nuestro favor. Eso es lo que decía su sonrisa.

Y tenía razón. Las cosas fueron a nuestro favor.

Al pensar ahora en ello, en todo lo que ocurrió ayer en ese juzgado, no puedo evitar sonreír.

Me sacudo los recuerdos cuando veo que Sunitha y Sunshine se acercan. Han llegado justo a tiempo para el principio de nuestro turno.

Van perfectamente ataviadas con sus uniformes y llevan el pelo atado con esmero. Se quedan en pie ante mí en silencio, lo que es bastante habitual en Sunitha y poco corriente en Sunshine.

–Buenos días, señoras –saludo–. Espero que estén preparadas para otro día en el que haremos que las habitaciones recobren su estado ideal.

Siguen sin pronunciar palabra. Al final, Sunshine habla:

–¡Venga, vamos, díselo!

Sunitha da un paso al frente.

–Quería decirte que atrapaste a la serpiente. La hierba ahora está limpia, gracias.

No entiendo exactamente qué intenta decirme con estas palabras, pero comprendo que es un elogio.

–Todas queremos que el hotel esté reluciente, ¿verdad?

–Oh, sí. ¡Reluciente significa verde!

Esto me complace en gran medida porque está citando una frase que utilicé en un seminario reciente de capacitación para camareras: «Si trabajamos para que todo esté reluciente, conseguiremos mucho verde». Con «verde» me refería a dinero: propinas, billetes. Pensé que era bastante ingenioso y me alegra ver que lo recuerda.

–¡Buenas propinas hoy y buenas propinas en el futuro! –dice.

–Lo que supone un beneficio para todos. ¿Empezamos?

Y, sin más demora, empujamos nuestros carritos.

Pero justo cuando llegamos a los ascensores, noto que el teléfono me vibra en el bolsillo.

Las puertas del ascensor se abren.

–Id delante. Yo tomaré el siguiente –les digo.

Ellas entran, lo que me concede unos instantes para consultar el teléfono. Con toda probabilidad será Juan Manuel. A menudo me envía mensajes de texto durante el día: una foto de los dos comiendo helado en el parque o las últimas noticias de su familia.

Sin embargo, no es Juan Manuel. Es un correo electrónico de mi banco. Al instante, siento que se me revuelve el estómago. No puedo soportar la idea de malas noticias financieras. Lo abro y leo el mensaje: «Ha recibido una transferencia de SANDY CAYMAN por un valor de 10.000 dólares US. Se ha depositado el dinero en su cuenta». Y justo debajo de «Mensaje especial», tres palabras: «Deuda de gratitud».

Al principio, creo que debe de haber ocurrido algún error. Pero entonces me doy cuenta. Sandy Cayman. La arena de las playas. Las islas Caimán.*

Giselle.

Giselle me ha enviado un regalo. Y allí es donde está, en su isla favorita, en la villa que tanto deseaba, una villa que pidió al señor Black que pusiera a su nombre unas pocas horas antes de su muerte. El señor Black cedió. Se lo concedió. Fue un dato que reveló el equipo de abogados de Rodney durante el juicio. Cuando salió de la *suite* el último día de su vida, después de lanzarle la alianza a Giselle, cambió de idea. Cogió la escritura de la villa en las Caimán de la caja fuerte. Yo la vi de casualidad en el bolsillo delantero de su chaqueta cuando casi me derriba en el pasillo. Pese a su discusión con Giselle, fue directamente al despacho de sus abogados y les dijo que pusieran la villa a nombre de Giselle. Ese fue el último negocio que llevó a cabo antes de regresar al hotel. Y ya he contado suficiente...

Me imagino a Giselle tomando el sol en una tumbona, tras lograr finalmente lo que siempre ha deseado, aunque no lo ha conseguido como esperaba. De algún modo, ahora también tiene dinero, dinero para redimirse, aunque no sea el del señor Black.

Me ha enviado un regalo. Un enorme regalo que hace crecer mi Fabergé.

Un regalo que no sabría cómo devolver ni aunque quisiera.

Un regalo al que pienso dar muy buen uso.

* En inglés, «*Sandy*» es un nombre femenino, y también un adjetivo que se traduce como «arenosa», «rubia» o «del color de la arena». (*N. de la T.*)

EPÍLOGO

Gran siempre decía que la verdad es subjetiva, algo que jamás he comprendido hasta que mi propia experiencia ha demostrado su sabiduría. Ahora lo entiendo. Mi verdad no es la misma que la tuya porque no experimentamos la vida del mismo modo.

«Todos somos iguales de diferente manera».

Esta noción más flexible de la verdad es algo con lo que no solo puedo vivir, sino que me proporciona un gran consuelo estos días.

Estoy aprendiendo a ser menos literal, menos absoluta en la mayoría de las cosas. El mundo es un lugar mejor si se mira a través de un prisma de colores en lugar de hacerlo con uno en blanco y negro. En este nuevo mundo, hay sitio para versiones y variaciones, para diferentes tonalidades y matices de gris.

La versión de la verdad que conté en el estrado el día de mi comparecencia es exactamente eso: una versión de mis experiencias y recuerdos del día que encontré al señor Black muerto en su cama. Mi verdad señala y prioriza las lentes con las que veo el mundo; se concentra en lo que veo mejor y oculta aquello que no comprendo o que no quiero examinar con detenimiento.

La justicia es como la verdad. Es, también, muy subjetiva. Muchos de aquellos que deberían ser castigados nunca se llevan su merecido y, mientras tanto, la gente buena y decente acaba siendo condenada injustamente. Es un sistema defectuoso, la justicia; un sistema sucio, turbio e imperfecto. Pero ¿y si la gente buena aceptara la responsabilidad personal de aplicar la justicia con rigor? ¿No gozaríamos entonces de la oportunidad de limpiar el mundo entero de mentirosos, traidores y de gente que se aprovecha y abusa de los demás?

No comparto así como así mi opinión sobre este tema con la gente. ¿A quién le importa? Al fin y al cabo, solo soy una camarera.

En el juicio les relaté a los presentes el día que encontré al señor Black muerto sobre su cama. Les relaté lo que vi, cómo lo viví, solo que resumido. Sí, comprobé si el señor Black tenía pulso y no lo noté. Sí, llamé a Recepción para pedir ayuda. Sí, me volví y me vi reflejada en el espejo. Y sí, en ese preciso instante me di cuenta de que no estaba sola en la habitación. En verdad, había una figura en pie en el rincón. Una sombra oscura caía sobre el rostro de aquella persona, pero vi sus manos con claridad y una almohada apretada contra su pecho. Aquella figura me recordó mucho a mí misma, y a Gran. Parecía que me viera reflejada dos veces en el espejo. Y entonces me desmayé.

El relato continúa tras eso. Como un episodio de *Colombo*: siempre se nos ha pasado algún detalle por alto.

La figura en el rincón no era un hombre.

Cuando recobré la consciencia, estaba en el suelo, junto a la cama. Alguien me abanicaba con un papel del hotel. Después de respirar hondo varias veces, mi visión se agudizó. Era una mujer, de mediana edad, con el pelo entrecano sujeto por las gafas de sol que llevaba en la cabeza. Lo llevaba peinado en una melena corta, recta, muy parecida a la mía. Vestía una holgada blusa blanca y unos pantalones negros. Estaba agachada sobre mí, con una mirada de preocupación en su rostro. No la reconocí, al menos no al principio.

–¿Estás bien? –preguntó, dejando de abanicarme.

Mi primer instinto fue tratar de alcanzar el teléfono de nuevo.

–Por favor –me rogó–. No será necesario.

Me incorporé y apoyé la espalda contra la mesita. Ella retrocedió dos pasos y me dio espacio, pero no dejó de mirarme.

–Lo siento mucho –dije–. No me di cuenta de que había otro huésped en la habitación. Pero debo...

–No debes hacer nada. Por favor. Escúchame antes de coger el teléfono.

No sonaba enfadada, ni siquiera tensa. Meramente, sugería algo. Obedecí.

–¿Quieres un vaso de agua? –preguntó–. ¿Y algo dulce?

No estaba lista para ponerme en pie. No confiaba en mis piernas.

–Sí –respondí–. Si es usted tan amable.

Ella asintió de nuevo y salió de la habitación. Oí cómo rebuscaba algo en el salón. A continuación, oí el agua del grifo del baño.

Un instante después, regresó al dormitorio y se acuclilló ante mí. Me tendió un vaso de agua, que tomé entre mis manos temblorosas y bebí con avidez.

–Toma –dijo una vez que hube terminado–. He encontrado esto en tu carrito.

Era chocolate que habían dejado en alguna bandeja. Estrictamente hablando no me pertenecía, pero aquella era una circunstancia extraordinaria y ella ya había abierto el envoltorio.

–Te sentirás mejor –aseguró.

Me pasó el cuadradito de chocolate y lo depositó en la palma de mi mano.

–Gracias.

Coloqué el cuadrado entero sobre la lengua. Se deshizo al instante, y el azúcar hizo su magia.

Ella esperó unos instantes.

–¿Quieres que te ayude? –dijo, tendiéndome la mano.

Puse mi vacilante mano entre la suya y me ayudó a levantarme. Empecé a focalizar la vista. Noté que el suelo bajo mis pies era sólido.

Nos quedamos allí, al lado de la cama, una junto a la otra, observándonos sin que ninguna de las dos osara apartar la mirada.

–No tenemos mucho tiempo –dijo–. ¿Sabes quién soy?

La examiné con más atención. Su aspecto me era familiar, pero también se parecía a cualquier huésped femenina de mediana edad que frecuentaba el hotel.

–Ruego me disculpe, pero me temo...

Entonces caí en la cuenta. De los periódicos. De nuestro breve encuentro en el ascensor. Era la señora Black. No la segunda señora Black, Giselle, sino la primera señora Black, la esposa original.

–Ajá –exclamó mientras guardaba con cuidado el envoltorio de la chocolatina en un bolsillo de sus pantalones–. Ahora me has reconocido.

–Señora Black, siento mucho inmiscuirme, pero me parece que su anterior marido... Me parece que el señor Black está muerto.

Ella asintió despacio.

–Mi exmarido me fue infiel, además de ser un ladrón, un agresor y un criminal.

Solo entonces até cabos, en ese preciso instante.

–Señora Black –pregunté–, ¿ha... ha matado usted al señor Black?

–Supongo que eso depende de tu punto de vista –señaló–. Yo pienso que se ha matado él mismo, lentamente, con el tiempo, que se infectó de su propia avaricia, que les robó a nuestros hijos y a mí la oportunidad de tener una vida normal, que era un modelo de corrupción y maldad en todas las maneras posibles que puede serlo un hombre. Mis dos hijos son clones suyos y ahora son dos holgazanes drogadictos que van de fiesta en fiesta gastándose el dinero de su padre. Y mi hija, Victoria, solo quiere limpiar el negocio familiar, dirigirlo con algo de decencia, pero su propio padre quiere desheredarla. No se habría detenido hasta vernos a Victoria y a mí en la miseria. Y ha estado haciéndolo pese a que ella posee el cuarenta y nueve por ciento de las acciones. Bueno, poseía el cuarenta y nueve por ciento. Ahora será mucho más...

Dirigió su mirada hacia el señor Black, muerto en la cama, y después volvió a observarme.

–Solo he venido a hablar con él, a pedirle que le dé una oportunidad a Victoria. Pero cuando me ha dejado entrar, estaba borracho y no dejaba de engullir una pastilla tras otra. Arrastraba las palabras y murmuraba no sé qué de que Giselle era una zorra cazafortunas igual que yo, que éramos unas esposas guapas y tontas que no servían para nada, que éramos los dos mayores errores de su vida. Se ha comportado de forma odiosa y muy desagradable. En otras palabras, se ha comportado como era habitual en él. –Hizo una pausa–. Me ha agarrado de las muñecas. Tengo moratones.

–Como Giselle –apunté.

–Sí. Justo como la nueva y mejorada señora Black. Traté de advertírselo. A Giselle. Pero no quiso escuchar. Los jóvenes, ya se sabe.

–A ella también le pega.

–Ahora ya no –respondió–. Habría llegado más lejos conmigo, pero ha empezado a jadear y a hacer esfuerzos. Me ha soltado las muñecas. A continuación, se ha desplomado sobre la cama, se ha quitado los zapatos y se ha tumbado, así, sin más.

La señora Black dirigió los ojos hacia la almohada que estaba en el suelo y después los desvió.

–Dime: ¿has sentido alguna vez que el mundo funciona del revés? ¿Que los villanos son los que prosperan y los buenos los que sufren?

Era como si estuviera leyendo mis pensamientos más recónditos. A mi mente acudieron los nombres de todos aquellos que me habían tratado injustamente y me habían hecho sufrir: Cheryl, Wilbur... y un hombre al que nunca había conocido, mi padre.

–Sí –dije–. Me siento así todo el tiempo.

–Yo también –replicó ella–. Según mi experiencia, hay ocasiones en las que una buena persona debe hacer algo malo, pero que, pese a ello, sigue siendo lo correcto.

Sí, tenía razón.

–¿Y si esta vez fuera diferente? –preguntó–. ¿Y si tomáramos cartas en el asunto y equilibráramos la balanza? ¿Y si no me hubieras visto? ¿Y si me limitara a salir del hotel y no volviera la vista atrás?

–La reconocerían, ¿no cree?

–Sí, si la gente leyera de verdad los periódicos que les dejan ante la puerta, pero dudo que lo hagan. Soy bastante invisible. Una mujer de pelo cano y mediana edad más, ataviada con ropa holgada y gafas de sol que sale del Regency Grand. Otra doña nadie.

Invisible pese a estar a la vista de todos, justo como yo.

–¿Qué ha tocado? –le pregunté.

–¿Disculpa?

–Cuando ha entrado en la *suite*, ¿qué ha tocado?

–Oh... He tocado el pomo y probablemente también la puerta. Creo que me he apoyado en el aparador. No me he sentado. No he podido. No dejaba de perseguirme por toda la habitación, chillándome y escupiéndome a la cara. Me ha agarrado de las muñecas, así que no creo que lo haya tocado. He cogido esa almohada de la cama y... eso es todo, creo.

Ambas guardamos silencio durante unos instantes, con los ojos clavados en el suelo, en la almohada. Pensé de nuevo en Gran. Entonces no la entendía, no del todo, pero en ese momento compartido con la señora Black, de repente lo vi claro: la piedad se manifiesta en formas inesperadas.

Alcé la mirada hacia aquella prácticamente extraña que era tan parecida a mí.

–No van a venir –dijo–. Los que has llamado antes...

–No, no lo harán. No escuchan bien. Al menos no a mí. Tendré que llamar de nuevo.

–¿Ahora?

–No, todavía no.

No sabía qué más decir. Mis pies se convirtieron en piedras, como suele ocurrirme cuando estoy nerviosa.

–Será mejor que se vaya –propuse al final–. Por favor, no es mi intención demorarla.

E hice una ligera reverencia.

–¿Y tú? ¿Qué harás cuando me vaya?

–Haré lo que siempre hago. Lo limpiaré todo. Me llevaré mi vaso de agua. Frotaré el pomo de la puerta y la consola. Fregaré el grifo del baño hasta dejarlo reluciente. Recogeré esa almohada del suelo y la pondré en mi cesto de la colada. En el sótano la limpiarán y harán que recobre su estado ideal, lista para otro huésped. Nadie sabrá que salió de aquí.

–¿Como yo?

–Así es. Y después de que esas pocas zonas de la *suite* recobren su estado ideal, llamaré a Recepción de nuevo y reiteraré mi petición urgente de ayuda.

–Y nunca me habrás visto –dijo.

–Y usted nunca me habrá visto –respondí.

A continuación, se marchó. Sencillamente salió del dormitorio hacia la puerta de la *suite*. Yo no me moví hasta que escuché que la puerta se cerraba a sus espaldas.

Esa fue la última vez que vi a la señora Black, a la primera señora Black. O que no la vi. Todo depende del punto de vista.

Una vez que se hubo marchado, empecé a limpiarlo todo, tal como había dicho que haría. Recogí la almohada y la puse en el cesto de la colada de mi carrito. Llamé a Recepción por segunda vez, una vez que hube recobrado por completo la conciencia, tal como declaré en el juicio. Y finalmente, unos pocos minutos después, llegó la ayuda.

Ahora duermo bien por la noche, quizá incluso mejor que antes porque estoy tumbada junto a Juan Manuel, el amigo que más quiero en el mundo. Él duerme profundamente, igual que Gran –se queda dormido antes incluso de apoyar la cabeza en la almohada–. Dormimos juntos bajo la colcha de la estrella de Gran porque algunas cosas es mejor mantenerlas, mientras que otras son mejores cuando cambian un poco. He descolgado de las paredes que nos rodean los cuadros de paisajes de Gran y los he sustituido por fotos nuestras.

Escucho su respiración, como si fueran olas encrespadas: dentro, fuera, dentro. Y doy gracias por lo que tengo. Hay tanto por lo que dar las gracias que me siento abrumada. Sé que mi conciencia está limpia porque cada noche me duermo más rápidamente y porque sueño cosas agradables. Me despierto fresca y alegre, dispuesta a aprovechar el día.

Si hay algo que haya aprendido de todo esto es lo siguiente: hay un poder en mí que no sabía que tenía. Siempre supe que tenía un poder en mis manos: para limpiar, para acabar con la suciedad, para frotar y desinfectar, para poner las cosas en orden. Pero ahora sé que hay poder en otro sitio: en mi mente. Y también en mi corazón.

Al final, Gran tenía razón. En todo.

«El diablo sabe más por viejo que por diablo».

«Cada persona es un misterio».

«La vida siempre encuentra la manera de poner las cosas en su sitio».

«Al final todo acabará bien, y si no acaba bien, es que aún no es el final».

AGRADECIMIENTOS

Hace falta toda una aldea para publicar un libro. Quiero dar las gracias a las siguientes personas extraordinarias de mi aldea:

A mi agente visionaria y hacedora de sueños, Madeleine Milburn, y a su equipo en Madeleine Milburn Literary TV & Film Agency, especialmente a Liane-Louise Smith, Liv Maidment, Giles Milburn, Georgina Simmonds, Georgia McVeigh, Rachel Yeoh, Hannah Ladds, Sophie Péllisier, Emma Dawson y Anna Hogarty.

A mis editores, incansables fuentes de apoyo e inspiración: Hilary Teeman en Penguin Random House U.S.A., Nicole Winstanley en Penguin Random House Canadá y Charlotte Brabbin en HarperFiction UK. Hacéis que todo sea mucho más fácil.

A los muchos muchos editores de todo el mundo que estáis haciendo llegar este libro a los lectores.

Un agradecimiento especial en Canadá lo merecen Kristin Cochrane, Tonia Addison, Bonnie Maitland, Beth Cockeram, Scott Sellers y Marion Garner.

Y en los Estados Unidos, Caroline Weishuhn, Jennifer Hershey, Kim Hovey, Kara Welsh, Cindy Berman, Erin Korenko, Elena Giavaldi, Paolo Pepe, Jennifer Garza, Susan Corcoran,

Quinne Rogers, Taylor Noel, Michelle Jasmine, Virginia Norey y Debbie Aroff.

Y en el Reino Unido, Kimberley Young, Kate Elton, Lynne Drew, Isabel Coburn, Sarah Munro, Alice Gomer, Hannah O'Brien, Sarah Shea, Rachel Quinn, Maddy Marshall, Jennifer Harlow, Ben Hurd, Andrew Davis, Claire Ward y Grace Dent.

A los magos de las películas con quienes tengo la enorme suerte de trabajar: Josie Freedman y Alyssa Weinberger, de ICM Partners; Chris Goldberg, de Winterlight Pictures; Jeyun Munford y Christine Sun, de Universal Pictures, y Josh McLaughlin de Wink Pictures.

A Kevin Hanson y a todo el equipo, de ayer y hoy, de Simon & Schuster, especialmente a Sarah St. Pierre, Brendan May, Jessica Scott, Phyllis Bruce, Laurie Grassi, Janie Yoon, Justin Stoller, Jasmine Elliott, Karen Silva, Felicia Quon, Shara Alexa, Sherry Lee, Lorraine Kelly, David Millar, Adria Iwasutiak, Alison Callahan, Jen Bergstrom y Suzanne Baboneau. Sois mi gente, sois gente de libros. Que compartamos siempre la misma ilusión infantil al abrir los primeros ejemplares y que sigamos emocionándonos con los avistamientos de estantes en estado natural.

A los asesores y profesionales del sector Adrienne Kerr, Marianne Gunn O'Connor, Keith Shier y Samantha Haywood.

A Carolyn Reidy, a la que extraño mucho. Me hubiese encantado poder hablar contigo de este libro porque tus apuntes han sido como tú: francos y brillantes. Allá donde estés, sé que sigues leyendo.

A mis autores, por enseñármelo todo. Todo lo que sé sobre escritura lo he aprendido gracias al gran privilegio de haber trabajado en vuestros libros.

Un agradecimiento especial para Ashley Audrain, Samantha M. Bailey y Karma Brown por su gran apoyo cuando más lo necesitaba.

A Adria Iwasutiak, extraordinario publicista y amigo fiel dentro y más allá del sector editorial.

A Jorge Gidi Delgadillo y Sarah Fulton, con amor y agradecimiento por acompañarme en un viaje exquisito y por compartir un amor por la historia desde nuestros inicios.

A Pat y Feriel Pagni, lectores voraces y familia reciente a la que llevo muy cerca del corazón.

A mis amigos, especialmente a Zoe Maslow, Roberto Verdecchia, Ed Innocenzi, Aileen Umali Rist y Eric Rist, Ryan Wilson y Sandy Gabriele, Jimena Ortuzar, Martin Ortuzar e Ingrid Nasager. Doy gracias a mi buena suerte por teneros.

A mi tía Suzanne, la mejor limpiadora y la tía más cariñosa que podía pedir una sobrina.

A Tony Hanyk, el primero y más amable de mis lectores, y mi compañero en muchas aventuras gloriosas (¡sí, gloriosas).

Y finalmente, un agradecimiento especial y merecido a mi familia, los Pronovost, por haberme hecho quien soy: Jackie y Paul, mi madre y mi padre; Dan y Patty, mi hermano y cuñada; Devin y Joane, mi sobrino y sobrina. Ojalá podamos contar nuestras historias durante mucho tiempo y que podamos también vivirlas por muchos años.

ÍNDICE

Esta segunda edición de *La camarera,*
de Nita Prose de la colección Duomo Bolsillo,
se terminó de imprimir en *Grafica Veneta*
de Italia en marzo de 2024.
Para la composición del texto se ha utilizado
la tipografía FF Celeste diseñada por Chris Burke
en 1994 para la fundición FontFont.

Duomo ediciones es una empresa comprometida
con el medio ambiente. El papel utilizado para
la impresión de este libro procede de bosques
gestionados sosteniblemente.

NITA PROSE es una escritora canadiense con amplia experiencia en el mundo editorial. *La camarera,* su novela debut, ha conseguido convertirse en número 1 en la lista de los libros más vendidos de *The New York Times,* fue elegida para el club de lectura de *Good Morning America* y ha sido publicada en más de cuarenta países. Ganadora del Premio Ned Kelly en la categoría internacional de novela policíaca, *La camarera* se ha convertido en un superventas en todo el mundo y ha recibido elogios de crítica y lectores, que le han otorgado el Premio al Mejor Libro de Misterio y *Thriller* de Goodreads. Nita vive en Toronto en una casa que solo está moderadamente limpia. Si deseas ponerte en contacto con ella, puedes hacerlo vía www.nitaprose.com o a través de sus redes sociales en Twitter e Instagram: @NitaProse.

Otros libros de la colección
Duomo Bolsillo:

A través de mis pequeños ojos, de Emilio Ortiz

Open, de Andre Agassi

El asesinato de Pitágoras, de Marcos Chicot

El susurrador, de Donato Carrisi

Maria quiere ser tu amiga, de Laura Marshall

El gato que curaba corazones, de Rachel Wells

¿Quién se ha llevado a Daisy Mason?, de Cara Hunter

A través de mis pequeños ojos, de Emilio Ortiz

Regreso a París, de Jacinta Cremades

La casa de las voces, de Donato Carrisi

Arena negra, de Cristina Cassar Scalia

Olive Kitteridge, de Elizabeth Strout

El sótano de Oxford, de Cara Hunter

La niña del andén, de Gill Thompson

El bar de las grandes esperanzas, de JR Moehringer